WENN EIN LÖWE BEGEHRT

Lion's Pride, Band 3

EVE LANGLAIS

Copyright © 2015/2019 Eve Langlais

Englischer Originaltitel: »When An Omega Snaps (A Lion's Pride Book 3)«
Deutsche Übersetzung: Birga Weisert für Daniela Mansfield Translations
2019

Alle Rechte vorbehalten. Dies ist ein Werk der Fiktion. Namen, Darsteller, Orte und Handlung entspringen entweder der Fantasie der Autorin oder werden fiktiv eingesetzt. Jegliche Ähnlichkeit mit tatsächlichen Vorkommnissen, Schauplätzen oder Personen, lebend oder verstorben, ist rein zufällig.
Dieses Buch darf ohne die ausdrückliche schriftliche Genehmigung der Autorin weder in seiner Gesamtheit noch in Auszügen auf keinerlei Art mithilfe elektronischer oder mechanischer Mittel vervielfältigt oder weitergegeben werden.

Titelbild entworfen von: Yocla Designs © May 2015/2019
Herausgegeben von: Eve Langlais www.EveLanglais.com

eBook ISBN: 978-1-77384-132-8
Taschenbuch ISBN: 978-1-77384-133-5

Besuchen Sie Eve im Netz!
www.evelanglais.com
www.facebook.com/eve.langlais.98
twitter.com/evelanglais

Kapitel Eins

LEO WAR GERADE MIT SICH SELBST BESCHÄFTIGT, ALS plötzlich jemand rief: »Vorsicht! Kopf runter!«

Bumm.

Und schon hatte Leo einen Frisbee am Kopf, was er alles andere als toll fand, besonders da er sich in der Eingangshalle des Apartmentgebäudes befand, in dem er wohnte.

Manch einer hätte seiner Wut vielleicht nachgegeben – und diejenige, die das Frisbee geworfen hatte, verfolgt und skalpiert. Andere hätten sich vielleicht auf einen nicht sonderlich damenhaften Ringkampf eingelassen. Aber als das Omegatier des Rudels hatte er einen gewissen Standard einzuhalten. Leo ließ die Wut an seinem ausgesprochen breiten Rücken abprallen – so breit, dass der Footballtrainer am College fast geweint hätte, als er ihm sagte, er hätte kein Interesse.

Mit einer Lässigkeit und Ruhe, die Leo allen vorleben wollte, ging er weiter zum Aufzug, der zufällig auch der Ort war, an dem die violette Frisbeescheibe gelandet war. Er verzichtete darauf, sie zu zerstören. Es war nicht nötig, der

Scheibe die Schuld zu geben, nur weil diejenige, die sie geworfen hatte, nicht gut zielen konnte.

Ein unbekannter Duft – katzenhaft und köstlich – umgab ihn und zog an ihm vorbei, als eine Frau, die das Frisbee holen wollte, an ihm vorbei hüpfte. Die Blondine, die er nicht kannte, beugte sich vor, um sich die Plastikscheibe zu schnappen, ihre kurzen, sportlichen Shorts schmiegten sich an jede Kurve ihres Hinterns, den er sich am liebsten gepackt hätte, und ihre wunderbaren Oberschenkel.

Alles an ihr war groß, kräftig und üppig.

Lecker. Und es war nicht nur das Tier in ihm, das das fand.

Wer ist diese anbetungswürdige Amazone? Er konnte sich nicht daran erinnern, sie schon jemals gesehen zu haben, denn er hätte sie garantiert nicht vergessen.

Die unbekannte Frau richtete sich auf und sah ihn an, und zwar fast auf Augenhöhe, was unfassbar war, da er gut und gern zwei Meter zehn groß war. Und diese Frau mit den unglaublichen Kurven musste locker einen Meter fünfundachtzig messen.

Man konnte nicht behaupten, dass sie zierlich war, das war sie nämlich wirklich in keiner Weise, stattdessen wölbten sich zwei eindrucksvolle Brüste unter ihrem T-Shirt und verzogen das Bild darauf, auf dem stand *Verdammt zarte Blume.* Ihre schmale Taille wurde von den breiten Hüften noch betont und das freche Lächeln, das sie auf den Lippen hatte, passte wunderbar zu dem kecken Ausdruck in ihren Augen.

Obwohl er kein Mann war, der sich starken Emotionen hingab, war Leo plötzlich von einem starken Drang besessen, diese Frau in seine Arme zu ziehen und ... dekadente

Dinge zu tun, die sogar sein ruhiges Herz zum Rasen bringen würden.

»Hallo, Großer. Wir kennen uns noch gar nicht.«

Allerdings nicht, denn das hätte er garantiert nicht vergessen – besonders um sie zu meiden, denn man konnte es an der keck geneigten Hüfte und dem einschätzenden Blick in ihren Augen sehen, dass sie Ärger bedeutete.

Und Leo mochte keinen Ärger. Er zog ruhige Momente vor. Gelassene Ausflüge. Ruhige Abende. Sehr ruhig. Und genau diese Ruhe störte sie mit ihrem Frisbee, also nahm er sie sich vor. »Man sollte in geschlossenen Räumen nicht Frisbee spielen. So besagt es auch die Hausordnung.« Und das wusste er ganz genau, hatte er doch dabei geholfen, sie aufzusetzen.

Leo mochte Regeln und erwartete, dass sie befolgt wurden. Wenn eine Gruppe von Raubtieren in unmittelbarer Nähe miteinander lebte, war es wichtig, heiße Gemüter unter Kontrolle zu halten, daher war es seine Aufgabe, die Erlasse durchzusetzen und den Frieden zu wahren.

»Ach komm schon. Als Nächstes sagst du mir noch, dass man drinnen gar nicht spielen darf.« Sie schob schmollend ihre volle Unterlippe vor. »Weißt du, dass mir ein netter Polizist Schwierigkeiten gemacht hat, weil ich auf der Straße gespielt habe? Was völlig ungerecht war. Als wäre es meine Schuld, dass der Typ nicht aufgepasst hat und an der roten Ampel in den Wagen vor ihm gefahren ist.«

»Du hast auf der Straße gespielt?«

»Auf der Straße, auf dem Bürgersteig, was für einen Unterschied macht das schon? Die eigentliche Frage ist: Wenn ich nicht drinnen spielen kann und auch nicht draußen, wo soll ich denn dann spielen?«

Die Treppe hoch im elften Stock, Apartment 1101. In seinem Schlafzimmer gab es genügend Platz. Natürlich brauchten sie für das Spiel, das er sich vorstellte, kein Frisbee. Und auch keine Klamotten. Aber ihr zu erklären, dass er gern nackt mit ihr spielen würde, war wahrscheinlich nicht die Antwort, die sie erwartete. »In der Stadt spielen wir nicht. Es gibt nicht genügend Platz. Deswegen haben wir ja die Ranch.«

»Ah, die Ranch. Gibt es die noch? Das ist ja schön.«

»Du hast davon gehört?« Er runzelte die Stirn. Obwohl es sich nicht um ein streng gehütetes Geheimnis handelte, durften nur diejenigen, die eine Erlaubnis hatten, das Grundstück betreten. Da es Leos Aufgabe war, diese Liste zu verwalten, kannte er eigentlich jeden, der diese Erlaubnis hatte. Aber er wusste beim besten Willen nicht, wer sie war. »Wer bist du eigentlich? Ich habe dich hier noch nie gesehen.«

»Ja, mein letzter Besuch ist schon eine Weile her. So ist das eben, wenn man aufgrund einer Reihe unglücklicher Missverständnisse aus der Stadt verbannt wird. Da jagt man einmal einen Halloween-Kürbis in die Luft und schon ist das Geschrei groß. Wie ich sehe, wurde die Eingangshalle neu gestrichen. Es gibt also keine bleibenden Schäden.«

Verbannt? Moment mal. Jetzt wusste er, wer diese Frau war. Er erinnerte sich daran, dass Arik erwähnt hatte, dass er Besuch von einer Cousine väterlicherseits bekommen würde. Seine genauen Worte waren gewesen: »Mein verdammter Onkel hat mich darum gebeten, sie herkommen zu lassen, um sich zu verstecken, bis sich die Aufregung darüber, was sie in ihrer Heimatstadt angestellt hat, wieder etwas gelegt hat.«

Woraufhin Leo geantwortet hatte: »Du weißt aber schon, dass es das Wort *nein* gibt? Ich finde es ausgesprochen hilfreich, um nicht in unschöne Situationen verwickelt zu werden.« Dieses eine Wort half ungemein dabei, unnötiges Chaos zu vermeiden.

Arik hatte gelacht. »Nein zu meinem Onkel sagen? Wohl eher nicht. Du hast ihn noch nicht kennengelernt. Er ist der einzige Typ, den ich kenne, der dich normal groß erscheinen lassen würde, und wenn er nicht droht, dich in eine Brezel zu verwandeln, ist er der netteste Kerl, den du je getroffen hast. Er ist außerdem mit zwei Töchtern gestraft, die ständig Ärger machen.«

Beide waren vom vorherigen Alpha des Rudels verbannt worden, weil sie zu viel Schaden angerichtet hatten und eine allgemeine Plage waren. »Du bist diese Unruhestifterin aus dem Westen, nicht wahr?«

»Ich eine Unruhestifterin?« Sie klimperte mit den Wimpern. Das Problem war nur, dass sie mit einem Mund wie ihrem, den sie zu einem frechen Grinsen verzogen hatte, alles andere als unschuldig aussah. »Nein, das ist meine Schwester Teena. Ich bin Meena, ihre Zwillingsschwester, besser bekannt als die Katastrophe. Aber du kannst mich deine Gefährtin nennen.«

Und damit stürzte sie sich auf ihn und gab ihm einen dicken, saftigen Schmatzer auf die Lippen.

Und das gefiel ihm.

Brüll.

Kapitel Zwei

Okay, vielleicht war es zugegebenermaßen nicht das Damenhafteste, sich einem Fremden an den Hals zu werfen und ihm einen dicken, fetten Kuss auf den ernsten Mund zu geben. Andererseits war Meena durch die Benimmklasse gefallen – und zwar mehr als einmal –, was ihre Mutter stets zur Weißglut brachte.

Zu ihrer Verteidigung musste man sagen, dass sie nicht einsah, warum eine Frau lernen musste, abzuwarten, einen Knicks zu machen oder darauf zu warten, dass der Mann ihr die Tür öffnete. Wenn die Tür einen Griff und sie die Hände frei hatte, warum konnte sie sie dann nicht selbst aufmachen?

Ihre Benimmlehrerin hatte ihr außerdem gesagt, dass brave Mädchen keine Jungs küssen. Und schon gar nicht sagten sie ihnen, dass sie füreinander bestimmt waren. Normalerweise fanden die Männer sowas schrecklich.

Ob er es nun schrecklich fand oder nicht, jedenfalls stieß er sie nicht weg. Tatsächlich steckte er ihr die Zunge in den Mund, die mit ihrer eigenen einen angenehmen und schlüpfrigen Tanz aufführte. Einen Tanz, der zwar nur kurz dauerte, dafür aber umso atemberaubender war.

»Unglaublich! Leo knutscht mit Meena rum!«

Eigentlich hätte derjenige, der sie durch seinen Ruf unterbrach, eine saftige Ohrfeige verdient, aber das war hier anscheinend ebenfalls verboten, zumindest wenn es um Familienmitglieder ging, selbst wenn es keine engen Verwandten waren.

Der Mann, den sie für sich beansprucht hatte, löste sich nur langsam von ihr, als würden seine Lippen sich weigern, von ihren abzulassen. Er stellte sie wieder auf den Boden und erst jetzt fiel ihr auf, dass er die ganze Zeit über stehen geblieben war. Wie fantastisch. Nicht viele Männer konnten mit ihrem Enthusiasmus umgehen – oder ihrem »fetten Arsch«, wie es ihr Bruder, der sich früher gern mal eine fangen wollte, auch nannte –, wenn sie sie ansprang. Und natürlich handelte es sich dabei ebenfalls um eine Sache, die ihre Mutter ihr gern abgewöhnt hätte, vor allem da ihre fröhliche Angewohnheit, sich Leuten an den Hals zu werfen, um sie zu begrüßen, besagte Leute normalerweise immer umwarf – und einmal war sogar jemand im Krankenhaus gelandet.

Das war alles die Schuld ihres Vaters. Er war selbst ein großer Mann und hatte nie Probleme damit, die Zwillinge aufzufangen, selbst als sie irgendwann größer waren als die meisten Männer.

Glücklicherweise hatte das Schicksal diesen großen Kerl als ihren Gefährten auserkoren. Am liebsten hätte sie mit der Faust in die Luft gestoßen.

Als der Mann nichts sagte, weil der Kuss wohl so toll gewesen war, brach sie das Eis. »Das war wirklich ein toller Kuss, Pookie. Sollen wir irgendwo hingehen, wo wir ein bisschen mehr Privatsphäre haben, und weiter rumknutschen?«

Leo räusperte sich. »Wohl eher nicht.«

»Oh, würdest du lieber hierbleiben und es vor Publikum tun? Ein bisschen versaut, aber hey, Voyeurismus ist ziemlich sexy, auch mit vertauschten Rollen.«

Hatte er tatsächlich einen Moment lang geschielt? »Äh, leider muss ich dazu auch Nein sagen. Ich meine eigentlich, wir sollten uns überhaupt nicht küssen. Nie. Nirgendwo.«

»Und warum nicht?«, fragte sie und neigte den Kopf. Sie wunderte sich, warum er nicht wollte. Schließlich hatte sie gespürt, dass er es genossen hatte – bei seiner ziemlich eindrucksvollen Größe war das auch ziemlich schwer zu verstecken –, als sie sich wie eine zweite Haut an ihn geschmiegt hatte.

Bevor er antworten konnte, rief jemand: »Hey Meena, sollen wir was trinken gehen?«

Eigentlich wollte sie das nicht. Sie wollte lieber noch bleiben und ein bisschen mit dem großen Kerl reden, denn ihre innere Löwin hätte sich am liebsten an ihm gerieben, ihn abgeleckt und alle möglichen unwiderstehlichen Dinge mit ihm angestellt.

Doch nach dem ernsten Ausdruck auf seinem Gesicht zu urteilen – den er trotz des heißen Kusses hatte – schien er sich zu weigern. Das war eine Schande.

»Meine Clique ruft und wie ich sehen kann, musst du erst mal verarbeiten, dass du mich kennengelernt hast. Aber ich sag dir was. Warum nimmst du dir nicht erst mal ein wenig Zeit, um mit der Tatsache klarzukommen, dass du deine zukünftige Lebensgefährtin kennengelernt hast – und um die Laken zu wechseln. Wir sehen uns später, Pookie.« Dann winkte sie, zwinkerte ihm zu und verschwand mit ihren Freundinnen, von denen die meisten

Cousinen waren, die sie schon seit Jahren nicht mehr gesehen hatte.

Nur weil sie eine Zeit lang von dem alten Alphatier verbannt worden war, bedeutete das noch lange nicht, dass die Familie sie nicht im Westen besuchte. Das waren dann immer tolle Zeiten, in denen sie mehr als einmal aus einer Bar geworfen worden waren.

Löwinnen wussten, wie man feiert.

Nachdem die Verbannung aufgehoben worden war, wollten ihre Freundinnen Meena nun auch ihr Revier zeigen. Endlich. Seit dem Edikt, das ihr den Besuch verbot, waren Jahre vergangen. Meena war nicht im Geringsten enttäuscht gewesen, als sie hörte, dass Ariks Vater sich zur Ruhe gesetzt hatte. Der Typ war ein strenger Mann, wenn es um dumme Streiche von Teenagern ging, wie zum Beispiel damals, als sie den Boden der Eingangshalle mit Fett eingerieben und ihn in eine Rutschbahn verwandelt hatten. Sie hatte es alles wieder entfernt, genau wie das Harz, das sie an der Außenwand benutzt hatte, um Fliegenfangen zu spielen. Und für diejenigen, die das noch nie gespielt haben: Es geht darum, in Richtung Wand zu laufen und sich dagegen zu werfen, um zu sehen, ob man hängen bleibt. Wie eine Fliege. Die Person, die am längsten an der Wand hängt, hat gewonnen. Die dünne Cousine Lolly gewann fast immer.

Meena hakte sich bei Zena und Reba unter und verließ das Apartmentgebäude, in dem die meisten Mitglieder des Löwenrudels in dieser Stadt lebten. Katzen, vor allem Löwinnen, genossen es, eng zusammenzuhalten, was dazu führte, dass ihre Männer und Freunde verrückt wurden. Aber jeder Mann, der mutig genug war, es mit einer Löwin als Gefährtin aufzunehmen, musste lernen, damit zu leben – oder sich dem Blick von

Dutzenden von Augenpaaren stellen, wenn die Frauen ihn belagerten und fragten, warum er dachte, sie sollten umziehen.

»Ich kann nicht glauben, dass du Leo geküsst hast«, rief Zena.

»Er sah so aus, als hätte es ihm nicht gefallen. Er ist sonst immer so ruhig und stoisch, doch diesmal sah es so aus, als hätte ihm jemand in die Eier getreten.«

Autsch. Das hörte sich nicht gut an. Vor allem, weil sie noch immer davon überzeugt war, er wäre ihr Seelenverwandter. »Leo? Warum kommt mir der Name so bekannt vor?«, fragte Meena sich laut.

»Weil er der Omega des Rudels ist«, antwortete Reba.

»Tatsächlich? Und was ist mit Tau?«

»Tau hat sich vor etwa zwei Jahren zur Ruhe gesetzt. Er hat versucht weiterzumachen, nachdem Ariks Vater endlich das Handtuch geworfen hatte und mit seiner Geliebten, dem Betatier des Rudels, nach Florida gezogen war. Tau und Arik hatten nicht die gleiche Einstellung, also hat Arik alle wichtigen Posten neu besetzt. Jetzt ist Hayder das Betatier und Leo das Omegatier«, erklärte Reba.

»Er kommt aus Kanada, deswegen ist er so ruhig, das liegt an den kalten Wintern. Da fließt das Blut langsamer und sie neigen weniger zu Gefühlsausbrüchen«, fügte Zena hinzu.

»So etwas zu sagen ist aber wirklich dumm.« Reba hielt urplötzlich an und sah ihre beste Freundin an. »Ein Kanadier ist genauso heiß wie ein Amerikaner. Vielleicht sogar heißer, wenn man an die unglaublich kalten Winter denkt. Schließlich brauchen sie etwas, um sich warmzuhalten. Ich hatte mal einen französischsprachigen Kanadier aus Ontario als Freund, bei dem schmolz dir das Höschen weg, wenn er dich nur angesehen hat.«

»Bei dir schmelzen sie doch praktisch bei jedem weg, der dich anschaut.«

»Stimmt doch gar nicht.«

»Doch.«

Da sie spürte, dass ein Streit bevorstand, an dem sie ausnahmsweise mal nicht beteiligt war, mischte Meena sich ein und versuchte zu schlichten.

Jetzt sieh dir das an. Mein zukünftiger Lebensgefährte hat bereits jetzt schon einen Einfluss auf mich.

»Leute, warum einigt ihr euch nicht einfach darauf, diesbezüglich nicht einer Meinung zu sein?«

»Ich halte sie trotzdem alle für Pazifisten«, entgegnete Zena grinsend.

»Mit tollen Schwänzen und heißen Zungen.«

»Umso besser ist es, mit ihnen Frieden zu schließen.«

Darauf kicherten sie alle gemeinsam.

Meena war es egal, woher er stammte. »Er ist süß.«

Sie reagierten mit Schweigen und schockierten Blicken auf diese Aussage.

»Warum schaut ihr mich so an? Er ist wirklich total süß und noch dazu supersexy.«

»Sprichst du wirklich von Leo?«

»Von wem denn sonst? Ach, kommt schon, sagt mir jetzt nicht, ihr hättet es noch nicht bemerkt.« Wie konnte jemand ihn nicht bemerken? Meena war vom ersten Moment an fasziniert von ihm gewesen, als er die Eingangshalle durch die Glastür betreten hatte. Deswegen hatte sie auch absichtlich daneben geworfen.

Zena rümpfte die Nase. »Natürlich haben wir bemerkt, dass er ein heißer Typ ist, das bedeutet aber nicht, dass jemals eine von uns etwas daraus gemacht hätte. Leo verabredet sich nicht mit Frauen des Rudels. Er hat sowieso kaum Verabredungen, und wenn, dann hält er diese Frauen von uns fern. Was Beziehungen angeht, ist er irgendwie schüchtern.«

»Und er hat vornehmlich menschliche Frauen als Freundinnen. Ihm gefallen die Frauen im Rudel nicht. Er behauptet, sie bedeuten nur Ärger«, fügte Reba hinzu und verdrehte die Augen.

Als ob Meena sich von seiner üblichen Vorliebe abschrecken lassen würde. Dieser Liger war die Marmelade zu ihrer Erdnussbutter. Die geschlagene Sahne zu ihrem Eisbecher. Der Typ, der ihre Welt erschütterte, ihr Bett zerbrach und ihr vielleicht helfen konnte, die Katastrophen zu vermeiden, die ihr überall hin zu folgen schienen, oder er würde es zumindest schaffen, mit seinen Voodoo-Omega-Kräften die Gemüter zu beruhigen, wenn sie wieder mal die Leute verärgert hatte.

Mit anderen Worten, er war der perfekte Mann.

Kapitel Drei

In was für ein völliges Chaos hatte diese Frau seinen sonst so ruhigen Verstand gestürzt!

Die Begegnung mit Meena hatte einen ganz bestimmten Geschmack in Leos Mund hinterlassen – und keinen schlechten. Im Gegenteil, er konnte den rosa Kaugummi-Geschmack noch schmecken. Lecker. Fast so köstlich wie das Gefühl, wie sie in seinen Armen gelegen und er all ihre aufregenden Kurven in den Händen gehalten hatte. Wie sehr ihm eine Frau mit ordentlich Fleisch auf den Rippen doch gefiel!

Nur eben nicht diese Frau.

Sie hatte ihn ihren zukünftigen Lebenspartner genannt. Also wirklich! Er schnaubte wieder, als er die paar Meter zum Steakhaus ging, wo er gern aß. Während Leo zwar gut kochen konnte, gab es Zeiten, in denen er es genoss, die Arbeit von jemand anderem machen zu lassen. Besonders in Zeiten wie diesen, in denen seine normalerweise ruhigen und geordneten Emotionen in einem ungewöhnlichen Aufruhr waren.

Als Meena davon gehüpft war, hatte er ihrem

wippenden Hintern mit viel mehr Interesse nachgeschaut, als es nötig gewesen wäre. Zu seinem Leidwesen war sein Interesse von den verbleibenden Damen des Rudels, die im Empfangsbereich lungerten, bemerkt worden, und sie hatten ihn damit aufgezogen. Er hatte das freche, improvisierte Lied, das sie angestimmt hatten, alles andere als witzig gefunden.

»Leo und Meena haben sich lieb. Erst kommt die Liebe und dann wird gefickt. G.E.F.I.C.K.T.«

Er war rot geworden und hatte »Benehmt euch!« gebellt und so dafür gesorgt, dass sie aufhörten, und sie zusätzlich noch böse angeschaut, bis sie sich zerstreut hatten.

Aber der Schaden war angerichtet. Er hatte das Lied im Kopf. Verdammt.

Er musste unbedingt das Adrenalin loswerden, das durch seinen Körper schwirrte, also nahm Leo die Treppe anstatt des Aufzugs, und zwar immer drei Stufen auf einmal. Als er endlich oben angekommen war, und zwar ohne in Schweiß auszubrechen oder auch nur außer Atem zu kommen, hatte er es fast geschafft, sein Verlangen unter Kontrolle zu bringen.

Fast.

Sein innerer Tiger jedoch war eingeschnappt. Er zeigte ihm mental die kalte Schulter, weil er einfach nicht verstehen konnte, warum sie das Weibchen mit dem unglaublich verlockenden Duft nicht verfolgten.

Weil wir uns keinen Ärger einhandeln wollen.

Er ging in seine Wohnung, ein stiller Ort mit einer gedämpften Farbpalette – oder wie Luna es nannte »L-A-N-G-W-E-I-L-I-G« –, zog sich die Schuhe aus und machte sich eine hübsche Tasse grünen Tee mit Pfefferminze. Und nein, das war nicht weicheimäßig. Da konnte man zum Beispiel Hayder fragen, der den Fehler gemacht hatte, ihn zu necken, nur um Momente später nach Luft zu schnappen, nachdem Leo ihm einen perfekten Schlag in die Magengrube verpasst hatte. Und während er sich davon erholte, erklärte Leo dem Betatier des Rudels: »Dieser Tee hilft mir dabei, mich zu konzentrieren, wodurch ich wiederum perfekt zielen kann.«

Ablenkung. Das war es, was er jetzt brauchte, damit er vergessen konnte, wie ihre prallen Lippen geschmeckt hatten oder wie es sich angefühlt hatte, als Meena ihren üppigen Körper an seinen gepresst hatte.

Er nahm sich ein gebundenes Buch von seinem Lieblingsautor, das er ein paar Tage zuvor begonnen hatte, und versuchte zu lesen, konnte sich aber nicht konzentrieren. Anstatt die Worte zu sehen, nahm er nur die Wölbung ihrer Lippen und das Funkeln in ihren Augen wahr. Sein Schwanz wurde hart, als er sich an ihre Hitze erinnerte, als sie sich gegen ihn gedrückt hatte, ihr sanfter Moschusduft, der ihn geradezu aufforderte, sie zu berühren und zu befriedigen und …

Trotz des Wunsches, das Buch wegzuwerfen, platzierte er sein Lesezeichen wieder in den frischen Seiten und legte es auf den Tisch, so ausgerichtet, dass es genau mit dem Rand abschloss.

Da die Konzentration auf das geschriebene Wort unmöglich war, begann er zu putzen, aber alles in seiner Wohnung war makellos. Ja, er war ein zwanghafter Ordnungsfreak. Im Moment war das einzig Schmutzige, was es hier gab, seine Fantasie. Oh, die Dinge, die er dieser irritierenden Frau antun wollte.

Aber er würde es nicht tun.

Konzentrier dich.

In der Lotusposition saß er im Schneidersitz da, die Ellbogen auf die Knie gestützt, die Augen geschlossen, während er leise vor sich hin summte, aber trotzdem half es ihm nicht, seinen Seelenfrieden wiederzuerlangen. Als all seine üblichen Tricks fehlschlugen, wandte er sich an das Mittel, das nie versagte.

Nahrung.

Deshalb befand er sich jetzt, gerade als die Dämmerung anbrach, auf dem Weg zum besten Steakhaus der Stadt. Das sich natürlich im Besitz seines Rudels befand. Löwen kannten sich mit Fleisch aus. Bist du auf der Suche nach einem Steak, medium, mit genau dem richtigen Hauch von Würze, einem Tropfen Rotweinsoße, einer doppelt gebackenen, gefüllten Kartoffel und einer Portion sautiertem Gemüse, das in Buttersoße geschwenkt wurde? Dann beweg deinen Hintern zum Restaurant *A Lion's Pride*.

Sein innerer Liger, normalerweise ein ruhiger Kerl, konnte nicht umhin, mental mit seinem Schwanz zu schlagen. Aber es hatte weniger mit der Idee des Essens zu tun als mit der Tatsache, dass seine Nase den Hauch eines gewissen Duftes wahrnahm. Ein gewisser Kaugummi-Duft, sehr weiblich, der ihm sagte: »Oh scheiße, sie ist hier.«

Zum Glück war das Restaurant riesig und Leo war kein Feigling. Er wollte nicht weglaufen. Wahrscheinlich hatte diese Meena ihn inzwischen vergessen. Und wenn sie es nicht getan hätte, würde er ihr den Kopf zurechtrücken – und zwar nicht in seinem Bett.

Der Oberkellner lächelte, als er ihn kommen sah.

»Leo, wie schön, dass Sie uns besuchen. Soll ich den Koch anweisen, das Übliche vorzubereiten?«

»Ja, bitte.«

»Leider ist Ihr bevorzugter Tisch gerade besetzt. Es ist tatsächlich so, dass der gesamte Speisesaal voll ist. Aber ich habe in der Nähe der Bar noch einen Tisch, der Ihren

Ansprüchen nach Privatsphäre gerecht wird.« Wie gut Othiel ihn doch kannte.

Die lederbezogene Sitzecke stand an der Wand und hatte eine hohe Rückenlehne. Sie verhinderte nicht, dass der Lärm ihn erreichte, aber er tolerierte es. Das tiefe Summen vieler Stimmen, durchsetzt mit Lachen, bedeutete, dass die Menschen miteinander auskamen und sich amüsierten.

Kein Grund, seine Omega-Karte zu spielen, damit sie sich besser benahmen.

Nicht dass er *laut werden* würde, nicht in der Öffentlichkeit, und schon gar nicht in der Nähe von Menschen. Die Welt war noch nicht ganz bereit dazu herauszufinden, dass unter ihnen pelzige Gestaltwandler lebten und arbeiteten.

Viele seiner Art hatten befürchtet, dass mit dem Aufkommen von Digitalkameras und den sozialen Medien ihr Geheimnis schwieriger zu bewahren sein würde.

Falsch.

Soziale Medien, Spezialeffekte und die Notwendigkeit zu beweisen, dass etwas nicht stimmt, machten es einfacher denn je, seltsame Wildtierbeobachtungen im Stadtgebiet zu erklären. Hast du einen Löwen gesehen, der die Gasse entlangging? Das war nur ein Typ auf dem Weg zu einer Kostümparty. Jemand hat ein Video hochgeladen, auf dem zwei Wölfe auf dem Parkplatz eines 24-Stunden-Burgerlokals bei Vollmond gegeneinander antraten? Ganz offensichtlich eine Animation als Streich, die von einem Teenager mit zu viel Zeit und Computerwissen erstellt worden war.

Es war noch nie so einfach gewesen, sich in aller Öffentlichkeit zu verstecken, aber einige, so auch Leo, zogen es vor, sich von Menschenmassen oder großen Versammlungen fernzuhalten. Er hatte seine Gründe. Von seinen Altersgenossen in jungen Jahren geächtet, weil er ein Hybrid war – ein Liger, halb Löwe, halb Tiger –, hatte dazu geführt, dass er etwas schüchtern war. Es half auch nicht gerade, dass er ein leichtes Ziel war. Damals war er nur ein mickriger Junge, dessen Mutter eine Verfechterin davon war, alles auszudiskutieren. Nur Reden funktionierte nicht gut gegen Fäuste, also kam er oft mit blauen Augen und losen Zähnen nach Hause.

Als er seine Teenagerzeit erreichte und einen massiven Wachstumsschub hatte, fand er plötzlich heraus, dass diejenigen, die ihn einst verspottet hatten, nun sehr begierig darauf waren, sich eher auf ein Gespräch als auf einen Faustkampf einzulassen. Aber da Leo wusste, dass einige von ihnen Probleme hatten, zu hören, und sogar noch größere Probleme damit, zu verstehen, verstärkte er manchmal seinen mündlichen Unterricht für richtiges Verhalten mit ein oder zwei gezielten Faustschlägen.

Ohne Schläge zieht man einen ungezogenen Wandler groß. So sagte seine Großmutter immer.

Als er die Highschool abschloss – natürlich mit Auszeichnung –, verließ er sein Zuhause und besuchte die Universität, wo er Arik und Hayder traf. Trotz seines Wunsches nach Ruhe schienen die beiden entschlossen, ihn mitzunehmen und ihn in ihr Chaos mit hineinzuziehen.

Zu seiner Überraschung genoss er es, ihre Dilemmas zu regeln, und, was noch erstaunlicher war, trotz ihres chaotischen Wesens erfreute er sich sogar an ihrer Gesellschaft. Mit ihnen fühlte er sich wie zu Hause. Akzeptiert.

Nach dem Studium ging jeder seine eigenen Wege. Arik, um zusammen mit Hayder für das Exportgeschäft des Rudels zu arbeiten, während Leo für eine Weile bei einer privaten Sicherheitsfirma tätig war. Einige hätten seine

Arbeit dort als die eines Söldners bezeichnet. Andere als die eines Spions. Er nannte es Arbeitserfahrung und einen Gehaltsscheck. Aber ihm gefiel die Arbeit nicht gut genug, um zu bleiben, als Arik ihn bat, sich seinem Rudel anzuschließen und als ihr offizieller Omega zu fungieren. Die Rolle eines Omegas war die des Bewahrers des Friedens im Rudel. Er sollte die Stimme der Vernunft sein, der Vermittler, der Ruhige. Der, auf den jeder seinen Scheiß abladen konnte und der jedem half.

Er hätte fast Nein gesagt. Umgeben von Menschen rund um die Uhr, in der Stadt? Er wollte das Angebot schon ablehnen, als Arik darauf bestand, dass er das Rudel kennenlernte. Der gesamte Clan versammelte sich zu einer Hochzeit, eine großartige Gelegenheit für ihn, um alle kennenzulernen und ein Gefühl für die Leute zu bekommen, denen Arik vorstand.

Außer dass Leo es nie zur Hochzeitsfeier schaffte. Er schaffte es bis in den Raum vor dem riesigen Ballsaal, wo ihn ein leises Schniefen zu einem kleinen Jungen führte, einem Löwen, wie er am Geruch erkannte, der sich in einem Geräteschrank versteckte.

Nachdem er die Tür geöffnet hatte, ging er in die Hocke, um auf Augenhöhe mit dem kleinen Jungen, der am ganzen Leib zitterte, sprechen zu können.

»Was ist denn los?« Aus irgendeinem Grund vertrauten Frauen und Kinder ihm sofort, während erwachsene Männer bei seiner Größe eher vorsichtig reagierten.

Und auch bei diesem Kind war das so. »Rory und Callum haben mir mein Tablet abgenommen.«

Und da der kleine Junge ziemlich schmächtig war, glaubte er wohl nicht, dass er es zurückbekommen würde.

Es weckte Erinnerungen an eine Zeit, in der Leo sich gegen Tyrannen wehren musste, in einem Rudel, in dem der Omega sich nicht die Mühe machte, sich für Kinder einzusetzen, schon gar nicht für einen Mischling.

In diesem Moment traf Leo seine Entscheidung. Hier konnte er etwas bewirken. Er konnte Lösungsansätze für diejenigen finden, die einen Fürsprecher brauchten, Regeln aufstellen, um den Frieden zu wahren, und Steak zu essen, wann immer er wollte. Ja, Arik hatte ihn bestochen, indem er ihn zu *A Lion's Pride* mitgenommen und ihm versprochen hatte, dass er immer umsonst essen konnte, wenn er sich nur bereit erklärte zu bleiben.

Dazu kam dann noch eine Eigentumswohnung und Leo war nie wieder gegangen.

Er sorgte auch dafür, dass Arik seine Entscheidung bereute, ihm kostenlose Mahlzeiten versprochen zu haben. Leo hatte einen gesunden Appetit. Er nutzte den Vorteil, aber obwohl er nicht bezahlen musste, gab er trotzdem ein gutes Trinkgeld, also liebte ihn das Personal.

Er saß vor einem Krug Milch – einem Liter, denn Leo nahm seine Gesundheit ernst –, schloss die Augen und lehnte den Kopf zurück, wobei er die köstlichen Düfte der Speisen aus der Küche einatmete.

Er richtete sich schnell wieder auf, als sich plötzlich ein dekadenter Duft ihm gegenüber ausbreitete.

»Pookie! Ich wusste, dass du zu mir kommen würdest.« Meena strahlte ihn von der anderen Seite des Tisches aus an.

Sein Schwanz richtete sich auf, um sie zu begrüßen, aber er schlug sich die Faust in den Schoß. »Ich bin zum Essen hier.«

»Essen? Oooh. Ich mag Männer, die gern *essen*.« Sie zwinkerte ihm zu.

Er versuchte, ein Erröten zu unterdrücken. Er. Erröten. Was zum Teufel? »Musst du nicht zu deinen Freundinnen zurückkehren?« Bevor er etwas Verrücktes tat, zum Beispiel sie zum Nachtisch zu sich nach Hause einzuladen.

»Sie können warten, während ich mit meinem Pookie zu Abend esse. Ich will ja schließlich bei unserer ersten Verabredung nicht unhöflich sein.«

»Das hier ist keine Verabredung.«

»Und trotzdem sind wir alle drei hier, du, ich und etwas zu essen!« Sie klatschte, als sie das letzte Wort ausrief, wahrscheinlich weil der Kellner gerade mit einem riesigen Teller ankam, auf dem ein enormes Steak mit allen Beilagen zu finden war.

Bevor er sich bei Claude für die prompte Bedienung bedanken konnte, hatte sie ein Stück von seinem Porterhouse-Steak abgeschnitten und es sich in den Mund gesteckt. Während sie mit geschlossenen Augen kaute, machte sie kleine, zufriedene Geräusche.

Geräusche, die in der Öffentlichkeit eigentlich verboten sein sollten.

Geräusche, die sie nur machen sollte, wenn er sie berührte.

Geräusche, die ihn dazu brachten, sie anzufahren: »Entschuldige mal bitte. Das ist mein Abendessen.«

»Es tut mir leid, Pookie. Das war wirklich unhöflich. Bitte, nimm auch einen Bissen.« Sie hielt ihm das nächste Stück Steak, das sie abgeschnitten hatte, auf der Gabel hin. Einer Gabel, die ihre Lippen berührt hatten.

Lehne es ab. Wir teilen nicht. Wir –

Er aß den Happen mit offensichtlichem Genuss. Das Fleisch war saftig, perfekt gewürzt mit Salz und Knoblauch und butterweich. Jetzt war er es, der seufzte. »Verdammt, das ist wirklich lecker.«

»Mach das Geräusch noch mal«, knurrte sie.

Er sah sie an und bemerkte, dass sie seinen Mund anstarrte. Hungrig. Gierig ...

Es schmeichelte ihm, war aber auch verstörend. Er musste der Sache Einhalt gebieten, und zwar sofort. »Wenn es dir nichts ausmacht, würde ich lieber alleine essen.«

»Alleine?«

»Ja, alleine. Dein Interesse an mir ist sehr schmeichelhaft, aber so leid es mir tut, was andere Sachen anbelangt, liegst du auf ganzer Linie falsch. Wir haben keine Verabredung. Wir sind nicht füreinander bestimmt. Da ist nichts. Gar nichts. Nix.« Es brachte nichts, das ganze schönzureden. Es war immer noch am besten, es ihr geradeheraus zu sagen, bevor sie sich weiter auf die verrückte Idee versteifte, dass sie füreinander bestimmt waren.

Aber wir gehören zu ihr.

Leo ignorierte seine innere Katze, während er darauf wartete, dass sie explodierte. Frauen konnten mit Ablehnung normalerweise schlecht umgehen. Entweder weinten und jammerten sie oder sie schrien und beschwerten sich.

Trotzdem war Ehrlichkeit der beste Weg.

Meena reagierte allerdings nicht wie erwartet. Stattdessen verzogen ihre Lippen sich zu einem breiten Grinsen, ihre Augen funkelten und sie beugte sich vor – wobei ihre Brüste zusammengedrückt wurden, sodass ihr Ausschnitt sich weitete und er einen tiefen Einblick in das Tal zwischen ihren Brüsten bekam. »Widerstand ist zwecklos. Aber ziemlich süß. Danke mir später, wenn du masturbierst. Ich weiß jedenfalls, dass ich dabei an dich denken werde.«

Sie nahm einen letzten verstohlenen Bissen von seinem Abendessen, stand dann von ihrem Stuhl auf und ging mit wiegenden Hüften zur Bar.

Schau nicht hin. Schau nicht hin.

Pfft. Schließlich war er halb Löwe. Natürlich schaute er hin und bewunderte das hypnotische Wippen ihres Hinterns.

Sie hatte diese Abfuhr besser hingenommen, als er gedacht hätte, auch wenn ihre Methode darin bestand, sich komplett zu weigern, es zu glauben. Allerdings wusste er es zu schätzen, dass sie ihm keine Szene gemacht hatte und er sein Abendessen in Ruhe beenden konnte. Diese Ruhe wurde allerdings gestört, als er zu seinem Nachtisch einen heißen Kakao trank.

»Tu es! Tu es!« Das wilde Gelächter von der Bar, auf das schrille Schreie folgten, zerschnitt das sanfte Rauschen, das die Gespräche der übrigen Leute verursachten.

Da er an laute Frauen inzwischen gewöhnt war – denn die Frauen des Rudels gehörten nicht zu den leisesten –, ignorierte er den Ausbruch und konzentrierte sich stattdessen auf die cremige Karamellsoße, mit der sein Brownie übergossen war.

Der Lärm von der Bar wurde lauter. Er vermied es, den Hals zu drehen und sich umzusehen.

Warum sollte er nachsehen, wenn er bereits wusste, wer sich dort befand? Und obwohl er nicht nachsah, konnte Leo *sie* auf eine Weise spüren, die ihn beunruhigte. Sicher war ihre Behauptung falsch, sie seien füreinander bestimmt. Das Schicksal hätte ihm niemals jemanden beschert, der so wenig seinem Geschmack und seinem Lebensstil entsprach.

Okay, vielleicht entsprach sie schon seinem Geschmack, denn körperlich war alles mit ihr in Ordnung. Nein, sein Problem bestand eher darin, dass sie das Chaos in Person war. *Ich kann mir nicht vorstellen, den Rest meines Lebens mit diesem Chaos leben zu müssen,* auch wenn er sich nur allzu gern um brenzlige Situationen – und auch um ihre Kurven – kümmerte.

Als er den letzten Bissen seines Abendessens verspeist hatte, wollte er eigentlich gehen – *Fliehe, solange du kannst!* –, als es noch lauter wurde.

Halte dich da raus. Sieh nicht hin. Argh. Er konnte einfach nicht anders. Unbewusst – oder weil sein gewitzter Liger ihn dazu brachte – sah er hinüber zu dem Meer aus hauptsächlich blonden Köpfen. Und sie riefen: »Auf ex. Auf ex. Auf ex.« Den Löwinnen schmeckten ihre Martinis und Cocktails, und *A Lion's Pride* hatte genau das Richtige für sie. Das Restaurant war mehr als nur ein Steakhouse. An der Bar arbeiteten fantastische Barkeeper, die all denjenigen, die ein leckeres Getränk wollten, das mehr war als nur ein Bier oder ein Glas Wein, etwas bieten konnten.

Überraschte es ihn festzustellen, dass Meena sich im Mittelpunkt des Geschehens befand und einen Riesencocktail auf ex trank, ohne Luft zu holen? Das war wirklich praktisch, wenn man schlucken musste.

Böse Katze.

Nachdem sie das Glas ausgetrunken hatte, stellte sie es auf der Bar ab und leckte sich die Lippen.

Feuchte, volle Lippen.

Mmm.

Er wollte sich eigentlich abwenden, doch als könnte sie sein Interesse spüren, wandte sie den Kopf und ertappte ihn, wie er sie anstarrte. Dann zwinkerte sie ihm zu und außerdem grinste sie.

Oh, oh. Er kannte diesen Blick. Er bedeutete, dass er besser abhauen solle.

Doch wie sich herausstellte, war er zu langsam.

Meena stützte sich an der Bar ab und sprang auf die polierte Oberfläche. Sie trug noch immer diese lächerlich kurze Hose. Aufgrund der Tatsache, dass sie jetzt auf dem

Tresen stand, konnte jeder sehen, wie der Stoff sich an ihre üppigen Kurven schmiegte.

Sein innerer Liger knurrte und zog die Lefzen hoch. Hätte er doch nur einen Mantel gehabt, um sie zu bedecken. Das war ziemlich merkwürdig, denn viele der anderen Löwinnen trugen ein ähnlich aufreizendes, wenn nicht sogar schlimmeres Outfit, und bei ihnen machte es ihm nichts aus.

»Wer will ein paar Schnäpse auf ex mit mir trinken?«

Viele Hände wurden in die Luft gestreckt und von überall her ertönte: »Ich!«

Meena strahlte. »Großartig. Barkeeper. Eine Runde Tequila für mich und meine Freundinnen.«

Tequila war noch nie sexyer gewesen als in diesem Augenblick, und zwar aufgrund der jungen Dame, die es anscheinend darauf anlegte, ihn zu ärgern.

Als Erstes leckte sie das Salz auf, das sie sich auf die Hand geschüttet hatte. Mit ihrer geschmeidigen, rosa Zunge strich sie langsam und verträumt über die Salzkristalle.

Würde sie sich auf nackter Haut ebenso viel Zeit lassen?

Konzentriere dich. Konzentriere dich!

Er wandte den Blick nicht rechtzeitig ab. Den Kopf in den Nacken geworfen, sodass ihr langes Haar ihr über die Schultern, den Rücken hinab bis zum Ansatz ihres Pos reichte, trank Meena den Tequila mit einem Schluck aus.

Ich frage mich, ob es ihr gefällt, wenn man ihr an den Haaren zieht. Besonders wenn er sie von hinten nahm und die weiche Rundung ihres Hinterns seine Stöße freudig abfing.

Leo konnte nicht anders. Er stöhnte.

Sie hingegen lachte, nahm die Zitronenscheibe in den

Mund und biss darauf. Sie verzog das Gesicht und machte einen Schmollmund, als sie die Zitronenscheibe wieder ausspuckte. »Bäh! Juhu!« Sie hieb mit der Faust in die Luft.

Sie war verrückt. Genau wie der Rest der Löwinnen.

Ein normaler Mann würde jetzt entkommen. Ein weiser Mann würde so schnell laufen, wie er konnte.

Doch er konnte nicht gehen.

Schließlich war er der Omega des Rudels und deswegen war es seine Aufgabe, dafür zu sorgen, dass die Dinge nicht außer Kontrolle gerieten.

Er würde nicht eingreifen und dafür sorgen, dass sie nicht weiter tranken – denn das würde nur dazu führen, dass sie wütend wurden und sich darüber beschwerten, dass er ein Spielverderber sei. Und außerdem war da noch das große Ärgernis, denn wenn er den betrunkenen Löwinnen mit der Stimme der Vernunft kam, streckten sie ihm normalerweise den Hintern hin, nannten ihn Daddy und baten ihn, ihnen den Hintern zu versohlen.

Trotz der Tatsache, dass er vielleicht ein paar Damen nach Hause schleppen musste, weil der Alkohol ihren Orientierungssinn beeinträchtigte, ließ er die Löwinnen weitersaufen und würde ihnen später einen Vortrag halten über das Benehmen, das für eine junge Dame angemessen war. Sie würden nicht zuhören, würden wahrscheinlich sogar lachen, aber er würde es trotzdem versuchen. Denn das war es, was Omegas taten. Sie gaben Anleitung – und sagten am Ende mit quälender Stimme: »Ich habe es dir doch gleich gesagt.«

In Meenas Fall glaube ich jedoch nicht, dass eine verbale Bestrafung ausreicht.

Je nachdem, an welcher Stelle er sie mit der Zunge bearbeitete. Es fiel ihm viel zu leicht, sich vorzustellen, wie er zwischen ihren cremefarbenen Oberschenkeln hockte.

Schlimm. So schlimm.
Köstlich. So köstlich.

Er sollte sich besser auf den Vortrag konzentrieren, den er den wilden Löwinnen halten würde. Oder er könnte das sinnlose Quasseln weglassen und sie sich übers Knie legen, wie sie es immer wieder von ihm verlangt hatten. Eigentlich wollte er nur Meena übers Knie legen. Zur Bestrafung die von den kurzen Shorts kaum bedeckten Hinterbacken vor sich haben. Mit der flachen Hand auf die weiche Rundung schlagen. Sich vorzulehnen, um –

»Barkeeper, noch eine Runde. Diesmal bitte B52s.«

Das könnte ein Problem werden.

Man muss hinzufügen, dass Gestaltwandler einen schnelleren Metabolismus haben und den Alkohol schneller wieder verarbeiten als Menschen, aber er hatte natürlich trotzdem eine Wirkung, besonders wenn man ihn in großen Mengen genoss.

Man musste kein Genie sein, um die kommende Katastrophe vorherzusagen, besonders als die vollbusige Meena mit geröteten Wangen, glasigen Augen und lautem Gelächter auf der polierten Theke ins Wanken geriet.

Was ihr allerdings fehlte war gesunder Menschenverstand. Denn obwohl sie bereits schwankte, trank sie weiter ein Glas nach dem anderen, das ihr von der jubelnden Menge gereicht wurde.

»Wer will einen Blowjob?«, fragte sie.

Ich!

Natürlich wusste er vom Verstand her, dass sie damit das alkoholische Getränk meinte, das hielt allerdings seinen Schwanz nicht davon ab, interessiert zu zucken.

Und es hielt ihn auch nicht davon ab, sich vorzustellen, wie sie vor ihm kniete, ihn mit großen Augen ansah, während ihre Wange gehöhlt und ihre Lippen um seinen

Schwanz gespannt waren und sie mit dem Kopf hin und her wippte.

Stöhn.

Leo legte seine Leinenserviette auf den Tisch und stand auf. Und obwohl er eigentlich vorhatte zu gehen – er wollte nicht darauf warten, dass das Chaos ausbrach –, stellte er fest, dass er stattdessen in ihre Richtung schlenderte.

Eine Traube aus Löwinnen stand ihm im Weg. Er musste nur ein paar der Mädels aus dem Weg schieben und schon breitete sich vor ihm ein Pfad aus. Diejenigen, die den Wink mit dem Zaunpfahl nicht verstanden, packte er und manövrierte sie unsanft zur Seite.

An der Theke angekommen, sagte er kein Wort. Er streckte einfach nur die Arme aus, und das auch gerade rechtzeitig, um die angetrunkene Dame aufzufangen, als die Schwerkraft ihren Tribut forderte.

Betrunken oder nicht, Meena erkannte ihn trotzdem. Ihre vollen Lippen verzogen sich zu einem strahlenden Lächeln und ein Grübchen erschien auf ihrer Wange.

»Hallo, Pookie. Wusste ich doch, dass du mir nicht widerstehen kannst.«

»Hat dir niemand beigebracht, nicht auf der Theke zu stehen?«

»Doch, meine Freundin Gina, aber hauptsächlich deshalb, weil ich das letzte Mal einen Rock anhatte und ihr Freund nicht aufhören konnte, darunter zu starren. Und dann hat sie den Streit auch noch angefangen. Als würde mich ihr dürrer Freund interessieren. Ich mag große Männer. So wie dich.«

Das Kompliment funktionierte. Ein warmes Gefühl durchfuhr seine Adern, weckte seine Nerven und wärmte seine Haut. Plötzlich war ihm ihre Gegenwart in seinen

Armen wahnsinnig bewusst. Leider bemerkten es die um sie herum auch.

»Kein schlechter Fang, Leo.«

»Ich habe zwanzig Dollar gewonnen.«

»Das ist doch Blödsinn«, grummelte eine andere weibliche Stimme. »Sie ist ja praktisch von der Theke runtergefallen.«

»Aber sie ist nicht auf dem Boden aufgeschlagen. Du schuldest mir das Geld.«

Es machte den Löwinnen ganz offensichtlich nichts aus, dass eine von ihnen gefallen war. Ganz im Gegenteil, sofort nahm eine andere Löwin ihren Platz auf der Theke ein – und es war schon merkwürdig, dass Leo sich um diese Löwin überhaupt keine Sorgen machte.

Er wollte gerade gehen, als er sich Reba gegenüber fand. Sie hielt in jeder Hand ein Schnapsglas. »Leo und Meena wollen sich K.Ü.S.S.E.N.«

Nun, zumindest sangen sie die angemessenere jugendfreie Version. Leo ignorierte ihr Angebot, mit ihnen zu trinken, und schob sich zwischen den Menschen und Tischen hindurch, um zur Eingangstür zu gelangen.

Meena schien überhaupt nicht beunruhigt zu sein, dass er sie wegbrachte. Im Gegenteil, sie kicherte. »Und er trug sie in den Sonnenuntergang, oder in diesem Fall eher das Mondlicht, und sie lebten glücklich bis an ihr Lebensende.« Meena strampelte mit den Füßen und ihre Zehen verfingen sich an einem Tablett mit leeren Tellern, das daraufhin umfiel.

Bei dem daraus resultierenden Gepolter wurde er nicht einmal langsamer. Seiner Meinung nach war es besser, so schnell wie möglich von hier wegzukommen, denn so konnten weitere Desaster vermieden werden.

Und umso schneller sind wir allein.

Bei dem Gedanken wäre er fast gestolpert.

Er rückte ihr und sich selbst den Kopf zurecht. »Die Tatsache, dass ich dich davor bewahrt habe, der Schwerkraft zum Opfer zu fallen, ändert überhaupt nichts. Ich habe einfach nur meinen Job als Omega gemacht. Als ich sah, dass eine Katastrophe bevorstand, habe ich sie verhindert.« Das hörte sich ziemlich plausibel an, aber die unangenehme Wahrheit war, dass er ihren heißen Körper aufgefangen hatte, weil er einfach nicht anders konnte.

»Ich weiß nicht, ob ich es eine Katastrophe nennen würde. Ich meine, dass du mich aufgefangen und nicht fallen gelassen hast. Nichts ist zerbrochen, wir mussten keinen Krankenwagen rufen und jetzt werde ich wie eine Prinzessin von jemandem getragen, mit dem ich nicht verwandt bin. Und das finde ich großartig, genau wie die Tatsache, dass ich dir jetzt nahe genug bin, um das hier zu machen.« Und damit begann sie, an seinem Hals zu knabbern, während hinter ihnen Pfiffe und schmutzige Bemerkungen ertönten, die leiser wurden und verstummten, als er sie nach draußen an die frische Luft brachte.

Doch auch die kalte Nachtluft brachte sie nicht dazu, ihre heißen Küsse und Bisse in seinen Hals bleiben zu lassen. Und es milderte auch nicht seine Erregung, die sich als große Beule in seiner Hose bemerkbar machte.

Hätte es sich um eine andere Frau gehandelt, hätte Leo sich vielleicht zugestanden, ihre Liebkosungen zu genießen. Aber es handelte sich hier um Ariks Cousine. Es handelte sich um die Frau, von der Hayder nur flüsternd sprach – und der einen panischen Ausdruck bekam, wann immer ihr Name im Zusammenhang mit Haaren fiel. Dieses chaotische Mädchen wurde von allen Frauen im Rudel verehrt und ihr Verhalten war mittlerweile schon legendär.

Und bei dieser Art von Ruf war es besser, wenn Leo sich von ihr fernhielt.

Nein. Das ist unsere Frau. Erwidere ihre Küsse.

Sein inneres Tier scherte sich nicht um die Gründe, warum sie nicht genießen sollten, was sie so freizügig gab. Nur gut, dass es der Mann war, der die Kontrolle hatte.

Obwohl Meena nicht gerade leicht war, hatte Leo nichts dagegen, sie zu tragen. Für die Gesellschaft war es vielleicht sogar sicherer, wenn er es tat. So konnte er sicherstellen, dass sie in ihre Wohnung und ihr Bett kam, ohne weitere Katastrophen zu verursachen. Ob die Tatsache, dass er sie nur ungern losließ, etwas damit zu tun hatte, dass er ihre Liebkosungen genoss?

Auf keinen Fall. Er würde sich nie dazu herablassen.

Oder doch?

Er versuchte, sich von dem abzulenken, was ihr Mund machte, indem er sprach. »Hat dir deine Mutter nicht beigebracht, dich nicht wie ein Seemann zu betrinken, wenn du in der Öffentlichkeit bist?«

»Meine Mutter ist eine gehemmte Spießerin, die ihre Zeit am liebsten damit verbringt, zu sticken und Marmelade einzukochen. Dann lasse ich es lieber ein bisschen krachen. Und außerdem, wem schadet das schon? Ich habe mich amüsiert. Ich habe für die Getränke im Voraus bezahlt. Ich habe niemanden vollgekotzt. Meiner Meinung nach lief alles prächtig.«

»Du bist von der Theke gefallen.«

»Bin ich das tatsächlich? Oder habe ich einen gewissen großen Mann kommen sehen und beschlossen, seine Reflexe zu testen?«

»Du bist nicht absichtlich gefallen.«

»Wenn du meinst, Pookie.« Sie unterstrich ihr Zugeständnis, indem sie noch einmal an seinem Hals saugte.

»Warum nennst du mich eigentlich immer Pookie? Ich heiße Leo.«

»Leo nennen dich alle anderen. Ich will meinen eigenen, ganz besonderen Namen für dich haben. Und ich habe mir Pookie ausgesucht. Gefällt er dir? Ich finde, der Spitzname passt zu dir, weil du so groß und kuschelig bist.«

Bestürzt sah er sie mit offenem Mund an. »Ich bin nicht kuschelig.« Ganz im Gegenteil, er genoss es, Filme zu sehen und dabei alleine in seinem Sessel zu sitzen.

Sie kuschelte ihre Wange an seine Schulter. »Du bist total kuschelig. Und süß. Außerdem hast du einen tollen Hintern.«

Hatte er den? Und nein, seine Brust schwoll nicht vor Stolz an, weil sie ihn lobte. »Ich glaube, du bist betrunken.«

»Vielleicht bin ich ein bisschen angeheitert, aber blind bin ich nicht. Du bist heiß. Selbst wenn du mir nicht als mein Lebensgefährte bestimmt wärst, würde ich versuchen, deinen süßen Hintern ins Bett zu zerren.«

»Wir sind keine Lebensgefährten.«

»Noch nicht.«

»Und werden es niemals sein.« Und lag es an ihm oder hatte er bei diesem Gespräch ein Déjà-vu-Erlebnis?

»Du spielst schwer zu kriegen. Das gefällt mir.«

»Ich spiele nicht. Ich meine es ernst. Ich bin nicht an einer Beziehung interessiert.«

»Schon klar. *Pookie*.« Sie sagte es mit belustigtem Unterton, bevor sie ihre Aufmerksamkeit wieder der Erkundung seines Halses zuwandte.

Er beschloss, dass es nichts brachte, mit ihr zu diskutieren, und ging stattdessen weiter.

Und nein, er setzte sie nicht ab. Er wusste auch nicht warum. Er tat es einfach nicht. Konnte es nicht.

Weil sie uns gehört.

Brüll.

Er behielt sein frustriertes Brüllen für sich und ignorierte die neugierigen Blicke, die ihm folgten, als er die Wohnanlage betrat und direkt zu einem der Aufzüge ging.

Jemand räusperte sich, aber bevor derjenige sprechen konnte, knurrte er: »Ich will kein Wort hören. Kein. Einziges. Wort. Für all diejenigen, die es unbedingt wissen wollen«, Katzen waren nämlich ausgesprochen neugierige Tiere, »ich bringe eine betrunkene Bewohnerin ins Bett.«

Meena ließ lange genug von seinem Hals ab, um laut zu rufen: »Stört uns nicht! Heute Nacht wird es mir richtig besorgt.«

Er schloss die Augen und seufzte.

Hinter ihm brach aufgebrachtes Gemurmel aus, das nur endete, weil die Aufzugtür sich hinter ihnen schloss. »War das wirklich nötig?« Er konnte nicht verbergen, wie genervt er war. Und sah sie wenigstens einsichtig aus, als er sie böse anstarrte?

Nein. Kein bisschen.

Ein freches Lächeln, das ihre Lippen umspielte, machte ihren Blick umwerfend süß. Er versuchte, sich mit ernster Miene zu wehren.

»Sei nicht sauer, Pookie.«

Er war nicht sauer. Er war nur geduldig und stoisch. Das war ein großer Unterschied. »Du hast angedeutet, dass wir miteinander schlafen würden.«

»Tun wir das nicht?« Erneut klimperte sie unschuldig mit den Wimpern.

»Nein.«

Diesmal war es an ihr zu seufzen. »Was für eine Schande. Aber ich nehme es nicht zurück. Schließlich habe ich einen Ruf zu wahren. Außerdem habe ich mit Reba und

Zena gewettet, dass es mir gelingen würde, dich abzuschleppen.«

»Was hast du getan?«

Sie verdrehte die Augen. »Ach, jetzt sag mir nicht, dass es auch noch verboten ist zu wetten.«

»Wenn es um mich geht, habe ich aber schon etwas dagegen.«

»Aber es betrifft ja zur Hälfte mich, und das bedeutet doch sicher, dass es erlaubt ist, oder?«

»Nein.«

»Ach, komm schon. Es ist ja nicht so, als hätte ich um etwas Schlimmes gewettet. Nur dass du im Bett landen würdest. Mit mir.«

»Die Wette verlierst du. Ich bringe dich nämlich ins Bett und komme nicht mit.«

»Bist du dir sicher? Ich meine, es ist kein großes Bett, nur ein kleines Doppelbett, aber wir könnten uns aneinander kuscheln.«

Aneinander kuscheln? Wenn er mit ihr im Bett landete, würde er mehr tun als nur das. Viel mehr.

Als die Fahrstuhltür sich öffnete, kam ihm in den Sinn, dass er sie runterlassen könnte, weil sie nur wenige Schritte von ihrer Wohnungstür entfernt waren und sie den Weg ins Bett sicher alleine bewältigen würde.

Doch sein blöder Körper wollte immer noch nicht hören. *Es ist am besten sicherzustellen, dass sie auch im Bett landet.* Er kannte ihren Ruf und konnte sich vorstellen, dass sie sich erneut ins Chaos stürzte, sobald er ihr den Rücken zuwendete.

Mit dieser Art der Rechtfertigung hatte er kein Problem, sie weiterhin festzuhalten, als er die paar Schritte zu ihrer Wohnungstür zurücklegte. Er wusste, in welcher Wohnung sie lebte, da es nur eine gab, die für Gäste reserviert war. Als Omega des Rudels konnte er die Tür öffnen, indem er seine Hand auf das Sicherheitspaneel in der Wand legte.

Er ging hinein und achtete nicht auf das Dekor. Er hatte diesen Ort schon oft gesehen, da dort Besucher des Rudels unterkamen. Er wusste auch genau, wo sich das Schlafzimmer befand, betrat es schnell, und schließlich gehorchten seine Arme und warfen sie auf die Matratze.

Sie kreischte, als sie abfederte, und breitete Arme und Beine aus – was sich in diesen Shorts praktisch als nicht jugendfrei erwies.

Ein wahrer Gentleman hätte weggeschaut. Anscheinend hatte Leo doch nicht so gute Manieren, wie er es gern dachte.

Aber mindestens eine Frage konnte beantwortet werden.

Sie trägt eine Unterhose. Eine rosa Unterhose aus Baumwolle.

Sabber. Das war so sexy.

Einige Typen standen vielleicht auf Spitzenunterwäsche, aber Leo machte es weitaus mehr an, wenn eine Frau ihre Reize in einfacher Unterwäsche versteckte. Er fand, dass dadurch nur noch die natürliche Schönheit des weiblichen Körpers unterstrichen wurde.

Als müsse bei Meena noch irgendetwas unterstrichen werden. Er war sowieso schon viel zu scharf auf sie, als es angemessen war.

Hilf ihr dabei, ihre Wette zu gewinnen. Geh mit ihr ins Bett. Wie verschlagen dieses Flüstern war. Und was noch viel schlimmer war, er hätte nicht sagen können, ob es sein innerer Liger war, der versuchte, ihn dazu zu bringen, diese irritierende Frau zu der Seinen zu machen, oder ob es sein eigener Verstand war, der versuchte, ihn dazu zu bringen, der Versuchung nachzugeben.

Aber er würde nicht nachgeben.

Er machte auf dem Absatz kehrt, um zu gehen, nur um wieder anzuhalten, als sie fragte: »Wo gehst du denn hin? Wenn du mich anständig ins Bett bringen möchtest, solltest du mich wenigstens ausziehen, oder?«

Zehn. Neun. Acht. Er brauchte bis null, um sich zu beruhigen. Und dann war er tatsächlich noch immer nicht ruhig, doch er drehte sich trotzdem um. Obwohl er es besser wusste, aber er war einfach nicht dazu in der Lage, seinen Körper zu kontrollieren.

Dort lag sie, noch immer auf dem Rücken, die Arme unter den Kopf gelegt. Dadurch wurde ihr T-Shirt nach oben gezogen, sodass man zwischen dem Saum ihres Hemdes und ihrer Shorts einen Streifen Haut sah. Und was ihre kurze Hose anging, so sah diese ungemütlich eng aus. Sie sollte sie wirklich besser ausziehen – zusammen mit dem BH, der sie bestimmt einengte.

Ich wette, diese Brüste könnten eine Massage gebrauchen, nachdem sie den ganzen Tag eingesperrt waren.

Er versteckte die Hände hinter dem Rücken. »Ich werde dich nicht ausziehen. Das kannst du selbst machen.«

Während ich dir dabei zuschaue. Seinem inneren Tier gefiel der Plan, auch wenn es ganz genau wusste, dass Leo das eigentlich nicht vorhatte.

Auch ihr schien der Plan zu gefallen. »Ein Voyeur. Wie sexy. Stell dich darauf ein, dass meine unglaublich sexy Bewegungen dich umhauen.«

Er wurde tatsächlich umgehauen und außerdem musste er sich wahnsinnig beherrschen, um nicht zu lachen – und sich auf sie zu werfen, um sie zu vernaschen.

Und lachen musste er, weil die winzigen Jeansshorts sich einfach weigerten, sich ausziehen zu lassen.

»Verdammtes riesiges Steak, das ich zum Abendessen hatte, zusammen mit dem unglaublich leckeren Käsekuchen als Nachtisch«, grummelte sie, während sie sich wand und mit ihrer kurzen Hose kämpfte.

»Wann hast du denn gegessen?« Weil sie nur ein paar Stücke von ihm geklaut hatte.

»Bevor du ins Restaurant gekommen bist. Deswegen habe ich dich dein Steak auch selbst essen lassen. Ich hatte keinen Hunger mehr. Aber jetzt schon.« Sie zwinkerte ihm zu, kniff dann jedoch die Augen zusammen und steckte ihre Zunge aus dem Mund, während sie den Rücken durchdrückte und an ihrer Jeans zerrte, die sich zu einer Stoffrolle an ihrer Hüfte zusammengefaltet hatte und sich nicht lösen lassen wollte.

»Brauchst du Hilfe?«, fragte er sie. Und nicht, weil er sie unbedingt anfassen wollte – obwohl er es wollte, sogar sehr –, sondern weil er einfach nicht mehr dabei zusehen konnte, wie sie mit ihren Hüften rollte und nach oben stieß. Das sorgte nämlich dafür, dass er sie am liebsten auf dem Bett festgehalten und dafür gesorgt hätte, dass sie ihren Unterkörper erotisch unter ihm kreisen ließ.

»Es wird aber auch Zeit, dass du mir das anbietest.« Sie hielt inne und grinste ihn an, frech und einladend.

Er verschwendete keine Zeit, beugte sich vor, packte den Stoff zu beiden Seiten ihrer Hüften und zog daran.

Ratsch. Der Jeansstoff zerriss und befreite sie. Ohne die kurze Hose jedoch lag sie fast nackt vor ihm.

Was hatte er über einfache Höschen gesagt, die die natürliche Schönheit noch unterstrichen? Das traf den Nagel auf den Kopf.

Rosa Baumwolle schmiegte sich an ihren Unterkörper

und versteckte die Tatsache nicht, dass der schmale Streifen Stoff über ihrer Muschi ganz feucht war. Die Unterwäsche konnte vielleicht ihren Venushügel verbergen, den Duft ihrer Erregung jedoch nicht.

Sie will mich.
Ich will sie.
Ich muss sie haben.
Ich muss sie nehmen.
Sie zu der Meinen machen.
Hilfe!

Leo übermannte etwas, das er schon seit Jahren nicht mehr gespürt hatte. Die reine Panik.

»Den Rest schaffst du ja wohl alleine.« Ganz alleine. Ohne ihn. Er würde sie nicht mehr anfassen. Ihr nicht weiter helfen, sich auszuziehen.

»Aber was ist mit meinem BH?« Sie umfasste ihre schweren Brüste und sah ihn mit einem schmollenden, flehenden Blick an.

Befreie die wunderschönen Dinger!

Er machte einen Schritt auf das Bett zu, beherrschte sich aber dann.

Ich muss schnell abhauen. Er ging nicht. Er rannte! Er floh, als wäre eine Herde wütender Elefanten hinter ihm her, die ihn zertreten wollte. Und bevor jemand sich lustig machte, eine Herde wütender Elefanten war keine lustige Sache. Und er musste es wissen. Er hatte einen ihrer Wutausbrüche bereits überlebt.

Und genau wie damals gelang es ihm jetzt, gerade so mit heiler Haut ihrer Wohnung zu entkommen.

Ich hätte die Wohnung überhaupt nicht betreten sollen. Ich hätte sie zur Tür bringen und dann direkt gehen sollen.

Er wusste es, aber er hatte nicht anders gekonnt.

Er konnte nicht anders, als sie zu begehren.

Und zwar so sehr, dass er fast fieberte – vor Erregung.

Als er seine eigene Wohnung betrat, ging er sofort ins Badezimmer und drehte die Dusche an. Nur kaltes Wasser. Er könnte lügen und sagen, dass er Energie sparen wollte, indem er kein heißes Wasser benutzte, aber eigentlich wollte er die wütende Hitze in seinem Inneren beruhigen.

Die eisige Kälte der Dusche half, seine Erektion ein wenig zu lindern, aber er musste trotzdem noch an sie denken.

Zögernd packte er seinen Schwanz, dessen Umfang davon zeugte, welchen Einfluss sie auf ihn hatte. Er schloss seine Finger darum, machte die Augen zu und ließ seine Fantasie spielen.

Vielleicht würde es ihren Einfluss auf ihn lindern, wenn er das Ganze einfach in seinen Gedanken durchspielte.

Also stellte er sich vor, dass sie vor ihm kniete. Bezaubernd und nackt. Ihr goldenes Haar fiel ihr über die Schultern und streifte die Spitzen ihrer herrlichen Brüste. Wie sahen ihre Brustwarzen aus? Er war gegangen, bevor er es herausgefunden hatte, aber er stellte sich vor, dass sie groß und saftig waren, genau wie der Rest von ihr.

Und sie war eine enthusiastische Liebhaberin. Auf den Knien packte sie ihn fest. Oh ja. Die Hand fest um seinen Schwanz gelegt, bewegte sie sie hin und her und streichelte die weiche Haut mit genügend Reibung. Ein schneller Zungenschlag über seine Eichel, eine sanfte Liebkosung, worauf sie seine gesamte Spitze ableckte.

Stöhn.

Dann saugte sie mit ihrem Mund und tauchte ihn in ihre feuchte Hitze.

Seufz.

Während sie ihn lutschte, bewegte sie die Hand immer

schneller auf und ab, auf und ab, schneller und schneller. Er ließ die Hüften vorschnellen und drang so mit seinem Schwanz tiefer in sie ein. Was für Geräusche würde sie wohl machen? Dankbares Stöhnen. Vielleicht würde sie ihn auch leicht beißen, gerade hart genug, um ihn zum Keuchen zu bringen.

»Nimm mich, Leo. Nimm mich jetzt sofort«, würde sie betteln.

Würde er sie sich bücken lassen, um in sie einzudringen, oder in ihrem Mund kommen? Sie würde sein Dilemma bemerken und flüstern: »*Komm in meinem Mund. Ich will dich schmecken.*«

Oh mein Gott.

Er kam. Der heiße Strahl seiner Erregung verschwand im Abfluss der Dusche. Endlich verspürte er Erleichterung.

Jetzt würde es ihm vielleicht gelingen, ihrer merkwürdigen Anziehungskraft zu widerstehen. Offensichtlich war er schon zu lange nicht mehr gekommen. Das war etwas, das ein Mann in regelmäßigen Abständen brauchte, um seine niederen Instinkte im Griff zu behalten.

Kein Wunder, dass er dieser irritierenden Frau fast erlegen wäre. Es war schon viel zu lange her gewesen.

Aber wenn das der Fall war, warum brachte die Tatsache, dass er daran dachte, wie sie ihm zuzwinkerte und flüsterte: »*Können wir es noch mal machen?*«, seinen erschlafften Schwanz dazu, sich erneut aufzurichten?

Ich kann doch nicht schon wieder geil sein. Nicht so schnell.

Aber so war es, und je mehr er versuchte, nicht an sie zu denken, umso mehr erinnerte er sich an den Geschmack ihrer Lippen auf seinen und das Gefühl, wie sie seinen Hals liebkost hatte.

Verdammt. Es sich selbst zu machen hatte nicht funktioniert. Was stimmte mit ihm nicht?

Da sein Körper entschlossen schien, in seinen fieberhaften Zustand zurückzukehren, legte er Wert darauf, unter der eisigen Dusche zu bleiben, den Kopf sinken zu lassen, zu atmen und sich auf alltägliche Dinge zu konzentrieren. Das bevorstehende Rudel-Picknick auf dem Bauernhof. Das neueste kleine Mädchen, das im Rudel geboren worden war, dessen schockierend rote Haare sie alle dazu brachten, sich zu fragen, was für ein genetischer Rückschlag sie sein würde, wenn sie zur Jugendlichen heranreifte.

Als er das Gefühl hatte, wieder die Kontrolle über sich und seinen Körper gewonnen zu haben, trat er schließlich aus der Dusche und wickelte ein Handtuch um seine Hüften. Da er bei seiner eisigen Dusche kein warmes Wasser gebraucht hatte, befand sich kein Kondenswasser auf dem Spiegel und so bemerkte er einen merkwürdig verfärbten Fleck an seinem Hals. Er drehte sich um und warf einen genaueren Blick darauf.

»Verdammt noch mal, ich kann es nicht glauben. Sie hat mich markiert.« Und das hatte sie tatsächlich. Ein hübscher, lila Knutschfleck prangte auf der sonst weißen Haut seines Halses.

Sie hat uns markiert!

Es verärgerte – gefiel – ihm. Der Fleck würde außerdem nicht lange sichtbar sein. Normalerweise heilte er sehr schnell.

Mit den Fingern strich er über den Fleck und erinnerte sich daran, wie er dort gelandet war. Die sanfte Berührung ihrer Lippen, die erregende Hitze ihres Atems, wie sehr es ihn erregt hatte und wie sehr es ihm danach gelüstet hatte, ihre Haut zu schmecken.

Seufz.

Und damit ging er erneut unter die kalte Dusche.

Kapitel Vier

Seine dunklen Wimpern lagen auf seinen Wangen. Seine vollen Lippen sahen weich und einladend aus. Sein dunkles Haar war verwuschelt, anstatt wie sonst brav gekämmt.

Sein Gesicht war nicht vor Verärgerung verzogen. Sie genoss es, solange sie es noch konnte. Und das war wahrscheinlich nicht mehr sehr lange. Besonders weil sie vorhatte, ihn zu wecken.

»Aufgewacht, Pookie.«

Man musste Leo zugutehalten, dass er nicht aufschrie. Ganz im Gegensatz zu Hayder, der sehr wohl gekreischt hatte, als Meena das letzte Mal auf ihm gesessen und ihn geweckt hatte. Damals war sie zwar erst zwölf gewesen, sehr viel kleiner und hatte außerdem eine Gespenstermaske getragen, aber trotzdem. Das Kreischen, das er ausgestoßen hatte, ziemte sich nicht für einen Löwen. Manchmal machte es ihr immer noch Spaß, ihm einfach so die Aufnahme auf den Anrufbeantworter zu spielen.

Leo grunzte nur, als er ein Auge öffnete und feststellte, dass sie auf seiner beeindruckend breiten Brust saß.

Im Gegensatz zu ihrem Bruder Barry warf er sie nicht ab. Und im Gegensatz zu ihrem Vater sagte er ihr nicht, sie solle gehen und ihre Mutter nerven. Und im Gegensatz zu ihrem letzten Freund schnappte er auch nicht nach Luft und verlangte nach einem Krankenwagen. Was für ein Weichei war ihr Ex doch gewesen. Er hatte sich geweigert, Gutenmorgensex mit ihr zu haben, nur weil er ein paar angebrochene Rippen hatte.

Leo tat nichts von alledem. Stattdessen schloss er die Augen und schlief wieder ein.

Hä? Hatte er vielleicht nicht gemerkt, dass sie auf ihm saß?

Sie ruckte ein wenig auf ihm herum. Es war nicht einfach, sie zu ignorieren, wenn sie ihn geradezu erdrückte, oder?

Er bewegte sich nicht.

Sie beugte sich vor, sodass ihr Gesicht nur noch Zentimeter von seinem entfernt war. Er machte die Augen nicht auf, fragte aber in einem Ton, den sie sehr gut kannte – Verzweiflung mit einem Hauch Resignation – »Wie bist du hier reingekommen?«

»Durch die Tür natürlich.«

»Die war abgeschlossen.«

»Ich weiß. Nur gut, dass ich einen Schlüssel habe.«

»Wie zum Teufel bist du an einen Schlüssel gekommen? Die Tür lässt sich nur mit einem Handabdruck öffnen. Niemand hat einen Schlüssel.«

»Spielt es wirklich eine Rolle, wie es mir gelungen ist? Als deine Lebensgefährtin brauche ich doch Zugang zu unserer Wohnung.«

»Das hier ist nicht unsere Wohnung. Es ist meine Wohnung.«

»Das ist offensichtlich.« Sie zog die Nase kraus. »Sie

sieht eher aus wie eine langweilige, blütenweiße Musterwohnung. Aber mach dir keine Sorgen. Ich habe schon Pläne für die Inneneinrichtung.«

»Mir gefällt die Inneneinrichtung, wie sie jetzt ist.«

»Das glaube ich dir, aber wenn wir hier als Lebensgefährten zusammenleben –«

»Wir sind keine Lebensgefährten«, knurrte er in diesem sexy Ton, der ihr so gefiel.

»Noch nicht.« Sie sagte es mit dem Brustton der Überzeugung. Meena glaubte an das Schicksal.

»Niemals.« Er hörte sich ebenfalls ausgesprochen überzeugt an.

Wie niedlich. »Habe ich dir schon gesagt, wie sehr ich eine Herausforderung schätze?«

»Das ist kein Spiel.«

»Du hast recht. Das ist es nicht. Während der Partnerwerbung gibt es keine Verlierer, nur Gewinner.«

Er seufzte. Auch mit diesem Geräusch war sie nur allzu vertraut.

»Was willst du?«

War das nicht offensichtlich? »Dich.«

»Mal abgesehen von mir.«

»Den Weltfrieden.«

Er schnaubte verächtlich. »Da kannst du lange warten.«

»Schuhe, die ich direkt im Laden kaufen kann und nicht erst extra bestellen muss.« Damenschuhe in Größe vierundvierzig stellten eine Herausforderung dar.

»Lauf barfuß, das ist sowieso besser für dich. Was sonst noch?«

»Verdammt heißen Sex.«

Daraufhin riss er die Augen auf. Er starrte sie an und sie lächelte, besonders weil ein bestimmtes Körperteil sich gerade von halb erigiert zu einem Stahlpfosten, dick und lang, aufgerichtet hatte. Wie schön herauszufinden, dass er überall gleich proportioniert war.

»Wir werden keinen Sex haben.«

»Bist du dir da sicher?« Sie wand sich ein wenig auf ihm und die Reibung sorgte dafür, dass sie wohlig erschauderte.

»Ich bin mir ganz sicher.«

»Wenn du keine Lust hast, warum hast du dann das da?« Sie rieb sich langsam an dem Beweis seiner Erregung.

Seine Augen nahmen eine dunkle, rauchblaue Farbe an, ein Zeichen dafür, wie erregt er war. Ein Zeichen dafür, dass er kurz davor stand, seine Selbstbeherrschung zu verlieren. Ein Zeichen dafür, dass er –

»Das, du kleines Ärgernis, habe ich nur, weil ich mal aufs Klo muss. Das ist eine ganz normale männliche Reaktion kurz nach dem Aufwachen.«

Seine Antwort machte ihr gar nichts aus. Sie fand es süß, dass er log und so tat, als wäre er schwer zu kriegen. Schließlich wollte niemand eine männliche Hure als Lebensgefährten.

Allerdings hieß es auch nicht, dass sie ihn vom Haken ließ. Sie rieb sich erneut an ihm und genoss es sehr. »Was für eine Schande. Ich habe gern Morgensex. Da fängt der Tag doch gleich ganz anders an.«

Obwohl er kein Geräusch machte, bemerkte sie, dass sein linkes Auge ganz leicht zu zucken begann, und selbst er konnte die Anspannung seines Körpers nicht völlig verstecken.

Sie hörte einen Moment lang auf, ihn zu quälen – so schön es auch war –, und rollte von seinem verführerischen Körper aufs Bett. »Dann geh pinkeln. Ich warte hier auf dich«, erklärte sie, als er sich nicht sofort bewegte.

»Ich kann nicht.«

»Und warum nicht? Gehörst du zu der Sorte Mann, der nicht mehr kann, wenn er denkt, jemand hört ihm zu?«

»Das nicht. Aber ich war nicht auf Gesellschaft eingestellt und bin dementsprechend auch nicht angezogen. Wenn es dir also nichts ausmacht ...«

»Was sollte mir nichts ausmachen? Einen Blick auf deine Ausstattung zu werfen?« Sie lächelte und verschränkte die Hände hinter dem Kopf. »Dann mal los, Pookie. Zeig mal her, was du hast.«

Ooh, jetzt sieh dir das an. Das nervöse Zucken wurde ein bisschen deutlicher.

»Ich werde nicht nackt vor dir herumspazieren. Das gehört sich nicht.«

»Jetzt hörst du dich wie meine Mutter an. Zieh dir einen Badeanzug an, wenn du schwimmen gehst. Zeig niemandem deine Brüste, um Plastikperlen zu bekommen. Wir sind ja schließlich nicht in New Orleans.«

Sie hörte definitiv, wie er erneut seufzte. »So langsam kann ich verstehen, warum du verbannt wurdest.«

»Hey, es ist nicht meine Schuld, dass die Mäuse entkommen sind. Eigentlich sollten sie eine Überraschung sein. Woher hätte ich wissen sollen, dass sie zwischen die Kabel geraten?«

»Wage ich es zu fragen, warum du Mäuse hattest?«

»Um ein Spiel zu spielen natürlich.«

»In was für einem Spiel kommen denn lebende Nagetiere vor?«

Sie verdrehte die Augen. »Oh, Mann. In Mausefalle natürlich.«

»Natürlich.« Jetzt konnte nicht mal mehr er ein Zucken seiner Lippen unterdrücken. »So interessant diese Unterhaltung auch ist, ich gehe jetzt ins Badezimmer. Und ich erwarte, dass du verschwunden bist, wenn ich zurückkomme.«

»Sonst was?«

»Was meinst du mit sonst was? Ich habe dir einen Befehl gegeben und als Gast des Rudels wirst du gehorchen.«

»Natürlich, Pookie.«

»Und hör auf, mich Pookie zu nennen.«

»Würde dir Schnucki besser gefallen?«

»Nein.«

Bei seinem gestressten Ton hätte sie am liebsten laut losgelacht, hätte er nicht genau diesen Moment gewählt, um die Bettdecke zurückzuschlagen und so den Blick auf eine Menge Haut freizugeben. Und auf seinen muskulösen, leicht gebräunten, unglaublich verführerischen Körper.

Den will ich beißen.

Während die Katze in ihr ihn am liebsten gebissen hätte, wollte Meena sich auf ihn werfen. Besonders weil dieser mutige Mann, obwohl er sich anfangs verschämt geweigert hatte, sich ihr zu zeigen, auf dem Weg zum Badezimmer keinerlei Eile zeigte.

Nein. Stattdessen rollte er aus dem Bett und zeigte ihr einen Hintern – der dringend ein paar Bissspuren brauchte, und natürlich ihre –, und dann ging er mit erotischer Geschmeidigkeit zum Bad, sodass sie seufzen musste.

Oh was für ein unglaublich gut aussehender Mann.

Er gehört mir. Dieser Gedanke, der ihre Besitzansprüche ausdrückte, überraschte sie ein wenig. Normalerweise teilte Meena alles mit jedem.

Bis jetzt. Denn schon der Gedanke daran, dass eine andere Frau ihren Mann betrachten könnte, machte Meena ein klein wenig nervös – und mit nervös meinte sie, sie würde jeder Frau, die ihn zu lange ansah, die Augen auskratzen. Jetzt verstand sie wenigstens, warum ihre Großmutter ein Jahr im Gefängnis verbracht hatte. Manche Dinge waren es einfach wert, sich dafür einsperren zu lassen.

»Viel Spaß beim Pinkeln«, rief sie ihm nach. »Und mach dir keine Sorgen darüber, dass ich dich hören könnte. Eine gesunde Blase ist etwas Gutes. Mal ganz ehrlich, dann müssen wir schon kein Budget für Windeln einplanen.«

Die Tür zum Badezimmer wurde geschlossen und der Ventilator eingeschaltet – was sie zum Kichern brachte. Obwohl er ihr befohlen hatte zu gehen, bewegte sie sich nicht. Stattdessen streckte sie die Arme seitlich in dem Bett aus, einem schönen, großen Bett.

Sie fühlte sich darin ausgesprochen behaglich und genoss Leos Duft, ein maskulines Aroma, das sie mit jedem Atemzug einsog.

Leo kämpfte vielleicht noch dagegen an, dass er sich zu ihr hingezogen fühlte, aber er würde schon nachgeben. Dafür würde sie sorgen.

Da sie sich wohlfühlte und ein bisschen müde war – schließlich hatte der verdammte Mann sie am Abend zuvor unbefriedigt zurückgelassen, weshalb sie nicht schlafen konnte –, nickte sie ein, nur um wenig später aufzuwachen, weil er grummelte: »Du bist noch immer hier?«

Sie streckte sich, öffnete die Augen und trotz seiner verärgert geäußerten Frage bemerkte sie, dass er jede ihrer Bewegungen beobachtete.

Er war jedoch nicht der Einzige, der beobachten konnte. Sie sah ihn an und stellte fest, dass er frisch geduscht und rasiert war und leider auch eine Cargohose und ein T-Shirt trug. Wie schade. Es hätte ihr nichts ausgemacht, ihn auch von vorne zu sehen, um festzustellen, ob der Anblick genauso wunderbar war wie der seiner Rückansicht.

»Du siehst zum Anbeißen gut aus, Pookie.«

»Wechsle nicht das Thema. Ich habe dir befohlen zu gehen.«

Sie gab ihm eine ehrliche Antwort. »Das hast du, aber ich bin nicht davon ausgegangen, dass du das wirklich so gemeint hast, also bin ich geblieben. Außerdem will ich nicht gehen.«

Nein. Sie würde genau hier bleiben.

Aber mit *genau hier* meinte sie auf seinem Bett und nicht daneben auf dem Boden, wo er sie hinplumpsen ließ!

Kapitel Fünf

L**eo musste zugeben, dass es weder eine besonnene** noch die netteste Entscheidung war, die Matratze anzuheben und Meena auf den Boden fallen zu lassen, aber irgendetwas musste er tun.

Es war schon schlimm genug, dass er aufgewacht war und sie auf ihm gesessen hatte. Sie hatte so lecker gerochen. Und sich so wunderbar angefühlt. Und ihn beinahe dazu gebracht, sie auf den Rücken zu rollen und ihr den Morgensex zu geben, den sich beide so sehr wünschten.

Mit einem hatte die verdammte Frau allerdings recht. Er wollte sie. Sein Verlangen nach ihr war kaum zu bändigen.

Und was die Tatsache betraf, dass er pinkeln musste, so hatte er gelogen. Wie es aussah, hatte er über ziemlich viele Dinge gelogen, seit er ihr begegnet war. Die schlimmste Lüge war, dass er sich immer wieder selbst sagte, dass er sie nicht wollte.

Ich will sie. So sehr.

Und deswegen hatte er sie auch aus dem Bett geworfen. Denn ansonsten hätte er die wunderbare Meena auf den

Rücken gelegt, ihre vollen Lippen geküsst, seine Erektion zwischen ihren runden, perfekten Schenkeln versenkt und sich in ihrer Herrlichkeit verloren.

Der blanke Irrsinn.

Er musste sich konzentrieren, und um das zu tun, musste er die Versuchung beseitigen. Obwohl seine erste Reaktion darin bestand, ihr die Hand anzubieten, um ihr vom Boden aufzuhelfen, drehte er sich um, ignorierte die Stimme in seinem Kopf, die schrie: »Wo sind nur deine Manieren?«, und ging stattdessen in die Küche. Dort wollte er einen Kaffee machen, den er nur allzu gut gebrauchen konnte. Aber war das wirklich eine schlaue Entscheidung? Vielleicht wäre es besser, seinen Nerven keinen Kaffee zuzumuten, besonders wenn sie zugegen war.

Er schaffte es nicht ganz bis in die Küche. Jemand warf sich von hinten auf ihn und rief: »Erwischt!«

Da er nicht darauf vorbereitet gewesen war, stolperte er, fand aber schon bald sein Gleichgewicht wieder, während Meena ihre Beine um seine Hüften und ihre Arme um seine Schultern legte.

»Was zum Teufel machst du da, Nervensäge?«

»Nervensäge? Ist das dein Spitzname für mich?«

»Ja, weil es an Zauberei grenzt, dich loszuwerden.«

Jede andere Frau wäre wahrscheinlich eingeschnappt gewesen. Hätte ihn vielleicht sogar geschlagen. Diejenige jedoch, die ihn mit schlangenhafter Stärke umfing, zeigte dafür keinerlei Anzeichen. »Das gefällt mir. Das ist süß. Wann lässt du es dir also in einem Herz auf die Haut tätowieren?«

Wie zum Teufel funktionierte nur ihr Verstand? »Ich mag keine Tätowierungen.«

»Daraus kann ich dir keinen Vorwurf machen. Dein Körper ist bereits ein wunderbares Kunstwerk. Aber ich könnte mir stattdessen eins machen lassen. Vielleicht auf meiner linken Pobacke, sowas wie ein Brandzeichen. *Eigentum von Leo*. Oder wie wäre es mit *Pookies kleiner Freudenspender*?«

Ja und ja. »Nein! Keine Tattoos. Niemals.«

»Spielverderber.«

Er antwortete nicht, sondern ging einfach weiter in die Küche, während eine entschlossene Löwin ihm am Rücken hing.

»Was gibt es zum Frühstück?«, wollte sie wissen.

Sie, auf der Küchentheke, mit ein wenig Sirup, den er ihr von den runden Brüsten lecken musste, die sich gerade an seinen Rücken drückten. »Wenn ich sage, dass es gar nichts gibt, gehst du dann?«

»Nein. Aber wenn du uns nichts zu essen besorgst, zwingst du mich dazu zu kochen, und eins kann ich dir gleich sagen, das ist etwas, das du ganz sicher nicht willst«, teilte sie ihm leise flüsternd mit. »Das letzte Mal ist sogar die Feuerwehr gekommen und mir wurde mitgeteilt, dass ich von jetzt an nur noch Cornflakes mit Milch kochen dürfe.«

Diesmal hielt nichts ihn davon ab zu lachen. »Also, dann solltest du wirklich besser gehen, wenn du etwas zu essen haben möchtest.«

»Ich bin sicher, dass ich etwas anderes finden kann, das ich mir in den Mund stecken kann.« Sie schnurrte ihm die Worte geradezu ins Ohr.

Sicher stammte das ausgesprochen unmännliche Kreischen nicht von ihm?

Er brauchte nur wenige Sekunden, um seine Schuhe anzuziehen, sich seine Brieftasche zu schnappen und ihre Schuhe mitzunehmen, die neben der Tür standen, bevor er sie zum Aufzug schleifte. Sie ließ sich von seinem Rücken gleiten, doch da sie so groß war, konnte sie ihm immer noch mit heißem Atem ins Ohr hauchen: »Du weißt schon, je länger du dich dagegen wehrst, umso explosiver wird es. Das ist alles Vorspiel, Pookie. Die ganze Zeit, in der du es dir nicht eingestehst, ist wie ein langes, hinausgezögertes Vorspiel. Und dann nimm dich in Acht, wenn du plötzlich nicht mehr Nein sagen kannst. Ich werde dafür sorgen, dass du Sternchen siehst.«

Sterne. Feuerwerk. Wohl eher das Innere einer Gefängniszelle, denn wenn er nicht vorsichtig war, würde er sie in der Öffentlichkeit nehmen und wegen Erregung öffentlichen Ärgernisses verhaftet werden.

Ein Teil seiner Erregung legte sich, als sie die Eingangshalle betraten. Es war schwierig, eine Erektion aufrechtzuerhalten, wenn ein halbes Dutzend Augenpaare auf ihn und Meena gerichtet waren.

Spekulative Blicke gingen zwischen ihnen hin und her. Wenn er ein unbedarfter junger Mann gewesen wäre, wäre er vielleicht errötet, als sie falsche Schlüsse zogen. Wäre er Hayder gewesen, wäre er vielleicht mit vorgetäuschtem Stolz weiter stolziert. Leo entschied sich für eine Mischung aus einem finsteren Blick und friedlichem Desinteresse. Er mochte keine Gerüchte, vor allem keine über ihn.

Meena hatte keine solche Scham. Breit lächelnd stolzierte sie zur Gruppe. »Guten Morgen, Leute. Ist heute nicht ein wundervoller Tag?«

Mehr sagte sie nicht. Das brauchte sie auch nicht. Die Andeutung war offensichtlich – wenn auch falsch.

Da sie abgelenkt schien, nutzte er den Moment, um zu entkommen. Doch es gelang ihm nicht.

Kaum war er draußen angekommen, hüpfte sie auch schon neben ihm. »Und wohin gehen wir zum Frühstück?«

»Wir gehen nirgendwohin. Ich gehe ins Café und hole

mir einen Kaffee und ein Teilchen.« Wohl eher ein halbes Dutzend und drei von ihren Frühstücks-Wraps und einen großen Bananenmilchshake.

»Ooh, holst du dir vielleicht das mit dem Zuckerguss? Darf ich den dann ablecken?« Sie klimperte unschuldig mit den Wimpern. Doch der herausfordernde Blick, mit dem sie ihn ansah, war alles andere als unschuldig.

Er antwortete nicht. Das musste er auch nicht. Die verdammte Nervensäge wusste genau, was sie ihm antat.

Kurz bevor sie im Café ankamen, klingelte ihr Telefon. Sie blickte auf den kleinen Bildschirm und zog die Stirn in Falten.

Gab es also tatsächlich etwas, das ihr ihre Fröhlichkeit verderben konnte? Er fragte sich, was es wohl sein mochte – damit er es aus der Welt schaffen konnte. Er mochte es nicht, wenn sie nicht lächelte.

Verdammt. Wo kam plötzlich dieser Gedanke her? Was auch immer ihr den Wind aus den Segeln nahm, hatte nichts mit ihm zu tun. *Es ist mir egal. Und es geht mich nichts an.* Seine neugierige innere Katze konnte ihre wilden Spekulationen für sich behalten.

Er ließ sie auf dem Bürgersteig zurück und ging ins Café. Nachdem er das Übliche bestellt hatte und ein paar Teilchen extra – weil sie wie der Typ Frau aussah, der sicher fragen würde, ob er mal beißen dürfe –, drehte er sich um und lehnte sich gegen eine Säule. Hätte er lügen wollen, dann hätte er gesagt, dass er die Angestellten nicht nervös machen wollte. Nicht jedem gefiel es, wenn ein Typ seines Kalibers sie im Auge behielt. Außer dass alle ihn kannten und kein bisschen von ihm eingeschüchtert waren. Warum starrte er also dann tatsächlich aus dem Fenster? Weil eine bestimmte Löwin noch immer dort stand, und ein Teil von ihm konnte nicht umhin, sie im Auge zu behalten und sich zu fragen, welche Dummheit sie wohl als Nächstes plante.

Durch das große Fenster des Cafés sah er, wie sie den Bürgersteig auf und ab ging und ihr Gesichtsausdruck sich immer wieder veränderte. Mit einer Hand hielt sie sich das Telefon ans Ohr, während sie mit der anderen wild gestikulierte.

Vor was für ein Dilemma sie ihn doch stellte. Sie war anscheinend dazu entschlossen, ihn in den Wahnsinn zu treiben – vor Verlangen. Es schien ihre Mission zu sein, mit seinen Gefühlen zu spielen – durch ihre ungewöhnliche Persönlichkeit. Sie schien entschlossen, seine Zukunft zu verändern – und zwar ausgesprochen entschlossen.

Außerdem sprach sie jetzt jemand an!

Knurr.

Kapitel Sechs

»Steig in den Wagen.« Als sie den offensichtlich russischen Akzent hörte, verdrehte Meena die Augen.

»Ich muss Schluss machen, Teena.« Sie legte auf, drehte sich um betrachtete die lange schwarze Limousine, natürlich ein Lincoln Town Car, denn Dmitri reiste gern mit Stil. »Ich werde nicht einsteigen, Dmitri.«

Der winzige Spalt, zu dem das getönte Fenster geöffnet war, reichte nicht, um sein attraktives Gesicht sehen zu können, doch sie konnte es sich vorstellen. Er hatte dunkle Haare, blaue Augen und war unglaublich arrogant. War es nicht klar, dass der Grund dafür, dass sie von zu Hause abgehauen war, auftauchen würde?

»Wie hast du mich gefunden?«

»Ich habe meine Quellen, wie du wissen solltest.«

Ja, das wusste sie, deswegen hatte sie ja auch das erste Flugzeug genommen, das Russland in Richtung Heimat verließ, nachdem sie mit ihm Schluss gemacht hatte. Sie hatte angenommen, dass sie nach ihrer Rückkehr ein paar Anrufe bekommen würde, in denen er von ihr verlangte, dass sie zu ihm zurückkehren sollte.

Sie hatte allerdings nicht erwartet, dass er ihr folgen würde.

Dmitri war in dieser Beziehung ausgesprochen traditionell, und so schien *nein* keine Antwort zu sein. Zumindest keine, die sich eine Frau erlauben durfte. Und falls jemand eine gewisse Ironie in der Tatsache sah, dass sie Leos Neins nur als einen Ausdruck dafür abtat, dass er so tat, als wäre er schwer zu bekommen, während sie ihre auch so meinte, dem sei gesagt, dass Leo immerhin ihr zukünftiger Lebensgefährte war. Dmitri war nichts weiter als ein Urlaubsflirt und sie hatten es nicht mal ins Schlafzimmer geschafft.

Das waren zwei vollkommen verschiedene Sachen.

Bei Leo flogen die Funken. Es prickelte. Wohingegen Dmitri zwar einigermaßen süß war, ihr Herz aber nicht zum Rasen brachte wie ein bestimmter Liger.

»Du musst dich damit abfinden, dass ich dich verlassen habe, Dmitri, und mit deinem Leben weitermachen. Ich werde dich nicht heiraten.«

»Du wirst mir gehören.« Er sagte es mit großer Überzeugung und hatte auch ein paar Schläger mitgebracht, um seine Aussage zu unterstreichen. Ein paar muskulöse Typen stiegen aus dem Wagen. Als Dmitri ihnen befahl: »Tut ihr nicht weh«, schüttelte sie nur den Kopf.

Also bitte, wenn er vorhatte, sie in seine Gewalt zu bringen, hätte er noch mehr von diesen Typen mitbringen müssen. Als der eine Gorilla – und ganz im Ernst, obwohl er offensichtlich ein Mensch war, stellte sie sich bezüglich seiner Abstammung bestimmte Fragen – ihren Arm packen wollte, machte sie einen Schritt zur Seite, sodass er in die Luft griff. Sie allerdings verfehlte ihn nicht.

Sie trat den ersten Schläger gegen das Knie. Er schrie vor Schmerz, aber bevor sie ihn völlig außer Gefecht setzen konnte, sprang der zweite Kerl sie an. Er griff nach ihr, doch sie duckte sich und schlug ihm mit der Faust vor die Brust. Er japste nach Luft. Sie zeigte jedoch keine Gnade und stieß ihm das Knie in den Schritt, als der erste Schläger gerade zu einem neuen Hieb ansetzte.

Das Glöckchen klingelte, als sich die Tür zum Café öffnete und ein ausgesprochen ruhig wirkender Leo sagte: »Wenn du die Dame auch nur anfasst, reiße ich dir den Arm aus und erschlage dich damit.«

Was Drohungen anging, war das wirklich eine gute. Besonders aufgrund der Tatsache, dass Leo es aufgrund seiner Größe und Gemütsverfassung wahrscheinlich sogar gekonnt hätte.

Doch der Idiot hörte nicht auf ihn. Stattdessen griff er nach Meenas Arm und aus Neugier ließ sie es zu, anstatt ihm die Finger zu brechen.

Warum sollte sie sich ermüden, wenn Pookie so erpicht darauf schien, sie zu retten?

Während er nach außen hin kühl und gefasst wirkte, braute sich hinter seinen Augen ein Sturm zusammen, als Leo knurrte: »Ich habe gesagt, du sollst sie nicht anfassen.«

Krach. Bumm. Ja, dieser Typ würde wohl geraume Zeit lang nichts mehr mit diesem Arm anfassen und wahrscheinlich würde er morgen auch heiser sein, so wie er schrie.

Weichei.

In der Entfernung konnte man Polizeisirenen hören und Dmitri musste nicht erst »Rein in den Wagen, ihr Idioten« bellen, bevor die Schläger realisierten, dass ihr Entführungsversuch gescheitert war.

Meena sah dem Wagen nicht nach, als er mit rasender Geschwindigkeit davonbrauste, denn sie hatte etwas Wichtigeres, um das sie sich kümmern musste. Nämlich einen Mann, der glaubte, sie retten zu müssen. Wie ihr Vater lachen würde, wenn er davon erfuhr. Ihre Schwester Teena würde es unglaublich romantisch finden und seufzen. Ihre Mutter hingegen würde Meena dafür schelten, erneut ein Chaos verursacht zu haben.

Sie wandte sich an Leo, der einen furchterregenden Blick aufgesetzt hatte, und warf sich ihm an den Hals. Anscheinend hatte er es halb erwartet, weil sich seine Arme weit öffneten und er sie auffing – ohne auch nur ins Schwanken zu geraten!

Sie legte ihre Beine um seine Taille, ihre Arme um seinen Hals und rief aus: »Pookie, du warst großartig! Du hast mich vor diesen großen, bösen Männern gerettet. Du bist wie ein Ritter in Under Armour-Rüstung.« Was nicht ganz stimmte. Denn er trug ein schlichtes, schwarzes Fruit of the Loom T-Shirt. Allerdings konnte sie sich ihn nur allzu gut in einem der engen T-Shirts von Under Armour vorstellen, die seinen Oberkörper perfekt zur Geltung bringen würden.

Andererseits wäre es vielleicht besser, seinen Kleidungsstil so zu lassen, besonders in Anbetracht der Tatsache, wie es seine eindrucksvolle Muskulatur in Szene setzen würde. Es gab keinen Grund, die weibliche Bevölkerung das sehen zu lassen, was sie ohnehin nicht haben konnte. Und es bedeutete auch, dass sie sich weniger Blut vom Körper waschen musste, falls die anderen Frauen es wagen sollten, ihn anzufassen.

»Ich würde nicht gerade behaupten, dich gerettet zu haben. Du schienst auch allein ganz gut klarzukommen.«

Sie gab ihm einen dicken Schmatzer auf die Lippen und verkündete: »Mein Held.«

Die meisten Männer hätten sich stolz in die Brust geworfen, wenn man sie mit einem Helden verglichen hätte – oder wären auf dem Boden zusammengebrochen, wenn sie sie angesprungen hätte. Doch Leo stand einfach nur da und sah dann stirnrunzelnd erst sie an und dann in die Richtung, in die der Wagen davongefahren war.

»Wer waren diese Typen?«

»Oh, das waren nur Dmitri und seine Männer.«

»Und wer ist dieser Dmitri?«

»Der Typ, den ich eigentlich heiraten sollte.«

Kapitel Sieben

Von all den Antworten, die Leo erwartet hatte, war dies die abwegigste.

Ein Zuhälter, der nach neuen Mädchen suchte – das kam öfter vor, als es sollte.

Ein Organhändler auf der Suche nach neuen Organen wäre auch infrage gekommen, besonders weil ihm so einer in der Vergangenheit schon über den Weg gelaufen war – bevor er die Geschichte beendet hatte. Ironischerweise hatte der Organhändler mit seinen eigenen Organen fünf Leben gerettet. Nur gut, dass er seine Organspenderkarte unterschrieben hatte.

Sogar ein Anwerber für die Gestaltwandler-Kämpfe im Untergrund hätte mehr Sinn gemacht als Meenas Antwort.

»Er ist dein Verlobter?«, platzte er heraus. Und allein bei dem Wort *Verlobter* versteifte er sich, sein innerer Liger knurrte und seine Temperatur stieg an.

»Eigentlich nicht.«

Kopfschmerzen begannen hinter seiner Stirn zu pochen, während er eine umfangreiche Erklärung erwartete. »Ist er dein Verlobter oder nicht?«

»Können wir erst mal etwas essen? Ich bin am *Verhungern*.« Sie schnurrte das Wort und starrte ihm dabei auf die Lippen. Am liebsten hätte er losgebrüllt. Stattdessen legte er ihr eine Hand auf ihren wunderbaren Hintern, öffnete die Tür zum Café und ging an die Theke, wo Joe eine Augenbraue hochzog, aber nichts sagte. Als Gestaltwandler wusste Joe es besser, als sich einzumischen. Jeder seiner Mitarbeiter hatte ebenfalls einen Bezug zu den Gestaltwandlern, und zwar ganz bewusst, da sie in der Nähe des Apartmentgebäudes angesiedelt waren, in dem eine ziemlich große Anzahl des Rudels lebte.

Als Bär neigte Joe dazu, für sich zu bleiben. Er leitete das Café mit seiner Familie, die aus drei Töchtern bestand, die alle verheiratet waren, und seiner Frau. Er war nicht nur ihr Bäcker und Kaffeezubereiter vor Ort. Er wusste auch, wie wichtig Diskretion war, aber Leo musste trotzdem fragen. »Hat jemand die Polizei gerufen?« Mit anderen Worten, sollten Meena und er zusehen, dass sie wegkamen, bevor Polizisten eintrafen und Fragen stellten?

Joe schüttelte den Kopf, als ein Polizeiwagen mit brüllender Sirene vorbeiraste, sicher auf dem Weg zu einem anderen Verbrechen.

»Hier ist deine Bestellung, Leo«, erklärte Rosalie und stellte die große Tüte mit all den Leckereien auf die Theke, zusammen mit zwei gelben, cremigen Milchshakes.

»Das riecht so lecker«, murmelte Meena an seinem Ohr. Sie biss auch kurz hinein, bevor sie an seinem Körper hinabglitt, und mit Hinabgleiten meinte er tatsächlich, dass er jeden Zentimeter ihres kurvigen Körpers spürte, der sich an ihm rieb.

Joe neigte den Kopf in ihre Richtung und fragte stumm: *Wer ist das?*

»Joe und Rosalie, ich möchte euch die Nervensäge

vorstellen, auch als Meena bekannt. Sie besucht gerade das Rudel.«

Meena kicherte und schmiegte sich an ihn, wobei sie ihm einen Arm um die Hüfte legte. »Es ist mehr als nur ein Besuch. Pookie und ich sind verlobt und wollen bald heiraten. Ihr werdet mich also öfter zu Gesicht bekommen.«

Da war das nervöse Zucken wieder. Er hörte, wie Joe lachte. Er sah Rosalies breites Lächeln. Und er spürte, dass die Falle, in die er getappt war, bereits zugeschnappt war.

Doch er floh nicht. Das konnte er nicht. Sie ließ ihn nicht mal los, als er sie bat, ihr Getränk zu nehmen.

Bevor sie es nahm, spähte sie noch in die Tüte mit den Leckereien. »Ooh. Aah. Lecker. Essen wir hier oder nehmen wir es mit nach Hause, Pookie?«

Mit nach Hause meinte sie wahrscheinlich seine Wohnung, wo sie allein wären und wo es außerdem ein Bett gab. Da vor seinem geistigen Auge plötzlich Bilder auftauchten, die wenig mit Essen zu tun hatten, wählte er den Tisch, der am weitesten von der Tür entfernt war.

Er stellte die Tüte mit den Frühstücksleckereien und sein Getränk auf den Tisch und ließ sich auf einen der Stühle sinken, der alarmierend quietschte.

Meena setzte sich ihm gegenüber hin, schürzte die Lippen und saugte an ihrem Strohhalm, was ihn zwar ziemlich ablenkte, jedoch nicht so sehr, dass er vergaß, was geschehen war.

Ein Verlobter? Es war nicht nur seine innere Katze, die Fragen hatte. Auch der Mann wollte wissen, was los war.

Doch sie ließ sich erst nach zwei Teilchen und einem Frühstücks-Wrap – mit luftigem Rührei, Speck, grünen Paprika und scharfem Cheddar – dazu herab, einige seiner Fragen zu beantworten.

Während sie sich die Lippen leckte – und die Spitze

ihrer rosa Zunge eine große Verlockung darstellte –, begann er das Verhör. »Wer genau waren diese Typen und warum haben sie versucht, dich in den Wagen zu zerren?«

»Das waren Dmitris Handlanger, und wie schon gesagt, sie haben versucht, mich mitzunehmen, damit Dmitri mich vor den Altar schleifen kann, um mich zu heiraten.«

»Da du *schleifen* gesagt hast, nehme ich an, dass du nicht zu versessen darauf bist, den Kerl zu heiraten.«

Sie kräuselte die Nase und schüttelte den Kopf. »Nein. Ich habe versucht, ihm aus dem Weg zu gehen.«

Jetzt langsam fiel der Groschen. »Dieser Dmitri ist der Grund dafür, dass du hier bist, nicht wahr? Deswegen hat Arik zugelassen, dass du zurückkommst. Du versteckst dich.«

»Ich mich verstecken? Natürlich nicht. Meine Eltern hielten es nur für angebracht, dass ich meinen Verwandten einen Besuch abstatte, nun, da Arik die Kontrolle über das Rudel übernommen hat.« Wieder gelang es ihr nicht, die Unschuldige zu spielen.

»Hielten sie es für angebracht oder haben sie darauf bestanden?«

Sie streckte schmollend die volle Unterlippe vor, an der er zu gern gesaugt hätte. Doch er hielt sich zurück. »Jetzt rede schon.«

»Na gut. Sie haben mich verbannt. Es wurde entschieden, dass es besser wäre, wenn ich mich verstecke und mich eine Zeit lang nicht mehr blicken lasse, weil ich in Russland so viele Probleme verursacht habe.«

»Du warst in Russland? Was hast du da gemacht?«

»Ich habe nach Blumen gesucht.«

Er blinzelte. »Nach Blumen gesucht? Wozu?«

»Also, seltene Blumensamen können ein hübsches

Sümmchen erzielen, genau wie die Hybride besonderer Blumenarten. Meine Mutter hat ein ausgesprochen erfolgreiches Blumengeschäft und dass es so erfolgreich ist, liegt zum Teil daran, dass ich für sie umherreise und interessante Samen und Blumenarten mitbringe.«

»Hilf mir mal, das zu verstehen. Wie bist du beim Blumenpflücken in Schwierigkeiten geraten?«

»Tja, so wie es aussah, befanden sich die Blüten von *Symplocarpus renifolius*, die ich gesucht habe, in einem Garten.«

»In einem botanischen Garten?«

»Eigentlich nicht. Eher in einem privaten Garten. Was ziemlich unhöflich ist, wenn man bedenkt, wie selten sie sind. Blumen sollten für die Öffentlichkeit sein.«

Er lehnte sich auf seinem Platz zurück, ignorierte das ominöse Ächzen des Metalls und bereitete sich auf eine verworrene Geschichte vor. Und ja, er kannte Meena inzwischen gut genug, um mit Sicherheit davon auszugehen. »Also hast du einfach an die Tür der Person geklopft und gefragt, ob du sie dir ansehen darfst?«

Sie wand sich auf ihrem Sitz und saugte noch einmal an ihrem Strohhalm. Ihre Wangen höhlten sich, sie hatte die Lippen geschürzt. Sie hatte einen fantastischen Sog drauf.

Er zwang sich dazu, den Blick abzuwenden. »Hast du das Grundstück widerrechtlich betreten?«

»Ja, schon. Aber das hatte ich gar nicht vor. Ich wollte nur nachsehen, ob sie tatsächlich dort waren, bevor ich jemanden belästigte. Also bin ich über die große Steinmauer geklettert, die das Anwesen umgab.«

»Und du bist nicht auf die Idee gekommen, dass die Mauer dazu da war, Leute von dem Anwesen fernzuhalten?«

»Doch, als ich den Stacheldraht gefunden habe, schon. Doch dann war ich neugierig.«

Das Problem vieler Katzen, herauszufinden, was sich auf der anderen Seite befand. Leo hatte keine Probleme damit. Er war normalerweise groß genug, um sehen zu können, dass das Gras auf der anderen Seite genauso grün war.

»Also bist du über die Mauer geklettert. Hast dich in den Garten geschlichen –«

»Nachdem ich ein paar Rottweilern, die angekommen sind, um mich zu begrüßen, die Bäuche gekrault habe.«

Das Pochen hinter seiner Stirn wurde schlimmer. »Du weißt aber schon, dass sie dich in Stücke reißen könnten?«

Erneut klimperte sie mit den Wimpern und sah ihn mit diesem unschuldigen Blick an, den er ihr nicht eine Sekunde lang abnahm. »Warum sollten sie das tun? Ich kann wirklich gut Bäuche kraulen. Soll ich es dir beweisen?«

Ja! »Nein.«

»Du hast recht. Jetzt ist nicht der richtige Zeitpunkt. Wir sollten warten, bis wir zu Hause sind, damit ich dir richtig den Bauch kraulen kann.«

Es brachte auch nichts, ihr zu sagen, dass er sich nicht den Bauch kraulen lassen würde.

Warum nicht?

Sein innerer Liger wollte einfach nicht verstehen, warum er so versessen darauf war, sie auf Abstand zu halten – besonders weil es sich so toll anfühlte, wenn sie ihm nahe war. *Bleib mit den Gedanken bei der Konversation und schweife nicht ab.* Er fragte sich, ob es sich ihrerseits um ein Ablenkungsmanöver handelte, damit er nicht herausbekam, was er wissen wollte. In Anbetracht der Tatsache, dass sie ihren Fuß langsam an seinem Bein hinaufgleiten ließ, war das wahrscheinlich der Fall. Er gebot dem Fuß Einhalt, indem er die Knie schloss. Er wollte unbedingt den Rest der Geschichte erfahren, besonders den Teil, wie sie zu einem russischen Verlobten gekommen war. »Also hast du alle Sicherheitsmaßnahmen umgangen, die seltenen Blumen gefunden, du wurdest erwischt und eingesperrt.« Hatte ein Polizist oder ein Staatsmann sie gezwungen, ihn zu heiraten, um der Anklage zu entgehen? Schließlich gab es ständig Hochzeiten, um eine Greencard zu bekommen.

»Nein, eigentlich nicht. Ich wurde erwischt. Dmitri hat mich auf dem Überwachungsvideo gesehen und ist persönlich herausgekommen, um mich zu fragen, was ich da tue. Als ich ihm sagte, dass ich die Blumen haben wollte, erwiderte er, dass er sie mir geben würde, wenn ich mit ihm essen gehen würde. Und zwar noch an jenem Abend.«

»Warte mal kurz. Ein Typ erwischt dich, wie du unerlaubt auf seinem Grundstück umherschleichst, um seine seltenen Blumen zu stehlen, lädt dich dann zum Essen ein und fragt dich, ob du ihn heiraten willst?«

Sie nickte.

»Und du hast Ja gesagt?«

»Natürlich nicht. So leicht bin ich auch nicht zu haben. Außerdem ist er zwar gut aussehend, aber –«

Als er das hörte, musste er einfach knurren.

»Dmitri hat es einfach nie geschafft, mein Kätzchen zum Schnurren zu bringen.«

»Löwen schnurren nicht.«

»Über dieses Kätzchen habe ich auch nicht geredet.« Sie grinste, wahrscheinlich weil ihm ihre Offenherzigkeit unangenehm war.

Es war schön zu wissen, dass sie sich nicht zu dem Typen hingezogen fühlte, aber eine große Frage war noch immer nicht geklärt. »Wenn du nicht an ihm interessiert warst, warum in aller Welt wart ihr dann verlobt?«

»Oh, habe ich vergessen zu erwähnen, dass Dmitri der Boss einer Gestaltwandler-Mafia-Organisation in Russland ist? Nachdem ich mich dreimal geweigert hatte, hat er trotzdem einfach mit den Hochzeitsvorbereitungen weitergemacht.«

»Nur dass die Hochzeit niemals stattgefunden hat. Du bist noch immer ledig.« *Aber nicht mehr lange.* Sein innerer Liger schien ausgesprochen feste Pläne für die Zukunft zu haben.

»Ledig, und das ist auch gut so, sonst hätte ich dich vielleicht niemals kennengelernt und wir würden nicht unsere gemeinsame Zukunft planen. Und mach dir keine Gedanken, selbst wenn es Dmitri gelungen wäre, mir einen Ring an den Finger zu stecken, wäre es mir und meinem Vater gelungen, eine Scheidung oder einen Unfall zu arrangieren, nachdem ich nun meinen wahren Lebensgefährten, also dich, getroffen habe. Doch das Schicksal war auf meiner Seite. Und jetzt gehöre ich ganz dir, Pookie.« Sie strahlte ihn an.

Bumm. Das war das Geräusch, das sein Kopf machte, als er gegen den Tisch schlug. *Bumm. Bumm. Bumm.*

»Pookie, was machst du denn da? Hast du sowas wie einen Anfall? Soll ich dir irgendetwas in den Mund stecken, damit du nicht erstickst?«

Und tatsächlich fühlte er sich nicht so gut. Er legte den Kopf auf den Tisch und versuchte, mit geschlossenen Augen seinen Seelenfrieden wiederzuerlangen, den er in dem Moment verloren hatte, als er sie kennengelernt hatte.

»Wie konntest du entkommen, wenn er dich eingesperrt hat?« Das war eine Information, die ausgesprochen nützlich sein konnte, falls er sie jemals einsperren musste, um einen Vorsprung zu gewinnen.

»Sagen wir einfach, ich habe es gemacht wie Houdini oder die Braut, die sich nicht traut. Im wahrsten Sinne des Wortes. Ich bin an meinem Hochzeitstag entkommen, indem ich meine unglaublichen Kletterkünste benutzt habe. Und da sich sein Anwesen mitten im Nirgendwo befindet, habe ich das coole Motorrad, das vor dem Haus stand, kurzgeschlossen.«

Er zog eine Augenbraue hoch.

»Okay, ich habe es nicht kurzgeschlossen. Ich habe den Schlüssel benutzt. Aber du weißt schon, dass das viel weniger cool klingt.«

»Es passt zu dir, dass du das denkst.«

»Vielen Dank, Pookie, es ist unglaublich, wie gut du mich jetzt schon verstehst. Jedenfalls bin ich gefahren, als wäre mein Vater hinter mir her, was manchmal der Fall war, als ich noch jünger war und mich als Teenager aus dem Haus geschlichen habe, und bin zum Flughafen gefahren. Ich habe mich als blinder Passagier in ein Flugzeug geschmuggelt, was in den Filmen viel gemütlicher aussieht, als es tatsächlich ist, und bin nach Hause zurückgekehrt. An diesem Punkt hätten die meisten Männer aufgegeben, aber Dmitri, der sehr stur ist, hat ein paarmal angerufen und mir gedroht, also habe ich meine Telefonnummer geändert.«

»Aber?«

»Aber er hat die Telefonnummer meiner Familie herausgefunden und begonnen, dort anzurufen. Was in Ordnung war. Meine Tanten und so haben ihn blockiert, aber das Problem war, dass er eines Tages vor der Tür meiner Eltern aufgetaucht ist, als ich gerade einkaufen war.

Meine Eltern machen gerade Urlaub in Mexiko, also musste Tante Cecily sich mit ihm auseinandersetzen.«

»Und das hat ihr Angst gemacht.«

Sie lachte. »Meiner Tante Cecily Angst machen? Wohl eher nicht. Sie hat einen ziemlich krassen rechten Haken. Die Schwester meines Vaters ist diejenige, die mir beigebracht hat, unfair zu kämpfen.«

»Irgendetwas muss doch geschehen sein, dass du weggeschickt wurdest.«

»Na ja, sie hat sich eben ziemliche Sorgen um mich gemacht, weil ich doch so sensibel bin und so.«

Er konnte nicht umhin zu schnauben.

»Ja, so habe ich auch reagiert, aber so ist das eben, wenn man die Jüngste in der Familie ist. Teena ist zehn Sekunden vor mir auf die Welt gekommen. Jedenfalls hätte Tante Cecily nichts dagegen gehabt, mich zu behalten, nur dass die Schläger Mamas Blumengarten zertrampelt haben, als sie versucht haben, mich zu entführen.«

»Du wurdest wegen zertrampelten Blumen weggeschickt?«

»Nein, ich wurde weggeschickt, bevor die Schläger noch mehr Schaden anrichten konnten. Wenn meine Mutter weint, regt mein Vater sich auf, und wenn mein Vater sich aufregt, passieren merkwürdige Dinge. Und die Leichen wegzuschaffen ist immer ein Problem, denn die Polizei scheint so ihre Schwierigkeiten mit Morden zu haben. Außerdem versucht Daddy, mal eine Zeit lang aus dem Knast heraus zu bleiben. Jedenfalls wurde mir zum Wohl der Familie nahegelegt, lange Ferien zu machen, in der Hoffnung, dass Dmitri während meiner Abwesenheit seine Schläger zurückpfeifen und die Hochzeitspläne aufgeben würde.«

»Nur dass er gemerkt hat, dass du verschwunden bist, und dir hierher gefolgt ist.«

Sie runzelte die Stirn. »Was ziemlich merkwürdig ist, denn als ich hergekommen bin, ist mir definitiv niemand gefolgt.«

»Jedenfalls wird dir jetzt jemand folgen, und zwar rund um die Uhr, bis ich diesen Dmitri ausfindig machen und ihm sagen kann, dass er sich verdammt noch mal aus dem Territorium des Rudels verpissen soll.«

»Das würdest du für mich tun?« Sie lächelte ihn freudig an.

»Das würde ich für jeden tun, der dazu gezwungen werden soll, einen Idioten zu heiraten, der kein Nein als Antwort akzeptiert.«

Die meisten Frauen wären enttäuscht, allgemein in diese Gruppe gesteckt zu werden. Sie jedoch nicht. Stattdessen wurde ihr Lächeln breiter. »Pookie, du bist ein wahrer Held, der Jungfrauen in Not rettet. Du wirst einen fantastischen Ehemann abgeben.«

Nicht, wenn er sie am Altar stehen ließ.

»Ich würde dir gern erklären, dass du dich bezüglich unserer Beziehung irrst. Wir haben nämlich keine. Wir werden niemals eine haben. Es wird nie passieren.«

Ha. Das verächtliche Schnauben kam nicht von Meena. Sein innerer Liger war derjenige, der seine Behauptung lächerlich fand.

Genau wie Meena. »Oh, Pookie, du bist so süß, wenn du so ernst bist. Da würde ich am liebsten über den Tisch springen, mich auf deinen Schoß setzen und dir einen dicken Kuss verpassen.«

Bei der Drohung bereitete er sich schon auf den Einschlag vor – und vor freudiger Erwartung wurde sein Schwanz ganz hart.

Doch leider machte sie diesmal ihre Drohung nicht wahr.

»Aber diesmal mache ich es nicht, weil beim letzten Mal der Tisch zusammengebrochen ist und der Typ, mit dem ich zu Mittag gegessen hatte, rückwärts vom Stuhl gefallen ist und ins Krankenhaus musste, weil er eine Gehirnerschütterung hatte.«

»Ich hätte dich aufgefangen.« Ganz sicher ermutigte er sie doch nicht, oder?

Ein anzügliches Lächeln erschien auf ihren Lippen. »Das weiß ich doch. Ein Mann wie du weiß, wie er eine Frau wie mich anfassen muss.«

Und zwar mit beiden Händen und nackt. So viel wunderbare Haut, die es zu liebkosen galt ...

»Pookie«, flüsterte sie, »du knurrst schon wieder, und obwohl das natürlich unglaublich sexy ist, sind gerade ein paar Menschen hereingekommen.«

Er kehrte schnell ins Hier und Jetzt zurück, erneut komplett von der Frau vor ihm abgelenkt. »Wir sollten gehen. Ich habe heute viele Sachen zu tun.«

»Sachen? Ooh. Das hört sich toll an. Was für Sachen hast du denn vor? Mir persönlich gefällt es, wenn man mit meinen Brustwarzen spielt, nur damit du es weißt.«

Der Beutel mit den Resten diente als Schild, damit sie nicht sah, wie die Beule in seiner Hose wuchs, doch sie half nicht dagegen, dass sein Blut in Wallung geriet.

Warum machte sie all diese Dinge absichtlich, um ihn zu necken?

Warum nimmst du ihr Angebot nicht einfach an?

Warum wollte sein innerer Liger eigentlich nie ein verdammtes Nickerchen machen wie die meisten anderen Katzen?

Sein böser Blick hielt sie nicht davon ab, sich bei ihm

unterzuhaken, als sie gingen. Seine abschreckende Miene hielt sie auch nicht davon ab, weiterhin fröhlich zu plappern, während sie gingen. Und obwohl er seine Gefühle unter Kontrolle zu halten versuchte, empfand er doch große Freude bei ihrer Berührung. Obwohl er behauptet hatte, dass sie nichts miteinander hätten, knurrte er doch vor Eifersucht, als einige Geschäftsmänner ihnen auf dem Bürgersteig entgegenkamen und sich nach ihr umdrehten, um ihr nachzublicken.

Hatte er wirklich die Zähne fletschen müssen?

Ja.

Wäre das Seufzen zu vermeiden gewesen, als sie in die Eingangshalle kamen und ein Dutzend Löwinnen »Oh« machten? Nein. Genauso wenig, wie er das Kichern verhindern konnte, das darauffolgte, dass Luna »Bow-chica-wow-wow« sang, besonders weil Meena mitmachte und dann auch noch anfing, den dazugehörigen Tanz zu tanzen, bei dem man seine Hüften wiegte und seine Brüste schüttelte.

Wirf sie dir über die Schulter und bring sie in unser Zimmer. Wir müssen sie zu der Unseren machen, bevor es jemand anderes tut.

Was war mit seiner normalerweise ruhigen und entspannten inneren Katze los?

Die richtige Frau ist passiert.

Aber was für seine wilde Seite das Richtige war, war nicht das, was die ernstere Männerseite wollte.

Sie ist das reinste Chaos.

Ja. Und wunderbar deswegen.

Sie ist körperlich perfekt.

Und verleitete ihn dazu, einen Bissen zu nehmen.

Sie wird dir nie einen Moment des Friedens gönnen.

Sein Leben hätte einen Sinn.

Sie würde mich mit der Leidenschaft und Begierde eines Hurrikans lieben.

Aber könnte er den Sturm überleben?

Oder sollte er versuchen, ihm zu entkommen?

Sie würde uns erwischen. Sie ist stark. Eine wahre Jägerin.

Brüll.

Mögliche lebensverändernde innere Dialoge wurden am besten außer Sichtweite geführt, zumal er dadurch weniger auf seine Umgebung achtete, sodass seine Cousine Luna sich neben ihn schleichen konnte, um zu murmeln: »Ich kenne diesen Blick.«

»Was für einen Blick?«

»Den Blick, der sagt, dass du etwas Leckeres gesehen hast, das du essen möchtest.«

War es wirklich so offensichtlich? »Ich habe keinen Hunger. Ich habe gerade gefrühstückt.«

Luna stieß ihn mit dem Ellbogen an und kicherte.

»Tu nur weiter so, als wüsstest du von nichts. Ich weiß, dass du weißt, dass ich weiß, was los ist.«

»Sag das fünfmal hintereinander ganz schnell.«

Das tat sie. Luna war eben nicht nur gut zu Fuß.

»Wann machst du sie also zu der Deinen?«, wollte die neugierige Frau wissen.

»Niemals.«

Er ignorierte seine innere Katze, die daraufhin traurig zusammenbrach.

»Leo. Du schockierst mich. Bist du nicht derjenige, der immer auf Ehrlichkeit pocht?«

»Nur wenn dadurch kein irreparabler Schaden entsteht. Dann sind selbst riesige Notlügen erlaubt. Es ist alles erlaubt, wenn es darum geht, die Kräfte des Chaos im Zaum zu halten.«

»Unfassbar, dass du sie aufgrund ihrer Vergangenheit, Chaos zu verursachen, zurückweist. Es stimmt, dass immer etwas los ist, wo Meena sich aufhält, zum Beispiel explodieren Mikrowellen wegen der Alufolie, die sie auf ihrer Quiche gelassen hat, als sie sie zum Mittagessen aufwärmen wollte. Aber die Küche musste sowieso renoviert werden.«

»Aber ich bin der Omega des Rudels.«

»Na und?«

»Es ist meine Aufgabe, für Ruhe und Frieden im Rudel zu sorgen.«

»Und wer wäre besser geeignet, Meena zur Frau zu nehmen, als du? Du wärst dann wie der Meena-Flüsterer. Und sie ist das Glas Tequila, das dein Blut in Wallung bringt.«

»Willst du damit etwa sagen, dass ich langweilig bin?«

»Manchmal. Du musst zugeben, dass du ziemlich spießig sein kannst. Wenn heutzutage irgendwo ein anständiger Kampf ausbricht, bist du sofort zur Stelle und unterbindest ihn. Schlägst ein paar Köpfe zusammen und wirfst jemanden gegen die Wand. Und schon herrscht in Nullkommanichts wieder Frieden. Das ist so ärgerlich. Niemand darf mehr Spaß haben.«

Außer ihm. Schließlich griff er oft nicht deswegen ein, weil bei den kleinen Raufereien seine Hilfe benötigt wurde, sondern weil ihm langweilig war und er etwas tun musste.

»Deine Theorie ist also, dass ich die Nervensäge zur Lebensgefährtin nehmen sollte«, er zeigte auf Meena, die gerade an einer Zimmerpalme tanzte, »um nicht mehr so langweilig zu sein?«

»Nein. Du kannst weiterhin langweilig sein. Das gehört irgendwie zu deiner Persönlichkeit, aber du kannst ein wenig Zeit damit verbringen, dich um dich selbst zu kümmern, und dir nicht ständig um uns Gedanken zu machen, sondern etwas für dich tun.«

Oder es mit Meena zu tun. Ja. Sein innerer Liger war ganz Lunas Meinung.

Aber Leo hatte seinen Körper – und sein Herz – vollkommen unter Kontrolle.

»Meena ist einfach nur ein Gast, der eine Zeit lang bleibt, bevor er wieder verschwindet.« Und ihn verlässt.

Der Gedanke gefiel ihm gar nicht.

Trauriges Miau.

Kapitel Acht

Dem Ausdruck auf Leos Gesicht nach zu urteilen dachte er schon wieder nach. Mal ganz im Ernst, dieser Mann benutzte seinen schlauen Kopf viel zu häufig. Er dachte viel zu häufig nach. Machte sich viel zu viele Sorgen. Ließ sich nicht oft genug gehen.

Sie fragte sich, wie wild er wohl werden würde, wenn er schließlich seine Selbstbeherrschung aufgab. Und das würde er. Ein Mann, der sich so sehr unter Kontrolle hielt, konnte das nicht ewig aufrechterhalten. Hinter seiner ruhigen und unleidlichen Fassade lauerte ein Tier von einem Mann, und das besaß heißes Blut und eine unzähmbare Leidenschaft.

Und dieser Mann würde kratzen. *Brüll.*

Wenn es ihr jemals gelang, ihn aus seinem Käfig der Selbstverleugnung zu befreien.

Als sie feststellte, dass er sich umgedreht hatte und in Richtung der Aufzüge ging, und zwar ohne sie, hörte sie auf, sich an der Pflanze zu reiben, und lief ihm nach.

»Oh, Pookie, wo gehst du denn hin?«

»Zur Arbeit.«

»Kann ich mit dir kommen?« Egal ob auf seinem Schwanz oder an seiner Zunge. Beides wäre in Ordnung. Sie zwinkerte ihm verwegen zu und warf ihm einen schmutzigen Blick zu. Da machte sich das Zucken an seinem Auge wieder bemerkbar.

»Nein.«

»Du willst mich immer nur ärgern, Pookie.«

»Und du willst mich absichtlich zur Weißglut bringen.«

»Schließlich muss ich meinem Spitznamen auch gerecht werden.«

Die Türen des Aufzugs öffneten sich und er trat ein. Zu ihrer großen Überraschung hielt er die Hand in die Tür, als sie sich schloss. »Worauf wartest du noch? Komm rein.«

»Ich dachte, du hättest gesagt, ich kann nicht mitkommen.«

»Kannst du auch nicht«, sagte er und griff nach ihr, um sie in den Aufzug zu ziehen.

»Aber in Anbetracht der jüngsten Ereignisse im Café ist mir eingefallen, dass es wahrscheinlich besser wäre, wenn ich dich zu deiner Wohnung begleite, und ich empfehle dir, dort zu bleiben.«

»Du willst, dass ich in der Wohnung bleibe?« Sie rümpfte die Nase. »Das hört sich aber nicht gerade lustig an.«

»Aber genauso wenig ist es lustig, aufzuwachen und mit einem Mafiaboss verheiratet zu sein.«

»Wie meinst du das? Ich hätte eine Menge Spaß. Wahrscheinlich würde den Angestellten das Blutbad nicht so gut gefallen, das ich verursachen würde. Kaltes Wasser hilft nur bedingt gegen solche Flecke.« Sie warf ihm ein grimmiges Lächeln zu, woraufhin er eigentlich seinen Kopf hätte schütteln und sie darauf hinweisen sollen, dass friedliche Lösungen immer besser wären. Ihre optimistische Seite hingegen hoffte, dass er sie an sich ziehen und sie auf die Lippen küssen und ihr dann sagen würde, dass sie den Russen nicht selbst töten müsste. Leo würde ihn eigenhändig umbringen, wenn er es wagte, ihr auch nur ein Härchen zu krümmen.

Als sie beide in der Kabine des Aufzugs waren, ließ Leo es zu, dass die Aufzugtür sich schloss, und drückte den Knopf zu ihrer Etage. Kaum setzte der Fahrstuhl sich in Bewegung, sah er sie an und sagte: »Ich wage es kaum zu fragen, aber woran denkst du?«

»Ich könnte es dir sagen, aber ich möchte es dir lieber zeigen.« Meena machte ihren Zug. Sie drückte ihn an die Wand. Ihren Unterkörper an ihn gepresst, gab sie ihm einen heißen Kuss auf die Lippen.

Er stieß sie nicht weg. Er schrie auch nicht vor Schmerzen auf und beschwerte sich, dass sie ihn erdrückte. Stattdessen erwiderte er ihren Kuss.

Zumindest einen Moment lang. Gerade, als sie versuchen wollte, seine Lippen mit ihrer Zungenspitze zu teilen, wandte er den Kopf ab.

»Hör auf!«

Oh, dieser Spielverderber. Er benutzte seine mächtige Omega-Stimme, um ihr Einhalt zu gebieten. Er befahl. Versuchte, sie zu dominieren. Ein Prickeln durchfuhr sie und ihre Lippen pochten ganz nahe an seinen.

»Versuchst du etwa, mich zu kontrollieren?«, murmelte sie und er konnte ihren feuchten Atem heiß auf seiner Haut spüren.

»Wenn es nicht anders geht. Du kannst mich schließlich nicht einfach anspringen.«

»Du warst doch derjenige, der gesagt hat, dass er mich auffängt.«

»So habe ich das aber nicht gemeint. Ich will das nicht.«

Sie rieb ihren Unterkörper an ihm. »Lügner.«

»Du Nervensäge ...«

Sein warnender Unterton sorgte nur dafür, dass sie lachen musste. »Wir sind auf meiner Etage angekommen. Bring mich zu meiner Tür, du weißt schon, um sicherzustellen, dass ich keine weiteren Katastrophen verursache.«

»Und wenn ich das nicht tue, was willst du dann machen?«

Als Antwort lächelte sie nur breit.

Er seufzte und stieg aus dem Aufzug.

Bis jetzt war ihr Plan, ihn nach dem Frühstück in seinem wunderbar großen Bett zu verführen, fehlgeschlagen. Sogar als sie es ihm ganz offen vorgeschlagen hatte, hatte er sich geweigert!

Es war an der Zeit, einen Gang hochzuschalten. Als sie nur noch wenige Meter von der Tür entfernt waren, versuchte sie, seine Hand zu nehmen. Schneller als sie es sich versah, hatte er seine Hand in die Hosentasche gesteckt.

Was für ein verschlagener Liger. Als würde das sie davon abhalten, ihren Plan durchzuführen. Da er seine Hände in den Taschen hatte, konnte er kaum etwas tun, als sie –

Klatsch!

»Warum zum Teufel hast du das gemacht?« Er konnte das Entsetzen in seiner Stimme nicht verbergen.

»Wenn du mit deinem süßen Hintern vor mir herum wackelst, musst du damit rechnen, dass ich draufhaue.«

»Ich wackle hier mit überhaupt nichts rum.«

Sie verdrehte die Augen. »Pookie, ich weiß doch, dass es nicht deine Schuld ist. Ein Mann, der so sexy ist, kann nicht umhin, die Blicke der Frauen auf sich zu ziehen. Aber denk daran, dass es deine eigene Schuld ist, wenn ich Ärger bekomme, weil ich den dummen Kühen in den Hintern trete, die dir auf den Po glotzen.« Denn wenn es um ihn ging, konnte es sein, dass sie ein klein wenig besitzergreifend war.

Sein Auge zuckte wieder, er hatte die Lippen fest aufeinandergepresst und knurrte leise. So angespannt wie Leo war, konnte sie nicht umhin, ihn mit einem Springteufel zu vergleichen. Man zog ihn auf, man zog ihn auf und ... *PLOPP!*

Allerdings würde das nicht heute passieren. Kaum waren sie an der Tür ihrer Gratis- – und ausgesprochen vorläufigen – Wohnung angekommen, ließ er sie allein zurück und warnte sie noch: »Bleib hier.«

Es gelang ihr, nicht laut zu lachen. Gehorsamkeit war nicht ihre Stärke.

»Wo gehst du hin?«, wollte sie wissen.

»Zur Arbeit.«

»Ich wünsche dir einen schönen Tag, Pookie. Ich werde dich vermissen.« Als er davonstolzierte, stieß sie einen scharfen Pfiff aus, als sie seinen Hintern in dieser Hose sah. »Verdammt, das ist aber ein hübscher Anblick.«

Er geriet nicht aus der Fassung, aber sie hätte schwören können, dass seine Schultern sich strafften. »Benimm dich!«, war das Letzte, was er zu ihr sagte, bevor er in den Aufzug stieg.

Sich benehmen? Und sich den ganzen Spaß entgehen lassen? Kaum war er verschwunden, spazierte sie den Flur entlang zu der Tür, auf der in roten Buchstaben *Ausgang* stand. Die Treppe war eine Möglichkeit, schnell ins Erdgeschoss zu gelangen. Als sie in der Eingangshalle ankam, winkte sie ihren Freundinnen kurz zu und ging dann, ohne zu zögern, durch die Glastür.

Sie widersetzte sich seinem direkten Befehl. Vielleicht

würde Leo sie dafür bestrafen. Sie hatte einen Rock, der kurz genug war, sodass er sich perfekt dazu eignete, falls er sich entschloss, sie als Strafe übers Knie zu legen.

Sie hüpfte den Bordstein entlang zu der Stelle, wo sie Dmitris dunkle Limousine am Bordsteinrand auf der anderen Straßenseite stehen sah. Obwohl sie nicht bemerkt hatte, dass er ihnen gefolgt war, überraschte es sie nicht, dass er wusste, wo sie wohnte.

Ein Mann, der so reich war wie er und über solche Verbindungen verfügte, hatte kein Problem damit, an Informationen zu gelangen.

Und es war auch gut, dass er ihnen gefolgt war, denn so war es um einiges leichter, mit Dmitri in Kontakt zu treten. Selbst Leo konnte nicht allzu wütend werden. Es war ja nicht so, als wäre sie weit gegangen. Man könnte sogar fast behaupten, dass sie auf ihn hörte, richtig?

Sie achtete nicht auf den Verkehr – und wurde mehrfach angehupt, weil die Fahrer anscheinend ihre Figur zu schätzen wussten – und überquerte die Straße, um an das hintere Fenster auf der Beifahrerseite zu gehen. Als sie näher kam, wurde es heruntergelassen.

Sie lehnte sich mit gekreuzten Armen an das Fenster, spähte hinein und stellte fest, dass Dmitri allein auf dem Rücksitz saß und wie immer perfekt gekleidet war, mit Anzug und Krawatte. Der Mann kannte wahrscheinlich noch nicht einmal die Bedeutung des Ausdrucks *komfortable Kleidung.*

Seine Lippen verzogen sich zu einem willkommen heißenden Lächeln. »Meena, *lyubov moya,* bist du zur Besinnung gekommen?« Es war schon merkwürdig, dass die russischen Koseworte, die so viel hießen wie *Meine Geliebte,* ihr weniger ans Herz gingen als Leos Spitzname für sie: *Nervensäge.*

»Warum verfolgst du mich?«

»Ich verfolge dich nicht, schließlich sind wir verlobt, oder?«

Dieser trotzige Tiger. »Ich werde dich nicht heiraten, Dmitri.«

»Aber wir hatten eine Abmachung.«

»Mich gegen meinen Willen festzuhalten ist nicht gerade eine Abmachung. Und wie die Dinge stehen, können wir sowieso nicht zusammen sein.«

»Und warum nicht?«

»Weil ich meinen tatsächlichen Lebensgefährten kennengelernt habe.«

Er zog eine Augenbraue hoch. »Sag mir jetzt bitte nicht, du glaubst daran, dass es vom Schicksal einen vorbestimmten Lebensgefährten für dich gibt und diesen ganzen Quatsch.«

»Doch, das tue ich. Du siehst also, es bringt nichts, mich weiter zu verfolgen. Ich bin schon vergeben.«

Seine Augen verengten sich zu Schlitzen. »Du behauptest zwar, ihn kennengelernt zu haben, und trotzdem hat er noch keine Besitzansprüche angemeldet.«

Nichts weiter als ein unwichtiges Detail. »Noch nicht.«

»Noch kann das Paarungsfieber unterbrochen werden. Ich könnte dich sofort mitnehmen und dich noch innerhalb einer Stunde in ein Flugzeug nach Russland verfrachten, wo uns ein Priester vermählen kann, sodass ich einen weiteren Rang im Mile High Club einnehmen kann.«

Dmitri, der Besitzer eines Privatjets, war immer noch verärgert, dass sie einen höheren Rang als er einnahm, wenn es um Sex im Flugzeug und solche Sachen ging. Sie war eine Weile mit einem Piloten zusammen gewesen. Hatte die Welt gesehen. Dann wurde sie von einer bestimmten Fluggesellschaft verbannt, weil sie versehentlich ein Frachtflugzeug zum Absturz gebracht hatte. Zu ihrer Verteidigung musste sie sagen, dass wohl jeder ein wenig heftig reagiert hätte, der während eines Orgasmus einen Muskelkrampf bekam. Sie verzichtete nun auf anstrengende Aktivitäten in fahrenden Fahrzeugen.

»Ich würde dir nicht raten, mich zu etwas zu zwingen.«

Er streckte sein Kinn mit einem typisch überheblichen Ausdruck nach vorne. »Ich nehme keine Ratschläge von Frauen an.«

»Das solltest du aber. Besonders deshalb, weil du nicht möchtest, dass diese Frau hier dir den Hintern versohlt.« Es war nicht Meena, die diese Drohung ausstieß, sondern Luna, die sich neben sie gedrängt hatte. Es überraschte sie kein bisschen, dass Luna aufgetaucht war. Das Mädchen hatte einfach eine Nase für bevorstehende Katastrophen und sorgte immer dafür, die Action nicht zu verpassen.

»Ich lasse mich nicht bedrohen.« Dmitri war ein König, wenn es um Ankündigungen ging. Schade, dass niemand hier zuhören würde.

»Wer hat denn behauptet, es sei eine Drohung?« Luna grinste. »Betrachte es eher als ein Versprechen. Weil, Junge, wir befinden uns hier in Amerika und wir halten hier nichts von Frauenhassern, die denken, sie können Frauen dazu zwingen, sie zu heiraten.«

»Genau, was sie gesagt hat«, fügte Meena hinzu. »Ich habe schon mal einen brennenden BH in den Wagen eines Kerls geworfen. Bring mich nicht dazu, das noch einmal zu tun.« Weil das anscheinend dazu führte, dass man keine Versicherung mehr bekam, und zwar für immer.

»Wage es nicht, meinen Mietwagen zu beschädigen.«

»Das ist ein Leihwagen?« Luna steckte ihren Kopf tiefer in das Fahrzeug und sah sich um. Sie pfiff leise. »Ich muss zugeben, das ist ein hübscher Wagen. Obwohl ich persönlich einen Lexus oder einen Lincoln bevorzuge.«

»Ein Lexus ist für kleine Jungs. Ich bin ein Mann.«

Luna lachte hämisch. »Ein Mann, der ein Mädchen nicht dazu bringen kann, ihn zu heiraten, und sich deswegen zu einer Entführung herablassen muss.«

Dmitri sah sie wütend an. Luna grinste, während Meena einen Moment lang einen Einblick darin erhielt, warum manche Leute glaubten, man sollte ihr besser aus dem Weg gehen.

Vielleicht bin ich tatsächlich ein wenig unberechenbar. Aber in diesem Fall würde sie es auf erwachsene Art und Weise regeln. »Es ist wohl besser, wenn du gehst. Und zwar sofort.« Bevor jemand genäht werden musste oder einen Eisbeutel benötigte.

»Ich werde nicht gehen, *lyubov moya*. Du wirst mir gehören. Ob du willst oder nicht.«

Meena konnte nicht umhin, die Augen zu verdrehen. Würde Dmitri es jemals verstehen? »Ist dein Englisch wirklich so schlecht? Was an dem Satz *Du wirst mich nicht bekommen*, hast du nicht verstanden? Ich bin es leid, das mit dir diskutieren zu müssen. Da du dich weigerst zu glauben, dass ich tatsächlich nicht mehr zu haben bin, warum triffst du dich nicht mit meinem Verlobten, damit er sich darum kümmern kann?«

»Verlobten?«, zischte Luna. »Wann hast du dich denn verlobt, und weiß Leo davon?«

»Natürlich weiß er es. So ungefähr. Okay, nicht wirklich, aber er wird es schon einsehen.«

»Du bist mit Leo verlobt?« Es war schon merkwürdig, wie hoch ihre Stimme bei Ungläubigkeit werden konnte.

»Noch nicht, aber ich werde mich mit ihm verloben. Bald. Es ist nur eine Frage der Zeit. Das bedeutet also, dass ich nicht mehr zu haben bin.« Sie betrachtete Dmitri mit entschlossenem Blick. »Wenn du mit meinem Verlobten darüber reden willst, dann komm heute Abend ins Jungle Beat. Pookie und ich werden auf dich warten.«

»Leo tanzt nicht«, murmelte Luna leise.

»Das wird er.« Sie würde schon dafür sorgen.

Kapitel Neun

Leos Plan, dafür zu sorgen, dass der russische Mafiaboss Meena in Ruhe ließ, schien nicht sonderlich gut zu funktionieren.

»Was soll das heißen, wir können diesen Typen nichts anhaben?«

Arik saß hinter seinem großen Mahagonitisch und sah Leo an. »Weil er ein Diplomat ist.«

»Na und? Was soll's? Er will Meena dazu zwingen, ihn zu heiraten.«

»Und wäre das wirklich so schlimm?«

Brüll jetzt nicht los. Brüll jetzt nicht los. Arik meinte nicht, was er sagte. Schließlich war es offensichtlich, dass es eine schlechte Idee war, dass Meena einen russischen Mafiaboss heiratete.

Ja, weil sie mir gehört.

Er machte sich nicht die Mühe, mit seinem eigenen inneren Ego zu diskutieren. Stattdessen diskutierte er mit seinem Alpha. »Es stimmt schon, dass Meena ein kleines bisschen lebhaft ist –«

»Ein kleines bisschen?«

»Aber das bedeutet noch längst nicht, dass wir es zulassen sollten, dass jemand sie zum Heiraten zwingt. Wir haben auch dafür gesorgt, dass Arabella nicht in Ketten gelegt wird. Verdammt, wir haben sogar einen Krieg mit den Lykanern angefangen, um sie zu beschützen.«

»Das war etwas völlig anderes. Sie wollten sie töten und haben sie gequält. Dmitri hingegen mag zwar etwas altmodisch sein, ist aber kein Arschloch. Er wird sie gut behandeln.«

»Er ist ein verdammter Mafiaboss.«

»Weil er keine Wahl hat. Drüben in Russland sind die Dinge ein wenig anders. Wilder. Er tut, was er tun muss, damit er und sein Clan in Sicherheit sind.«

»Aber er bekommt sie nicht.«

Arik lehnte sich in seinem Sessel zurück und sah ihn an. »Möchtest du mir vielleicht erklären, worum es hier wirklich geht? Was für ein Interesse hast du an meiner Cousine?«

»Ich habe keinerlei Interesse an ihr. Mir gefällt es nur nicht, wenn man Frauen unter Druck setzt.«

Arik lachte schnaubend. »Meena kann hervorragend auf sich selbst aufpassen.«

»Darum geht es gar nicht. Sie sollte es nicht müssen.«

»Und das von einem Typen, der meine Cousine erst noch richtig kennenlernen muss. Vertrau mir, wenn ich dir sage, dass du nach ein paar Tagen ihrer besonderen Art, für Katastrophen zu sorgen, dazu bereit bist, sie selbst zu fesseln und eigenhändig an Dmitri zu liefern.«

Sie fesseln. Das war eine gute Idee. Nur dass sie bei seiner Art des Fesselns mit gespreizten Armen und Beinen auf seinem Bett lag.

Erst als Hayder ihm auf den Rücken schlug und ihn

fragte, ob alles in Ordnung wäre, bemerkte Leo, dass er mit der Stirn gegen die Wand schlug.

Obwohl die Nervensäge gar nicht da war, ging sie ihm trotzdem nicht aus dem Kopf. So war er nicht überrascht, als er einen Bericht erhielt, dass sie mal wieder alles getan hatte, um in Schwierigkeiten zu geraten.

»Ich muss los.« Kaum hatte er die SMS gelesen, stand er auch schon auf, um zu gehen. Ungewöhnliches Verhalten, aber notwendig. Es war Zeit für eine Omega-Mission. Er musste eine problembehaftete Löwin davon abhalten, in weitere Schwierigkeiten zu geraten.

Zu seinem Ziel zu joggen war wahrscheinlich schneller, als zu versuchen, ein Taxi im Verkehr am frühen Nachmittag zu bekommen. Es würde auch helfen, einen Teil seiner Anspannung abzubauen.

Oder, in seinem Fall, sicherzustellen, dass er noch adrenalingeladener ankam.

Das Blut rauschte durch seine Adern, als er in die Boutique stürmte. Seine Nasenflügel bebten und er fing sofort ihren Duft auf.

Sie hatte seinem Befehl, die Wohnung nicht zu verlassen, anscheinend nicht Folge geleistet.

Entschlossen, sie zu züchtigen, folgte er ihrer Duftspur bis zur Rückseite des Ladens. Bevor er nach ihr rufen konnte, schob Meena den Vorhang an der Umkleidekabine zurück und strahlte ihn an.

»Pookie! Ich hatte gehofft, dass du auftauchen würdest.«

»Du hast es gehofft? Reba hat mir eine SMS geschickt, in der sie geschrieben hat, dass du Kleider für deinen zukünftigen Lebensgefährten anprobierst.«

»Das tue ich auch. Ich will doch für meinen Pookie gut aussehen.«

Es gab keine Wand, gegen die er seinen Kopf hätte schlagen können, also stieß er sich mit beiden Händen vor die Stirn und zerrte an seinen Haaren. »Wir sind keine Lebensgefährten.«

»Noch nicht«, sagte sie. »Aber das wird schon. Wenn du jetzt damit fertig bist, dich so süß zu wehren, würdest du mir dann bitte helfen? Ich brauche Hilfe mit dem Reißverschluss dieses Kleides.«

»Und du hättest nicht Zena oder Reba bitten können, dir zu helfen?«

»Wo bleibt denn da der Spaß?«, fragte sie und verspürte anscheinend überhaupt keine Reue, dass er ihretwegen kilometerweit gelaufen war.

Sie wandte ihm den Rücken zu und er sah einen Streifen ihrer verführerischen Haut, über den ihr BH verlief.

Du solltest wirklich fliehen, du verdammter Idiot.

Eine Hand griff nach dem Reißverschluss, seine Hand, wie merkwürdig. Er zog und machte den Reißverschluss zu, wobei er der Versuchung widerstand, mit dem Knöchel an ihrer Wirbelsäule entlangzufahren.

In dem begrenzten Raum der Umkleidekabine war er von ihrem Duft umgeben. Sie blickte in den Spiegel, in dem sie beide zu sehen waren. Er, der sie zwar nicht gerade überragte, aber trotzdem sahen seine Hände so groß aus, wie sie da auf ihren Hüften lagen. Perfekt.

Wie zum Teufel waren die da hingekommen?

Vielleicht hatte die gleiche Kraft sie dorthin bewegt, die auch dafür sorgte, dass er die bloße Haut ihres Halses küsste. Wie konnte sie es wagen, ihn in Versuchung zu führen, indem sie ihr Haar in einem losen Dutt auf dem Kopf feststeckte?

Er bewegte seinen Mund über die cremefarbene Haut

und beobachtete im Spiegel, wie ihre Augen sich langsam schlossen. Ihre Lippen öffneten sich. Ihre Wangen nahmen eine rosa Färbung an.

Und ihre Brustwarzen ... Trotz ihres BHs umriss der seidige Stoff des Kleides sie in ihrer ganzen aufgerichteten Pracht.

Sie konnte die Wirkung, die er auf sie hatte, nicht verbergen. Allerdings, so wie er sie kannte, würde sie das sowieso nicht tun. Sie genoss die Tatsache, dass sie sich so zu ihm hingezogen fühlte. Sie versuchte nicht einmal zu leugnen, dass sie ihn wollte.

»Es gefällt mir, wenn du mich berührst«, flüsterte sie.

Und mir gefällt es, dich zu berühren. Er streifte mit den Zähnen über ihre Haut, gerade hart genug, um sie erschaudern zu lassen.

»*Leo.*« Sie sprach seinen Namen in einer Art Knurren aus, ihre Stimme rau vor Verlangen, ihr Körper starr vor Begierde.

»Hey, Meena, ich habe sogar noch ein kürzeres Kleid gefunden, das du anprobieren kannst. Oh, hallo Leo. Ich hatte nicht damit gerechnet, dass du dich zu uns gesellst.« Verdammte Reba, dass sie sie unterbrach!

Als ob er sich verbrannt hätte, sprang er von Meena weg und stolperte aus der Kabine. Er versuchte, ein gewisses Maß an Fassung zurückzugewinnen, und wandte sich der Gewohnheit zu. Nichts geht über eine gute Strafe, um die Aufmerksamkeit von seinem eigenen Dilemma abzulenken. »Ich habe Meena befohlen, in der Wohnung zu bleiben.«

»Nein, du hast mir nahegelegt, dort zu bleiben. Aber ich musste noch ein paar Sachen erledigen.«

»Sowas wie mit deinem Ex zu quatschen, nachdem er versucht hat, dich zu entführen!« Er sah sie böse an.

»Jetzt sei doch nicht eifersüchtig, Pookie. Warte, was

sage ich da eigentlich?« Sie schlug sich selbst vor die Stirn. »Sei eifersüchtig. Wie verrückt! Dann zieh mich in deine Arme und hilf mir dabei, diese Kabine zum Wackeln zu bringen.«

Sie drückte sich an den Spiegel und lächelte ihm aufmunternd zu.

Er machte einen Schritt von ihr weg. *Ich lasse nicht zu, dass sie mich in ihr Spielchen mit reinzieht.*

Er würde es nicht zulassen, dass sie ihn verführte.

Bleib stark. Gib nicht nach. Wenn er sich von ihr fernhielt, würde es ihm vielleicht gelingen, ihrem Charme nicht zu erliegen.

Reba machte sich über seinen Rückzug lustig. »Ich kann es nicht glauben. Leo hat Angst vor einem Mädchen.«

Nicht vor irgendeinem Mädchen. Sondern vor der Frau, die sein Leben verändern könnte.

»Benehmt euch!«, rief er, bevor er sich umdrehte und weglief.

Ha. Jetzt hatte er es ihr gezeigt. Er war entkommen, bevor sie ihn in ihr Netz des erotischen Irrsinns ziehen konnte.

Weichei.

Sein innerer Liger hatte wirklich keinerlei Respekt.

Ich tue das nur zu deinem eigenen Besten.

Lügner.

Das Problem, wenn man mit sich selbst eine Diskussion führte, war, dass man die tatsächliche Wahrheit nicht leugnen konnte.

Die Wahrheit war, dass er sich zu ihr hingezogen fühlte, aber ... er konnte dagegen ankämpfen, indem er sie mied.

Das Problem daran war nur, dass sie dieses Manöver von ihm erwartete und es einplante. Der Anruf erwischte ihn unvorbereitet, besonders weil er ihr nicht seine Nummer gegeben hatte. Außerdem war sie ihm nicht wie eine Frau vorgekommen, die anrief. Er hätte eher erwartet, dass sie vor seiner Wohnungstür auftauchte, einer Tür, an der er jetzt einen Riegel installiert hatte, damit sie nicht erneut ungebeten hereinkommen und auf ihn draufspringen konnte.

Stattdessen klingelte sein Telefon und plärrte die Stalker-Hymne »Every Breath You Take« von The Police.

Das passte perfekt, besonders wenn man in Betracht zog, wer da anrief.

Wie erfreut sie sich anhörte, als er mit einem gegrummelten »Ja« antwortete.

»Pookie!«

»Woher hast du diese Nummer?« Und was noch verwunderlicher war, wie war es ihr gelungen, dieses Lied als Klingelton zu installieren? Wie viele merkwürdige Fähigkeiten hatte sie noch drauf? *Finden wir es heraus.*

»Also bitte. Als würde ich deine Nummer nicht kennen. Ich kenne außerdem dein Geburtsdatum, auf welches Fußballteam du stehst, dein Lieblingsrestaurant und Lieblingsgericht, sowie die Tatsache, dass du ein Fan der Missionarsstellung bist.«

»Wie zum Teufel hast du all das herausgefunden?«

»Ich habe meine Mittel und Wege. Aber ich glaube nicht, dass sie dir gefallen würden, also tun wir einfach so, als hättest du mir all das erzählt. Falls du mich übrigens jemals anrufen möchtest, ich bin in deiner Kontaktliste unter M abgespeichert, für Meins.«

Er kniff sich in den Nasenrücken, weniger weil er von ihr genervt war, sondern eher aufgrund der Tatsache, dass er Freude empfunden hatte, als sie *Meins* gesagt hatte.

Weil sie weiß, dass sie uns gehört. Seinem Liger gefiel

das besitzergreifende Gefühl. Leo hingegen spürte, wie eine weitere Panikattacke im Anmarsch war.

»Was willst du, Nervensäge?«

»Haben wir nicht heute Morgen im Bett bereits darüber gesprochen?«

Ich will dich. Ja, er erinnerte sich daran. »Nervensäge —«

Sie unterbrach ihn, bevor er aussprechen konnte.

»Aber ich rufe nicht an, weil ich über deinen wunderbaren männlichen Körper herfallen möchte.«

Ach nein? Das sinkende Gefühl, das er darauf empfand, war doch sicher nicht Enttäuschung.

»Ich rufe an, weil ich dich fragen wollte, ob du heute Abend mit mir in die Disco gehst. Ich habe Lust zu tanzen.«

»Für ein Mädchen, dem ich befohlen habe, zu Hause zu bleiben, setzt du dich aber allerlei Gefahren aus. Dieser Dmitri ist noch immer dort draußen und sucht dich. Es ist viel zu unsicher.«

Sie lachte. »Unsicher für wen?«

»Eine Dame sollte sich nicht gegen einen Mann verteidigen müssen.«

»Du und deine traditionelle Einstellung, ihr seid wirklich so süß. Du wirst meinem Vater gefallen. Oder zumindest wird er dich nicht verprügeln, wie er es mit meinen Ex-Freunden gemacht hat.«

»Und warum hat er sie verprügelt?«

»Natürlich um herauszufinden, ob sie es mit seinem kleinen Mädchen aufnehmen konnten.« Er konnte aus ihrem Ton heraushören, dass sie das für offensichtlich hielt.

»Und haben sie den Test bestanden?«

»Wäre ich noch immer Single, wenn das der Fall wäre?«

Er hätte gewettet, dass er mehrere Schläge einstecken konnte, ohne ins Wanken zu geraten. Nicht dass er daran interessiert war, was Meenas Vater von ihm hielt. »Es ist wirklich schön, dass dein Vater dich so beschützt, aber er ist jetzt nicht hier. Ich hingegen schon, und ich befehle dir, zu Hause zu bleiben und nicht auszugehen.«

»Verbietest du es mir?« Sie lachte. »Das ist so sexy. Und kommt überhaupt nicht infrage. Ich gehe heute Abend mit den Mädels aus. Die Frage ist nur, ob du mitkommst.«

Verdammt. Hatte diese Frau überhaupt keinen gesunden Menschenverstand? Oder versuchte sie absichtlich, ihn verrückt zu machen?

Nur schade, dass er sich nicht auf ihr Spielchen einlassen würde. Kein Tanzen in der Disco für ihn. Und das machte er ihr auch mit Nachdruck klar. Und er spielte unfair, weil er seine Omega-Stimme benutzte.

Weil ich hier derjenige bin, der die Kontrolle hat. Und nicht du.

Brüll!

Kapitel Zehn

»Nein, ich komme nicht mit.« Obwohl sie am Telefon miteinander sprachen, konnte sie Leo geradezu vor sich sehen, wie er den Kopf schüttelte. »Ich gehe nicht in Discos, und ganz sicher werde ich nicht tanzen.«

»Tja, das ist wirklich sehr schade. Ich habe mir nur für dich ein besonders kurzes Kleid angezogen. Es ist sehr kurz, was bedeutet, dass du überall ganz leicht Zugang hast. Wie groß sind eigentlich die Toiletten in dieser Disco?«

Das Knurren, das er ausstieß, drang laut und klar durch den Hörer. Sie grinste.

»Du hast recht. Viel zu öffentlich. Wir sollten es wahrscheinlich nur in dunklen Gassen miteinander treiben. Da kann ich auch lauter schreien.«

»Würdest du bitte aufhören, mich aufzuziehen, Nervensäge? Ich komme nicht mit. Und mir ist es egal, wie kurz dein Rock ist. Aber halte dich auf jeden Fall an die Gruppe, mit der du gehst.«

»Was, keine erneuten Ermahnungen, zu Hause zu bleiben und jedem Ärger aus dem Weg zu gehen?«

»Würdest du denn auf mich hören?«

»Nein.« Ihre Mutter hatte ihr beigebracht, immer die Wahrheit zu sagen, wenn sie mit ihrem Ehemann sprach. Auch wenn es sich in ihrem Fall um einen Fast-Ehemann handelte. Außer es ging darum, wie viel Geld sie für Kleidung ausgab, dann bestellte sie bei einem Caterer ein leckeres Abendessen und erzählte ihrem Mann, wie sie den ganzen Tag in der Küche gestanden hatte.

»Wenn du sowieso nicht auf mich hörst, kann ich mir meinen Atem sparen.«

»Also, ich muss schon sagen, du überraschst mich, Pookie, und ich bin stolz auf dich, dass du in unserer Beziehung schon so sicher bist. Die meisten Männer würden vor Eifersucht sterben, wenn sie wüssten, dass ihre zukünftige Lebensgefährtin sich mit ihrem Ex-Verlobten in der Disco trifft, besonders dann, wenn sie einen ausgesprochen kurzen Rock trägt. Aber du bist anscheinend weiter entwickelt als die meisten Männer und vertraust darauf, dass wir zueinander gehören.«

Tick, tack. Die Uhr tickte laut in der plötzlichen Stille, die auf ihre Erklärung folgte.

In leisem Ton, in dem ein Knurren mitschwang, fragte er: »Was hast du gesagt? Wer wird dort sein?«

»Dmitri. Du erinnerst dich, dass ich ihn heute getroffen habe, und, na ja, irgendwie habe ich ihm erzählt, wir seien zusammen. Doch das schien ihn nicht abzuschrecken. Ich frage mich, ob er die Art Mann ist, den die Konkurrenz erregt.«

»Komm zum Punkt, Nervensäge.«

»Tue ich doch. Also, er wollte ein Nein als Antwort einfach nicht gelten lassen, also habe ich ihm vorgeschlagen, heute Abend vorbeizukommen, um zu sehen, wie glücklich wir miteinander sind.«

»Wir sind aber nicht zusammen.«

»Stimmt. Und ich nehme an, dass das heute Abend in der Disco ziemlich offensichtlich sein wird. Aber mach dir keine Sorgen, Pookie, selbst wenn er etwas versuchen sollte, habe ich meine Mädels dabei. Ich bin mir sicher, dass nichts passieren wird.«

Er befahl ihr mit seiner Omega-Stimme: »**Meena. Ich verbiete dir, dorthin zu gehen.**«

Huch, hatte sie ihm etwa nicht gesagt, dass diese Stimme bei ihr nicht funktionierte? Selbst ärztliche Tests konnten nicht herausfinden warum. »Ich muss jetzt Schluss machen, Pookie.«

Sie legte auf und grinste. Ein wenig Eifersucht hatte noch nie jemandem geschadet. Nun ja, mal abgesehen von dem Mädchen in der Eingangshalle, das von Leos wunderschönen Augen geschwärmt hatte. Aber Meena war sich sicher, dass das blaue Auge ziemlich schnell abheilen würde.

Sie steckte ihr Handy in die Tasche und drehte sich mit breitem Lächeln zu Reba, Zena und Luna um, ihren Freundinnen, mit denen sie heute Abend weggehen würde und die besser daran täten, ihre Münder wieder zuzumachen. Mit so weit offen stehenden Mündern sahen sie nicht gerade attraktiv aus. »Seid ihr bereit, Ladies?«

Der Abend versprach, interessant zu werden, besonders weil sie hätte schwören können, ein lautes Brüllen gehört zu haben, kurz bevor sie in das Taxi stieg, das sie sich gerufen hatten.

Großartig. Pookie wird auch kommen.

Kapitel Elf

Ich kann nicht glauben, dass ich gekommen bin. Und zwar nicht auf die Art, auf die er gern gekommen wäre.

Ein vernünftiger Mann hätte den Sicherheitsdienst für die dumme Löwin gerufen, die entschlossen war, sich ihm zu widersetzen und sich in Gefahr zu begeben. Ein kluger Liger würde sich von der Katastrophe fernhalten, die als Meena bekannt war.

Das war ein anderer Leo. Ein Leo, der nicht von Eifersucht zerfressen wurde. Ein Leo, der nicht das Bedürfnis hatte, sie zu beschützen.

Dieser Leo hingegen stolzierte in die Diskothek, die er normalerweise wie ein Flohbad nach einem Spaziergang im Wald mied, und sein Blick suchte die Menschenmenge nach einer bestimmten Person ab.

Angesichts ihrer Größe, die von den sicher gesundheitsgefährdenden Absätzen noch beeindruckender gemacht wurde, überragte Meena die Klubbesucher.

Sie überragte alle und war auffällig.

Wie prachtvoll sie aussah. Sie hatte ihr blondes Haar

auf dem Kopf hochgesteckt, nur ein paar dichte, goldene Locken baumelten herunter. Sie trug ein Kleid, das sich bei einem kleineren Mädchen als anständig erwiesen hätte, aber bei ihr, mit diesen langen Oberschenkeln, zeigte es viel zu viel Bein. Es zeigte auch viel Busen, da es sich an ihre Brüste schmiegte, den Ausschnitt dehnte und die Aufmerksamkeit auf die tiefe schattige Spalte dazwischen lenkte.

Meins.

Er war sich nicht sicher, ob er das Wort dachte oder tatsächlich knurrte. So oder so, als er anfing, auf sie zuzugehen, teilte sich die Menge und gab ihm den Weg zu ihr frei. Nicht dass sie es bemerkt hätte.

Mit dem Rücken zu ihm tanzte und schüttelte sie sich im pulsierenden Rhythmus der Musik und ihr ausgelassenes Lachen drang klar zu ihm.

Er kam hinter ihr zum Stehen und wartete darauf, dass sie ihn bemerkte.

Sie tanzte weiter, ihr Hintern wackelte, die Arme winkten.

Er runzelte die Stirn und starrte sie stärker an. Sicherlich musste das kribbelnde Gefühl ihre Instinkte auslösen. Raubtiere wussten immer, wenn jemand sie anstarrte. Außer dass Meena es entweder nicht spürte oder es ignorierte.

Reba, Zena und Luna, die Mädchen des Rudels, mit denen sie hergekommen war, sahen ihn, ließen es sich aber nicht anmerken. Sie grinsten jedoch.

Inakzeptabel. Und damit meinte er Meenas Mangel an Sensibilität für ihn. Er wusste es sofort, wenn sie in einem Raum war. Er konnte sie in der Eingangshalle riechen. Dem Aufzug. Schon jetzt, inmitten einer Menge schwitzender, parfümierter Körper, war ihre Essenz für ihn unverwechselbar. Sicherlich war sein Duft auch für sie unverkennbar?

Es ärgerte ihn, dass sie sich nicht umdrehte.

Ein Teil von ihm drängte ihn zu handeln, sie zu schnappen und ihren sexy Hintern zurück in die Eigentumswohnung zu schleppen, wo er sie unter vier Augen durchschütteln konnte, und zwar mit weniger Kleidung. Dann, nachdem er sie geschüttelt hatte, weil sie ihn verrückt gemacht hatte, würde er sie küssen, weil sie ihn dazu gebracht hatte, die Kontrolle zu verlieren.

Aber ... so verlockend dieser Plan auch war, da war etwas an dem hypnotischen Schwingen ihrer Hüften, als sie sich im Takt der Musik wiegte. Etwas an ihren schamlosen Bewegungen lullte ihn ein.

Anstatt ihre lebensfrohen Bewegungen zu stoppen, tat Leo etwas, was er nie tat.

Nie.

Niemals.

Er tanzte.

Eigentlich tanzte er weniger, er gab mehr der Versuchung nach. Seine Hände umschlossen ihre wogende Taille und er trat näher an sie heran, nahe genug, um sie zu berühren. Seine Lippen ließ er über der feuchten Haut ihres Nackens schweben, ihr berauschender Duft hüllte ihn ein.

Er ließ es zu, dass sie ihre gemeinsamen Bewegungen mit ihrem Köper kontrollierte. Hüftschwung nach links. Arschwackeln nach rechts. Sein Körper folgte ihrem sinnlichen Tanz und ihr Hintern schmiegte sich perfekt in seinen Schritt.

Es stellte sich heraus, dass Tanzen leichter und viel erotischer war, als er es sich vorgestellt hatte. Und auch erregender.

Und hatte er vergessen zu erwähnen, dass es ihn auch verärgerte? Besonders als sie sich in seinen Armen herumdrehte und ihre Augen vor Überraschung groß wurden. »Pookie, du bist gekommen.«

Wer zum Teufel dachte sie denn, rieb sich da an ihr? Fast wäre sein Liger mit gesträubtem Haar an die Oberfläche getreten. Jedenfalls knurrte er und zeigte dabei mehr Zähne, als ein normaler Mensch sie haben sollte.

»Es ist ja nicht so, als hättest du mir die Wahl gelassen.«

Sie lächelte und legte ihm die Arme um den Hals, und als er ihren Körper an seinem spürte, verebbte seine Wut ein wenig. »Ich kann ganz gut auf mich selbst aufpassen, weißt du. Ich bin keine verdammte Mimose, die einen Helden braucht, der sie rettet, obwohl«, sie lehnte sich näher zu ihm, wobei ihre hohen Absätze sie ein paar Zentimeter größer machten, sodass ihre Lippen auf gleicher Höhe waren wie seine, »ich bin froh, dass du gekommen bist.«

Nicht so froh wie ein bestimmter Körperteil von ihm über ihre Gegenwart war.

»Wir bleiben nicht hier. Ich bin gekommen, um dich abzuholen.«

Sie drehte sich erneut in seinen Armen um, sodass sie mit dem Rücken zu ihm stand und ihr Hintern sich ganz wunderbar an ihm rieb. »Du willst gehen? Schon? Aber ich amüsiere mich.«

Genau genommen tat er das auch. Allerdings war es an der Zeit, dass Meena lernte, dass es Rudelregeln gab. Und als Omega war es an ihm, diese auch durchzusetzen. Und die erste Regel, zumindest in Meenas Fall, hieß: Keine Probleme verursachen. »Egal ob du Spaß hast oder nicht, wir verschwinden, bevor dein Ex-Freund auftaucht und eine Szene macht.«

Sie lachte. »Oh, da brauchst du dir keine Sorgen zu machen. Dmitri würde nie irgendetwas in der Öffentlichkeit tun. Er ist vielleicht ein skrupelloser Mafiaboss, aber die Regeln der Gestaltwandler würde er nicht brechen.« Und diese Regeln besagten, dass kein Gestaltwandler, egal welcher Art, etwas tun durfte, um die Aufmerksamkeit auf sich zu ziehen. Diese Regel wurde vom Hohen Rat durchgesetzt, der nicht zur Milde neigte.

»Wie kannst du allen Ernstes behaupten, er würde nichts Verrücktes in der Öffentlichkeit versuchen? Er hat versucht, dich von der Straße weg zu entführen.«

»Ja, ich gebe zu, das war ein bisschen unartig.«

»Das nächste Mal, wenn er es versucht, hast du vielleicht nicht so viel Glück. Oder willst du den Typen vielleicht doch heiraten?«

Mit geschürzten Lippen wirbelte sie herum, um ihn anzusehen. »Pookie, wie kannst du so etwas sagen? Ich habe dir doch schon erzählt, dass wir vom Schicksal füreinander bestimmt sind.«

Leo tat etwas Verschlagenes. Etwas Schmutziges. Oder sollte er lieber sagen, etwas höchst Erfreuliches? »Wenn du dir dessen so sicher bist, dann komm mit mir. Jetzt sofort. Wir gehen zu mir.«

An dem Glanz in ihren Augen konnte er sehen, dass sie dachte, er würde endlich nachgeben, dass er ihren wunderbaren, üppigen Körper nehmen und sie lieben würde.

Tun wir das denn nicht? Selbst seine innere Katze schien zu glauben, dass sie das tun würden.

Nein. Es geht nur darum, sie hier wegzuschaffen, bevor –

Die Wolke der Gerüche an diesem Ort war der einzige Grund, warum er den Kerl nicht wahrnahm, bevor ein Fremder Meena wegdrehte und es wagte, seine Hände auf sie zu legen und sie für einen Tanz zu stehlen. Ein langsames Tempo, das es dem Fremden erlaubte, sich an ihr zu reiben.

Man musste zugeben, dass Meena nicht sonderlich glücklich über den Partnerwechsel zu sein schien. Sie tat aber auch nichts, um sich von ihm zu entfernen. Sie tanzte weiter, mit den Händen eines anderen Mannes auf ihr.

Einatmen. Ausatmen. *Konzentriere dich auf etwas anderes als die Tatsache, dass die Hände des Eindringlings ein wenig zu nahe an ihren Pobacken verweilen.* Einatmen. Ausatmen. *Ignoriere, wie fest der andere Mann die Nervensäge an sich gedrückt hält.*

Reiß ihm das Gesicht ab.

Das sollte er besser nicht tun. Er konnte es nicht. Er befand sich in der Öffentlichkeit. Sie gehörte nicht zu ihm. Er hatte keine Rechtfertigung für Eifersucht. Keinen wirklichen Grund durchzudrehen.

Bla, bla, bla. Leo war es egal.

Sein Blut begann sofort zu kochen. Ein roter Film legte sich über seine Augen und sein innerer Liger stieg nahe genug an die Oberfläche, um ein unmenschliches Knurren auszustoßen.

Finger weg.

Mit nur drei Schritten erreichte Leo das tanzende Paar und klopfte auf die in schwarze Seide gekleidete Schulter des Eindringlings.

Der Fremde, der so sehr nach Tiger roch, drehte den Kopf und sagte mit arrogant hochgezogener Augenbraue: »Verpiss dich. Diese Dame ist bereits besetzt.«

Oh, und ob sie das war. *Sie gehört mir. Mir!*

Verdammt. Glaubte er sogar schon selbst ihre ständigen Beteuerungen, dass sie ihm gehörte. Aber von diesem Dilemma mal abgesehen konzentrierte er sich auf das unmittelbare Problem.

»Du bist Dmitri, nicht wahr?« Der Akzent, mit dem

dieser Typ sprach, und der genervte Ausdruck auf Meenas Gesicht verrieten ihn.

»Das bin ich, und nur damit du Bescheid weißt, bevor du handelst, ich habe die Erlaubnis des Hohen Rates, mich in diesem Gebiet aufzuhalten. Ich bin geschäftlich hier.«

»Geschäftlich?«, fragte Leo mit verächtlich verzogenem Mund, ein Ausdruck, den er nicht gewöhnt war. »Ich glaube nicht, dass Tanzen als Geschäft zählt.«

»Würdest du einem Mann ein wenig *Spaß* verweigern?« Der Typ schnurrte das Wort geradezu, als er Meena näher an sich zog.

Wenigstens schien sie nicht gerade glücklich darüber, dass Dmitri aufgetaucht war. Sie versetzte ihm einen Stoß mit dem Ellbogen, um seinen Griff zu lockern.

»Würdest du bitte aufhören, mich wie eine Schlange zu packen? Nur weil ich dir nicht die Nase gebrochen habe, als du meinen schönen Tanz mit Pookie ruiniert hast, bedeutet das noch längst nicht, dass du mich anfassen darfst. Das hier«, sie zeigte an ihrem Körper hinunter, »gehört nur einem einzigen Mann.« Und damit stolzierte sie zu Leo. Dieser legte wie automatisch den Arm um sie. Besitzergreifend. Beschützend.

Meins.

Huch, vielleicht hatte er das laut gesagt.

»Deines?« Dmitri zog eine Augenbraue hoch. »Und doch sehe ich kein Anzeichen dafür, dass sie dir gehört, noch sehe ich einen Ring, was bedeutet, dass die hübsche Meena Freiwild ist.«

»Sie will dich nicht.«

»Im Moment nicht. Sie wird ihre Meinung schon ändern.« Dmitri schien ihr Mangel an Interesse an ihm nichts auszumachen.

»Arik und der Rest des Rudels werden nicht zulassen,

dass du sie entführst.« Auch wenn nicht mehr viel von ihm übrig bleiben würde, was man bestrafen könnte, wenn Leo erst mit diesem russischen Idioten fertig war.

»Bist du dir da sicher? Ich habe deinem Alpha Bescheid gesagt, dass es meine Absicht ist, Meena zu meiner Frau zu machen. Er hat mir viel Glück gewünscht.«

»Meena wird nicht mit dir mitgehen.«

»Und wer wird mich davon abhalten, sie mitzunehmen? Sie trägt keine Anzeichen dafür, dass sie einem anderen gehört, und sie hat mir ihr Wort gegeben, mich zu heiraten. Und du kannst sie nicht rund um die Uhr überwachen. Irgendwann lässt deine Wachsamkeit nach. Und dann erwische ich sie in einem schwachen Moment. Ich werde sie fesseln und knebeln und sie innerhalb kürzester Zeit in ein Flugzeug nach Russland verfrachten, wo ich einen Priester kenne, der es mit den Worten »Ja, ich will« nicht so genau nimmt. Noch in jener Nacht werde ich ihr meinen Samen einpflanzen und dann gehört sie mir.«

Mit jedem Wort wuchs Leos Zorn. Und wuchs. Bis er durchdrehte. »Ich habe gesagt, sie gehört mir!« Er stieß die Erklärung aus und schlug gleichzeitig mit der Faust zu.

Und so geschah in dieser Nacht ein zweites erstes Mal. Der sonst so ruhige und gefasste Leo begann einen ausgesprochen gewalttätigen und sehr öffentlichen Kampf.

Brüll!

Kapitel Zwölf

OH MANN, WAS WIRD ER MIR DESWEGEN VORWÜRFE machen.

Andererseits, wann wurden Meena mal keine Vorwürfe gemacht, wenn die Dinge schiefgingen? Obwohl es diesmal tatsächlich so war, dass sie den Streit angezettelt hatte. Sie hatte es für sehr reif gehalten, dass sie nicht reagiert hatte, als Dmitri sie von einem schmutzig tanzenden Leo fernhalten wollte. Meenas erster Impuls war gewesen, ihm mit den Fingernägeln das Gesicht zu zerkratzen, seinen Kopf an den langen Haaren nach unten zu ziehen und ihm mehrfach das Knie ins grinsende Gesicht zu rammen.

Aber Leo hatte eine Dame verdient, und Damen verprügelten ihre Ex-Freunde nicht, weil sie einen Tanz unterbrochen hatten. Anscheinend kam dieses Privileg den neuen Freunden zu.

Meena sah mit offenem Mund dabei zu, wie Leo und Dmitri miteinander rauften. Sie hätte nicht gedacht, dass die Dinge sich zu einem öffentlichen Kampf entwickeln würden.

Sie hätte gedacht, dass die Männer miteinander diskutieren würden. Zumindest hätte das alles sein sollen, was passierte. Das war nämlich Leos übliche Vorgehensweise – sein *Modus Operandi*. Für all diejenigen, die nie mit einem Polizisten ausgegangen waren, das bedeutet: die Art und Weise, wie ein Verbrecher normalerweise seine Verbrechen begeht. Aber zurück zu Leo und der Tatsache, dass er seinen Gleichmut verloren hatte. Sie hatte einen Großteil des Tages mit den Löwinnen verbracht und sie über ihren Pookie ausgefragt, und ein Punkt, in dem sie sich alle einig waren, war die Tatsache, dass er der Mann mit dem kühlsten Kopf war, den sie je kennengelernt hatten.

Es stimmte, manchmal haute er ein paar Köpfe aneinander oder starrte die Jungtiere so lange mit bösem Blick an, bis sie versprachen, sich zu benehmen. Aber man musste dazu sagen, dass er all diese Dinge tat, um den Frieden zu wahren, und nicht, um ihn zu zerstören. Leo hieß Gewalt nie gut, außer sie war absolut notwendig und es gab keinen anderen Ausweg. Er war der Erste, der zur Ruhe riet, dazu, bis zehn zu zählen, oder eine Wand zu schlagen, anstatt ein leicht zu beschädigendes Gesicht.

Diesmal hatte sie ihn allerdings nicht zählen hören. Er hatte auch nicht auf eine Wand eingeschlagen, außer man zählte Dmitris ziegelsteinähnlichen Trotz dazu.

Bumm!

»Juhu!« Ja, sie jubelte ihrem Pookie laut zu. Da es schien, als hätte er sie nicht gehört, sagte sie es noch lauter. Tatsächlich jubelte sie es geradezu. »Zeig's ihm, Pookie. Zeig ihm, welcher Löwe am lautesten brüllt.«

Daraufhin wandte Leo den Kopf zu ihr um und sah sie aus zu Schlitzen verengten Augen an. Total verärgert. Total vollgepumpt mit Adrenalin. Total heiß. »Nervensäge!« Wie sexy ihr Spitzname klang, wenn er ihn knurrte. Sie konnte sehen, wie sehr ihm ihre Ermutigung gefiel. Sie wackelte mit dem Finger und wollte damit sagen: »Gern geschehen«, rief jedoch stattdessen: »Hinter dir!«

In dem Moment, in dem er nicht aufpasste – von dem Leo wusste, dass er ihn sich eigentlich nicht hätte gönnen dürfen –, verpasste Dmitri ihm einen mächtigen Haken.

Hatte sie eigentlich schon erwähnt, wie wunderbar ihr Pookie war? Der perfekt gezielte Schlag traf Leo am Kinn und sein Kopf wurde von der Kraft des Schlages zur Seite geschleudert. Aber er warf ihn keinesfalls um. Nicht mal annähernd. Ganz im Gegenteil, der Schlag weckte das Raubtier in ihm.

Leo rieb sich das Kinn und sein Blick flitzte zu ihr, in seinen Augen brannte ein wildes Licht, seine Lippen zuckten, fast so, als wäre er amüsiert, und dann handelte er. Erst rächte er sich mit einem Faustschlag und dann mit seinem Ellbogen, mit dem er Dmitri die Nase brach.

Jeder andere Mann, selbst ein Gestaltwandler, hätte schnell aufgegeben, doch der Russe war ein Sibirischer Tiger und dem Hybriden aus Löwe und Tiger mehr als nur gewachsen. Hätte man sie gemeinsam in einen Ring gesteckt, hätte man ein Vermögen an ihnen verdient. Sie boten jedenfalls eine fantastische Show.

Blut tropfte von Dmitris Lippe, wo Leos Faust ihn erwischt hatte. Das hielt den Russen jedoch nicht davon ab, genauso gut auszuteilen, wie er einsteckte. Größenmäßig war Leo ihm ein wenig überlegen, doch was ihm an Größe fehlte, glich der Russe durch Geschicklichkeit aus.

Auch wenn Meena kein Interesse daran hatte, ihn zu heiraten, bedeutete das noch lange nicht, dass sie Dmitris graziöse Bewegungen und fast unheimliche Intuition, wenn es darum ging, Schlägen auszuweichen, nicht bewundern konnte.

Leo war auch alles andere als schlecht. Während er zwar offensichtlich nicht auf den rauen Straßen Russlands aufgewachsen war, wusste er doch, wie man zuschlägt, einen Mann in den Schwitzkasten nimmt und superheiß aussieht, während er seine Frau verteidigt.

Seufz. Ein Mann, der zu ihrer Rettung kam. *Genau wie in den Liebesromanen, die Teena so gern liest.*

Luna tauchte plötzlich neben ihr auf. »Was hast du diesmal angestellt?«

Warum ging immer jeder sofort davon aus, dass es ihre Schuld war? »Ich habe gar nichts angestellt.«

Luna lachte verächtlich. »Natürlich hast du das nicht. Und du bist es auch nicht gewesen, die das Brausepulver in die Shampooflasche von Ariks Mom getan hat, sodass ihre Haare vor ein paar Jahren bei unserem Familienpicknick rosa waren.«

»Die kurzen Stoppeln, die sie trug, nachdem sie ihre Haare abrasiert hatte, haben mir gut gefallen.«

»Ich habe ja auch nicht behauptet, dass es das nicht wert gewesen wäre. Und so finde ich es jetzt auch ziemlich interessant, was hier gerade passiert. Dieser Leo verweist den russischen Diplomaten in seine Schranken, richtig? Ich bezweifle nämlich stark, dass die beiden sich darum schlagen, wer den besseren Wodka herstellt oder wer in der letzten Olympiade die Goldmedaille im Hockey verdient hat, also bleibt nur noch eins übrig.« Luna sah sie an. »Das Ganze hier ist deine Schuld.«

Meena ließ die Schultern hängen. »Okay, vielleicht ist es ein kleines bisschen meine Schuld. Vielleicht habe ich dafür gesorgt, dass mein Ex-Verlobter und mein jetziger Verlobter sich treffen.«

»Hältst du mich für blöd? Das wusste ich schon. Ich will jedoch wissen, wie du Leo dazu gebracht hast durchzudrehen. Ich meine, wenn er ernst wird, schmilzt normalerweise nicht mal ein Eiswürfel in seinem Mund. Leo verliert nie die Kontrolle, denn dann verliert man auch seine Richtung oder irgend so ein Blödsinn. Er zitiert immer diese blödsinnigen kleinen Sprüche in der Hoffnung, unsere milderen Tendenzen in den Griff zu bekommen.«

Pookie hatte wirklich eine wunderbare Persönlichkeit.

»Was soll ich sagen?« Meena zuckte mit den Achseln. »Er ist wahrscheinlich eifersüchtig geworden. Und das ist ganz normal, da wir ja Seelenverwandte sind.«

»Was auch immer der Grund dafür ist, dass er durchgedreht hat, er ist jetzt heißer als jemals zuvor. Ich meine, er ist wie ein Bruder für mich, also fällt es mir eigentlich nicht auf, aber ich habe die Mädchen an der Theke reden hören. Sie wissen nicht, wen sie sexyer finden, Leo oder Dmitri.«

»Worüber sprechen die?« Meena wirbelte herum und starrte wütend in Richtung Theke. Und wie erwartet saß dort ein Haufen Frauen, die ihre Partner nicht beachteten, sondern stattdessen die kämpfenden Männer beobachteten.

Die meinen Mann angaffen.

Grrr.

Zeit, den Schuppen hier zu verlassen.

Bevor die Türsteher die kämpfenden Männer trennen konnten, sprang Meena in das Chaos und warf sich sprichwörtlich zwischen die Männer. Man musste ihnen zugutehalten, dass ihre Reflexe schnell genug waren, um die Schläge mitten in der Luft anzuhalten.

»Nervensäge, was zum Teufel machst du? Siehst du nicht, dass ich beschäftigt bin?«, grummelte Leo.

»Misch dich nicht in Männerangelegenheiten ein, *lyubov moya*.«

Jetzt konnte sie verstehen, warum Leute wegen Mord ins Gefängnis kamen. Die Uneinsichtigkeit dieses Mannes machte sie wütend und sie wurde gewalttätig – und diesmal absichtlich und nicht aus Versehen. »Hörst du jetzt endlich mal damit auf, Dmitri? Sieh es ein. Du hast verloren. Mich und diesen Kampf. Ich gehöre jetzt zu Pookie, und wie du siehst, teilt er nicht gern.« Das sagte sie an Leo gewandt, den sie so zerzaust, mit verwuscheltem Haar und geröteten Wangen unwiderstehlich fand und dessen leicht geschwollene Unterlippe dringend geküsst werden musste.

»Ja, Dmitri«, reizte Leo ihn. »Sie gehört mir. Ganz mir. Und das Einzige, was ich heute teile, ist meine Dusche mit ihr. Also verpiss dich.«

Eine Dusche? Mit Leo? Warum standen sie noch hier rum und unterhielten sich?

»Die Sache ist noch nicht vorbei«, warnte Dmitri ihn.

»Wann immer du willst, du russischer Fellball. Du weißt ja, wo ich wohne. Wenn du noch ein Tänzchen wagen willst, besuch mich einfach«, forderte Leo ihn heraus.

»Würdet ihr beiden jetzt mal aufhören, euch gegenseitig anzupissen?«, mischte Luna sich ein, die sich zwischen den Zuschauern hindurchdrängte, um die beiden zu schelten. »Irgendein dummes Kätzchen hat die Polizei gerufen, wenn ihr also die heutige Nacht nicht im Knast verbringen wollt, wäre es vielleicht an der Zeit, den Laden langsam mal zu verlassen.«

Die Polizei? Oh verdammt, Meena sollte besser zusehen, dass sie wegkam. Bei ihrem Vorstrafenregister würde sie wahrscheinlich ebenfalls eingesperrt werden, einfach so. Es war an der Zeit zu verschwinden, aber nicht ohne Leo.

Sie schnappte sich sein Hemd und zog ihn in Richtung

Tür. Da sie im Augenblick bekannt waren wie bunte Hunde – »Schau dir mal an, wie groß der Kerl ist, der mit dem anderen Typen da gekämpft hat« –, musste sie nicht diskutieren oder viel drängeln, um sich durch die Menge zu schieben. Das Meer der Körper teilte sich wie von selbst vor ihnen.

Gut, denn wenn sie schnell genug waren, konnten sie vielleicht hier rauskommen, bevor die Bullen eintrafen und eine derzeit überschaubare Situation zu einer problematischen wurde.

Seht nur, wie ich versuche, mich aus Schwierigkeiten herauszuhalten. Wäre ihre Mutter nicht stolz auf sie? Direkt nachdem sie ausgeflippt wäre, weil Meena überhaupt eine Schlägerei verursacht hatte. Zu ihrer Verteidigung ... nun, Meena hatte eigentlich keine. Sie hatte das Feuerwerk sehr genossen.

Er konnte es leugnen, soviel er wollte. Leo wollte sie.

Als sie diesmal nach seiner Hand griff und ihre Finger in seine wand, zog er sie nicht weg. Im Gegenteil, er fasste ihre Hand mit der Kraft eines Schraubstocks. Er sprach jedoch nicht, auch wenn er die Richtung vorgab, in die sie flohen.

»Wohin gehen wir?«, wollte Meena wissen.

»Ich habe da drüben geparkt.«

Bei *da drüben* handelte es sich um einen kostenpflichtigen Parkplatz, wo ein großer Kombi zwei Parkplätze einnahm. Er richtete seinen Schlüsselanhänger darauf, drückte einen Knopf und die Rückleuchten blinkten. Meena ging automatisch auf die Beifahrerseite, überrascht, als Leo mit ihr kam.

Er öffnete die Tür und umschloss ihre Taille, um sie hineinzuheben!

Zeigte sich ihr Erstaunen auf ihrem Gesicht? »Danke.«

Es schien höflich zu sein, es zu sagen, auch wenn sie eigentlich keine Hilfe brauchte.

Grunz.

Hm. Sie wusste nicht, was das bedeutete, also schnallte sie sich an, als Leo sich auf den Weg um den Wagen machte und in den Fahrersitz glitt.

Aber er startete das Fahrzeug nicht sofort. Er starrte aus der Windschutzscheibe, die Finger lose am Lenkrad.

Sie wartete. *Wenn ein Mann nachdenkt, musst du ihn in Ruhe lassen.* So hatte ihr Vater es ihr mehr als einmal eingebläut, als ihr Klopfen seine Denkpause im Badezimmer unterbrach.

Als Leo schließlich sprach, hatte er eine Frage. »Warum ist Dmitri so entschlossen?«

»Weil er ein Nein nicht verstehen kann.«

»Das ist offensichtlich, aber ich meinte, warum ausgerechnet du? Der Typ ist offensichtlich reich, sieht ganz gut aus und hat Macht. Er könnte fast jede Frau haben. Warum ist er so auf dich versessen?«

Eine andere Frau wäre vielleicht beleidigt gewesen, wenn ihr Mann sie fragte, was so toll an ihr war. Aber Leos Reaktion machte es offensichtlich, dass er wusste, was er an ihr hatte, aber in diesem Fall war Dmitri weniger an ihr interessiert als vielmehr an ihren ... »Hüften.«

»Was?«

»Dmitri will mich wegen meiner Hüften. Weil sie so breit sind. Damit kann ich gut Kinder kriegen.«

Leo blinzelte sie verständnislos an.

Also erklärte sie es ihm. »Er ist ziemlich groß, also wäre es nur logisch, dass seine Babys auch groß werden. Was er *will*, sind große Babys. Seiner Meinung nach führt es mit Sicherheit zu einem riesigen Töwen, also einem Tiger-

Löwe-Hybriden, so wie du, nur umgekehrt, wenn ein großer Tiger sich mit einer großen Löwin paart.«

»Er will dich als Wurfmaschine?«

Sie rümpfte die Nase. »Mehr oder weniger, deswegen habe ich mich auch geweigert, ihn zu heiraten, egal wie viel Geld er mir versprochen hat.«

»Er hat versucht, dich zu bestechen?«

»Er hat alles versucht. Bestechung. Drohungen. Verführung.«

Ooh, diesmal knurrte ihr Mann wirklich.

Sie beugte sich vor, legte ihm eine Hand auf den Oberschenkel und sah ihm ins Gesicht. »Du bist so sexy, wenn du eifersüchtig bist, Pookie.«

»Ich bin nicht eifersüchtig.«

»Tatsächlich? Ich dachte nämlich, dass du deshalb den Kampf angefangen hättest. Obwohl ich mich gewundert habe, warum du so lange gewartet hast, nachdem er mir an den Hintern gefasst hat.«

»Er hat dir an den Hintern gefasst?«

Sie dämpfte seinen Schock mit einem Kuss. Ah ja, da war dieses knisternde Feuer, an das sie sich erinnerte, als sie sich das letzte Mal geküsst hatten.

Ihre Lippen trafen sich, bewegten sich aneinander, schmeckten, knabberten, weckten die Sinne. Sie lehnte sich so weit wie möglich in ihn hinein, doch ihr verdammter Sicherheitsgurt verhinderte, dass sie auf seinen Schoß kriechen konnte.

Warte, welcher Sicherheitsgurt? Mit einem Klick war er weg, sodass sie frei war, und bevor sie diese Freiheit ausnutzen konnte, hatte er sie schon über die Armlehne gezogen.

Angesichts ihrer Größe war es nicht die bequemste Sitzgelegenheit. Das Lenkrad grub sich in ihren Rücken, ihre Beine baumelten über der Armlehne, aber wen interessierte das? Sie war auf Leos Schoß, küsste ihn, berührte ihn.

Und er berührte sie.

Er ließ die Hände über ihren Körper wandern und brachte sie durch den seidigen Stoff ihres Kleides zum Schnurren. Eine große Handfläche rutschte über ihren Oberschenkel und bahnte sich ihren Weg unter ihren kurzen Rock.

Mit den Fingerspitzen streichelte er den Stoff, der das V zwischen ihren Oberschenkeln bedeckte. Sie sog zischend einen Atemzug ein. Ihre Nerven kribbelten vor Vorfreude.

Er rieb zwei dicke Finger an dem nassen Stoff ihres Höschens. Konnte er ihr Zittern der Erregung spüren? Nach seinem zufriedenen Schnurren zu urteilen konnte er das.

Wieder streichelte er sie, und sie küsste ihn leidenschaftlicher und stöhnte an seinem Mund, ein Geräusch, das er bemerkte, und –

Klopf. Klopf. Klopf.

»Hey, Leo, macht es dir etwas aus, uns mitzunehmen, wenn du damit fertig bist, unsere Freundin Meena zu verschlingen?«

»Haut ab!«, rief Meena. »Ich bin beschäftigt.«

»Und wie lange sollen wir euch alleine lassen? Zwei Minuten? Fünf? Ich habe ziemlichen Hunger und keine Lust, zu lange zu warten.«

Nur gut, dass Leo so stark war, sonst hätte das Rudel vielleicht drei Löwinnen verloren, als sie aus dem Wagen sprang, bereit, die anderen zu töten.

Und dann hätte sie sie fast erneut umgebracht, als ihr klar wurde, dass Leo nicht mit ihr nach oben kommen würde, um zu beenden, was sie angefangen hatten, nachdem sie am Wohngebäude angekommen waren.

Halb verrückt vor Lust, frustriert und aufgebracht tat sie das, was jede anständige Frau in ihrer Situation getan hätte. Sie betrank sich mit ihren neuen besten Freundinnen und aß tonnenweise Eiscreme.

Dann verlor sie das Bewusstsein. Irgendwo. Ganz allein.

Kapitel Dreizehn

ER WAR INS PENTHOUSE GERUFEN WORDEN, UM SICH eine Standpauke abzuholen. Das war Leo, der normalerweise die Regeln machte, auch noch nie zuvor passiert. Er war eigentlich immer derjenige, der die Standpauke hielt, oder derjenige, der die ruhige Stimme der Vernunft darstellte, wenn Arik jemanden fertigmachte, der etwas angestellt hatte.

Nur dass es diesmal Leo war, der auf der Couch der Schuldigen saß.

Aufgebracht lief Arik vor ihm hin und her. Er war ein großer Mann mit einem perfekten Haarschnitt, den er seiner Frau zu verdanken hatte, die Friseurin war.

»Was hast du dir nur dabei gedacht, in der Öffentlichkeit einen Kampf anzufangen?«

Er hatte gar nicht viel darüber nachgedacht, vor allem nicht mit seinem menschlichen Verstand. Es hatte sich mehr um einen Urinstinkt gehandelt, doch das war eine völlig andere Geschichte. »Es tut mir leid.« Er tat genau das, was er den anderen immer empfahl. Er entschuldigte sich.

»Es tut dir leid?« Hayder, der sich bei diesem improvisierten Treffen zu ihnen gesellt hatte, lachte. Dann lachte er erneut, als er sich neben Leo auf die Couch fallen ließ, der sich einen Eisbeutel an seine schmerzende Wange hielt. Verdammt, dieser Tiger hatte wirklich einen ziemlichen Schlag drauf. Es geschah nicht oft, dass Leo auf jemanden traf, der sich mit ihm messen konnte. Und der blaue Fleck konnte das bezeugen. Und was den Eisbeutel anging, so würde er gegen die Schwellung helfen, und die Verletzung selbst würde in ein bis zwei Tagen verschwinden.

Es war schon merkwürdig, dass ihm seine Verletzungen nicht aufgefallen waren, als er mit Meena in seinem Kombi herumgeknutscht hatte, was leider jäh unterbrochen worden war. Was noch schlimmer war, er hätte es beinahe zugelassen, dass Meena die Störenfriede bestrafte, die es gewagt hatten, sie zu unterbrechen.

Er hätte die Löwinnen auch fast in seiner Omega-Stimme angefahren, sich »Verdammt noch mal zu verpissen!« Doch er hatte es nicht getan. Allerdings nur, weil Meena zuerst reagiert hatte.

Ich habe diese Standpauke vom Chef wirklich verdient. Er hatte die Kontrolle verloren und die Regeln gebrochen, auch die ungeschriebenen, die er selbst aufgestellt hatte, wie zum Beispiel »Lass dich nicht mit Löwinnen ein«, besonders wenn sie mit dem Alphatier verwandt sind.

»Es tut dir leid. Es tut dir leid?« Arik konnte einen ungläubigen Unterton nicht verstecken.

Hayder kam ihm zur Hilfe. Oder zumindest sowas in der Art. »Junge, seit ich dich kenne, ist das das erste Mal, dass du hergerufen wurdest, weil du Mist gebaut hast. Und noch dazu wegen einer Frau?« Hayder musste so laut lachen, dass er beinahe von der Couch gerutscht wäre.

Aber es war nicht wegen irgendeiner Frau gewesen.

»Geht es bei dieser Sache um Meena?«, fragte Arik ungläubig und sein Ton lag einige Oktaven höher als bei seiner letzten Bemerkung. »Meena? Meine Cousine, die laufende Katastrophe?«

Leo war kein feiger Liger, der vor der Wahrheit davonlief. »Ja. Der Tiger hat sie mir weggenommen.«

Und er wollte sie zurückhaben.

»Und warum hast du sie ihm nicht überlassen? Jetzt hat sie stattdessen einen internationalen Zwischenfall verursacht.«

»Das war nicht ihre Schuld.«

»War sie da?«

»Ja, aber ich war derjenige, der die Beherrschung verloren hat.« Und er würde sie wahrscheinlich noch mal verlieren, wenn das russische Arschloch sich Meena noch einmal näherte.

Arik drehte sich abrupt herum und sah ihn an. »Ja, das hast du wirklich. Und du hast mir damit eine ganze Menge Probleme bereitet. Ich meine, du hast auf unserem Territorium einen russischen Diplomaten angegriffen, und zwar einen, der das Recht hat, hier zu sein.«

»Aber er ist ein Krimineller.«

Arik zuckte mit den Achseln. »Vielleicht, aber das ist in Russland. Hier ist er ein Geschäftsmann, und zwar einer, der vom Omega meines Rudels angegriffen worden ist.«

»Was muss ich machen, um die Dinge wieder ins Lot zu rücken?« Mich entschuldigen? Er war charakterlich stark genug, um das zu tun. Ihm etwas bezahlen? Er hatte für schlechte Zeiten etwas auf die hohe Kante gelegt.

»Wir könnten ihm Meena geben«, überlegte Arik laut.

Wer hatte da geknurrt? Doch sicher nicht er.

»Verdammt, die Gerüchte sind wahr. Sie ist seine verdammte Lebensgefährtin.« Jetzt hörte sich Hayder plötzlich nicht mehr so amüsiert an. »Nein. Sag, dass das nicht wahr ist. Falls du sie für dich beanspruchst, bedeutet das«, er schluckte, »dass sie hierbleibt. Und zwar für immer. Neeeein!«

Hayder war nicht der Einzige, der einen melodramatischen Moment hatte. Arik sah ihn mit einem Gesichtsausdruck an, als hätte er Schmerzen. »Bitte, bitte, *bitte*, sag mir, dass du sie nicht wirklich zu deiner Lebensgefährtin machst. Ich weiß nicht, ob ich es überleben würde, Meena für immer hier zu haben.«

»Junge, sie ist das pure Chaos«, bemerkte Hayder.

»Sie zieht Ärger magisch an«, fügte Arik hinzu und Hayder nickte.

»Sie ist wie ein Wirbelsturm auf zwei Beinen.«

»Sie ist zerstörerischer als Mutter Natur selbst.«

Leo hielt abwehrend eine Hand hoch. »Äh, Jungs, ihr solltet jetzt besser aufhören, bevor ich eure Köpfe zusammenstoße. Ihr erzählt mir da nichts Neues, aber ...« Er seufzte. »Ich befürchte, und ich befürchte es wirklich, dass sie recht haben könnte. Ich glaube, sie ist meine zukünftige Lebensgefährtin.«

Das wurde aber auch Zeit, dass du es zugibst.

Halt die Klappe. Und ja, es war ihm egal, dass sein innerer Liger eingeschnappt war. Zuzugeben, dass er vielleicht für immer mit der anstrengenden Meena gestraft war, bedeutete noch längst nicht, dass er sich kampflos ergeben würde.

Der Moment war gekommen, die Dinge herumzudrehen. Es war an der Zeit, sie aus dem Gleichgewicht zu bringen. Von jetzt an würde er die Kontrolle wieder übernehmen, ein paar Regeln einführen und dann seinen Spaß damit haben, Meena dazu zu bringen, sie zu befolgen. Und wenn sie das nicht tat, würde er sie bestrafen. Und zwar auf erotische und sinnliche Weise.

Brüll.

Kapitel Vierzehn

Die Glocken der Hölle läuteten, ein Lärm, ein Missklang, der die Armee der Dämonen in ihrem Kopf zwang, ihre Hämmer stärker zu schwingen.

Oh, mach, dass es aufhört.

Doch der scharfe Schrei ging weiter. Und weiter.

Das Klingeln hörte auf.

Süße Glückseligkeit. Sie kuschelte ihr Gesicht tiefer in ihr Kissen. Nur noch ein paar Minuten Schlaf. Kostbarer Schlaf ... Schnarch.

Dem Schnarchen wurde jäh ein Ende gesetzt, als sie wegen des beharrlichen Klingelns, das wieder einsetzte, wach wurde. Komisch, dass es den Anschein hatte, als würde es lauter werden. Näher. Irritierend nahe an ihrem Gesicht. Sie schlug nach dem bösen elektronischen Gerät, das es wagte, ihren Plan zu ruinieren, sich von ihrem Kater auszuschlafen.

Sie schlug daneben. Dumme Halbschlafreflexe. Sie schlug wieder darauf ein. Daneben, seltsamerweise, fast so, als ob sich das Telefon bewegt hätte, was angesichts der Drehungen, an die sie sich nach reichlichem Alkoholgenuss von gestern Abend erinnerte, durchaus möglich war. Sie wusste, dass der Boden auf jeden Fall entschlossen schien, sich unter ihr zu bewegen.

Piep.

Das Geräusch hörte auf. Danke, Anrufbeantworter.

Jetzt konnte sie endlich wieder ein-

Ring. Ring.

Verdammt!

Wer rief sie nur ständig an? Vielleicht war es wichtig. Vielleicht war es ihr im Moment egal. Sie wollte nur, dass das verdammte Ding sein lästiges Klingeln einstellte. Sie hatte den Wunsch, es zu zerschmettern, aber ihre schweren Augenlider wollten sich nicht öffnen, was bedeutete, dass das Telefon überlebte. Fürs Erste.

Als wäre es verärgert, ignoriert zu werden, rückte es näher. *Ring. Ring.* Lauter.

»Geh weg«, murmelte sie. »Ich schlafe.«

Sein lästiges Klingeln erlosch erneut, als es schließlich auf die Mailbox weitergeleitet wurde.

Dann piepste es wieder, um sie wissen zu lassen, dass sie eine Nachricht erhalten hatte. Da sie den schrillen Klingelton erkannte, wusste sie genau, wer da ständig auf Wahlwiederholung drückte.

Tut mir leid, Mom, aber ich bin im Moment nicht in der Stimmung.

Nachdem sie spät ins Bett gegangen war, sehr spät, weil sie mit den Mädels aufgeblieben war und getrunken und gegessen hatte und sie über die Tatsache gelacht hatten, dass Leo im Klub plötzlich ausgeflippt war und sie sich darüber beklagt hatte, dass er sie verlassen hatte, war sie noch nicht in der Stimmung, sich dem Tag zu stellen. Und nicht einmal annähernd so weit, dass sie sich mit ihrer Mutter abgeben wollte.

Ring. Ring. Da ging es wieder los. Lästig und laut.

Sie konnte nur nicht herausfinden, warum ihr Handy so verdammt nahe klang. Sie war sich sicher, dass sie es auf dem Tisch im Flur gelassen hatte, als sie gestern Abend hinein getaumelt war, nachdem sie es kaum geschafft hatte, den Aufzug mit all seinen verfluchten Tasten zu bedienen.

Boden oder Tisch, so oder so, das Telefon sollte nicht direkt über ihrem Gesicht in ihrem Schlafzimmer klingeln. Hey, sie hatte es ins Bett geschafft. Bonus!

»Aufgewacht, du Nervensäge. Willst du nicht rangehen? Es ist deine Mutter und sie ruft bereits zum vierten Mal an. Möchtest du, dass ich ihr sage, dass du gerade nicht kannst?«

Moment mal. Ihr trüber Verstand brauchte nicht lange, um zu verstehen, dass Leo bei ihr war. In ihrem Zimmer. Und dass er gleich – sie blinzelte zur Uhr – um sieben Uhr morgens mit ihrer Mutter reden würde.

Oh je.

Sie riss die Augen auf, doch bevor sie den Arm in seine Richtung ausstrecken konnte, um ihr Handy zu verlangen, war er schon drangegangen.

»Meenas Handy. Kann ich Ihnen helfen?«

Sie stöhnte, und da sie ein perfektes Gehör hatte, konnte sie hören, wie ihre Mutter ausgesprochen höflich fragte: »Entschuldigen Sie bitte, aber wer sind Sie und warum gehen Sie ans Telefon meiner Tochter?«

Wäre Meena an seiner Stelle gewesen, hätte sie so etwas gesagt wie: »Ich bin ein Serienmörder und habe Ihre Tochter gefesselt, sodass sie jetzt nicht ans Telefon kommen kann. Hahahahaha.«

Allerdings war das Sondereinsatzkommando nicht gerade beeindruckt gewesen, als sie diesen Scherz das letzte

Mal gemacht hatte, und jetzt durfte sie nicht mehr mit Mary Sue herumhängen.

Aber bei ihrem Pookie war klar, dass er sich an die Wahrheit hielt. »Ich bin Leo.«

»Hallo, Leo. Wie geht es Ihnen heute?« Ihre Mutter legte in jeder Situation gute Manieren an den Tag.

»Es geht mir so gut, dass ich schnurren könnte. Und wie geht es Ihnen?«

»Ich ... ähhh ... würde es Ihnen etwas ausmachen, das Telefon an Meena weiterzureichen, bitte?«

»Das würde ich gern tun, nur leider ist sie gerade ... nicht in der Lage, das Gespräch anzunehmen.« Hatte er tatsächlich gerade gegrinst, als er das gesagt hatte?

Sie runzelte die Stirn.

Er grinste. Es war ein sexy Grinsen, ein freches Grinsen, aber trotzdem war sie nicht darauf vorbereitet, als er sagte: »Wie wäre es, wenn sie Sie zurückruft, sobald wir ihre Klamotten gefunden haben? Wenn ich ihr helfe, ist sie bestimmt innerhalb kürzester Zeit angezogen. Oder auch nicht.« Er sagte es mit leiser, rauer Stimme und sah sie dabei unentwegt an, wobei sein Blick ein erotisches Versprechen hielt.

Allerdings musste das erotische Versprechen in Anbetracht der Tatsache dessen, was er gerade zu ihrer Mutter gesagt hatte, noch etwas warten!

»Hast du sie nicht mehr alle?«, raunte sie ihm zu.

»Falls ich sie nicht mehr alle habe, bist du daran schuld«, erwiderte er laut.

Oh, oh.

»Peter! Komm bitte mal sofort her!« Ihre Mutter vergaß all ihre Manieren und rief nach Meenas Vater.

Das war nicht gut. Ganz und gar nicht gut. Armer Leo.

Und dabei mochte sie ihn so sehr. Und obwohl es sich nur um ein mündliches Gefecht handeln würde, zog sie sich die Decke über den Kopf, um das Gemetzel nicht mitzubekommen, als ihr Vater ans Telefon kam. Leider konnte sie es noch immer hören.

»Wer zum Teufel spricht da und was tun Sie mit meiner Tochter?« Ihr Vater verzichtete auf jegliche Höflichkeit.

»Hallo, Sir. Mein Name ist Leo. Ich bin der Omega des Rudels, das ihrer Tochter Zuflucht gewährt, bis Gras über die letzten Geschehnisse gewachsen ist. Was ich mit Ihrer Tochter tue: Ich versuche, sie von jeglichen Problemen fernzuhalten, aber bis jetzt nur mit mäßigem Erfolg. So wie es aussieht, ist sie ausgesprochen begabt darin, das perfekte Chaos zu erzeugen.«

Ein allzu bekanntes Lachen ertönte. »Das hört sich ganz nach meinem kleinen Mädchen an.«

Zumindest betrachtete ihr Vater es nicht als Problem, dass sie von einer Katastrophe in die nächste geriet. Ihre Mutter hingegen jammerte, dass sie niemals heiraten würde, wenn sie nicht anfing, sich wie eine echte Dame zu benehmen.

»Ich bin gerade bei Ihrer Tochter, weil ich sie im Auge behalten will. Wir haben ein Problem mit einem alten Verehrer, der ihr bis hierher gefolgt ist.«

»Ist das russische Arschloch etwa aufgetaucht?«

»Allerdings. Und die Dinge haben sich leider so entwickelt, dass ich befürchte, dass es nur noch eine Lösung gibt. Sie ist drastisch, aber meiner Meinung nach unvermeidlich.« Die Tür klickte zu, sodass sie den Rest des Gesprächs nicht mitverfolgen konnte.

Was zum Teufel? Sie steckte den Kopf nach draußen, nur um festzustellen, dass das Schlafzimmer leer war.

Während sie sich unter ihrer Decke versteckt hatte, war Leo weggegangen.

Und er spricht immer noch mit meinem Vater.

Das konnte nichts Gutes heißen. Das tat es nie, zumindest für ihre Ex-Freunde. Frederick wechselte noch immer die Straßenseite, wenn er zufällig ihrem Vater begegnete.

Schnell wühlte sie sich unter der Decke hervor, schoss zur Tür des Schlafzimmers und riss sie auf. Sie sprang ins Wohnzimmer und blickte sich nach Leo um, sah ihn jedoch nicht sofort.

Wo war er hin? In dem offenen Raum gab es nicht viele Orte, an denen man sich verstecken konnte. Die Tür hatte kein Guckloch, also öffnete sie sie und blickte hinaus in den Flur.

Kein Leo.

Er war auch nicht im kleinen Badezimmer.

Stirnrunzelnd drehte sie sich im Zimmer herum. Hatte sie es sich nur eingebildet, dass er hier gewesen war? Hatte sie sich auch das ganze Telefongespräch nur eingebildet? Vielleicht schlief sie ja noch immer.

Eine plötzliche Windböe sorgte dafür, dass sie sich umdrehte und sah, wie ihr großer Mann vom Balkon in die Wohnung trat. Er war hinter den Vorhängen versteckt gewesen. Er hatte jetzt das Telefon nicht mehr am Ohr. Anscheinend war das Gespräch beendet, denn er hatte das Handy auf die Couch geworfen.

Ihr Vater war anscheinend nicht allzu hart mit ihm gewesen, denn er zitterte nicht vor Furcht oder bekreuzigte sich, als er sie sah. Trotzdem war sie neugierig. »Was hast du meinem Vater gesagt?«

»Guten Morgen, Nervensäge. Hast du etwas vergessen?«

Sie hätte ihn fast gefragt, was, als ihr sein brennender Blick auffiel, der ihren halbnackten Körper liebkoste.

Huch! War sie etwa nur in ihrer Unterhose aus dem Bett gesprungen? Nackt zu sein machte Meena nichts aus, und es war ihr auch egal. Ihre Mutter hingegen mahnte sie ständig, sie solle ihre Kleider anziehen.

Sie und Leo hatten ziemlich viel gemeinsam. »Du solltest dich anziehen.«

»Warum? Ich fühle mich wohl.« So wohl, dass sie die Schultern straffte und dafür sorgte, dass ihr Busen ein wenig wogte. Er bemerkte es. Und starrte sie an.

Oh je, wurde es hier drinnen vielleicht heiß?

Merkwürdig, wie die Hitze ihres Körpers ihre Brustwarzen nicht davon abhielt, sich zu versteifen, als wäre eine kalte Brise über sie gefahren. Außer dass es sich diesmal eher um leidenschaftliche Erregung handelte.

Stellte Leo sich auch gerade vor, wie er mit dem Mund an ihrer sensiblen Brustwarze saugte, so wie sie es tat?

»Während ich mir ziemlich sicher bin, dass du dich wohlfühlst, würde ich dir trotzdem empfehlen, dir etwas anzuziehen, damit du nicht wegen Erregung öffentlichen Ärgernisses verhaftet wirst, wenn wir ausgehen.«

»Wir gehen aus? Zusammen?«

Er nickte.

»Wohin?«

»Das ist eine Überraschung.«

Sie klatschte in die Hände und kreischte: »Juhu!«, nur um wenige Sekunden später die Stirn zu runzeln. Leo benahm sich ausgesprochen merkwürdig. »Moment mal, hier geht es aber nicht um eine dieser Überraschungen, wo du mir eine Augenbinde umlegst, mir sagst, du hättest eine tolle Überraschung für mich, nur um mich in einen Zug zu setzen und mich auf eine zwölfstündige Reise nach Kansas zu schicken, oder? Oder mich in ein Flugzeug nach Neufundland, Kanada, zu setzen?«

Seine Lippen zuckten amüsiert. »Nein. Ich verspreche dir, dass wir ein Ziel haben, und ich komme mit.«

»Und werde ich heute Abend hierher zurückkommen?«

»Vielleicht, außer du möchtest woanders schlafen.«

Diese geheimnisvolle Aussage war nicht das Letzte, was er von sich gab. »Sei in zwanzig Minuten fertig und triff dich mit mir unten, Nervensäge. Und ich will wirklich, dass du *kommst*.« Hatte er das letzte Wort tatsächlich geschnurrt? War das überhaupt möglich?

Konnte er sie noch irgendwie stärker reizen? Oh bitte!

»Und was soll ich anziehen? Etwas Schickes, Gemütliches, Aufreizendes oder lieber etwas Braves?« Sie sah ihn an, in seinen Shorts und dem Hemd mit den kurzen Ärmeln und dem Kragen. Gemütlich, mit einem Hauch Eleganz. Er sah so aus, als wäre er bereit, den Tag in einem Golfklub für Männer zu verbringen.

Und sie wäre nur allzu gern der Caddie gewesen, der ihn ablenkte, seinen Schlag ruinierte und ihn ins Unterholz zerrte, um ihm ihre Version eines Abschlags zu zeigen.

»Es ist egal, was du anhast. Du wirst deine Klamotten nicht lange anbehalten.«

Nur gut, dass sie nahe an der Wand stand. Ihre Knie gaben nämlich nach, sodass sie fast zu Boden gefallen wäre. Während sie sich dagegen lehnte, fragte sie sich, ob er sie mit Absicht neckte. War ihrem ernsthaften Pookie überhaupt klar, wie man seine Worte auffassen konnte?

Er kam auf sie zu, bis er direkt vor ihr stand. So nahe, dass sie die Arme ausstrecken und ihn umarmen konnte.

Das tat sie nicht, aber nur, weil er sie an sich zog. Sein Duft hüllte sie ein. Mit seinen Händen an ihrem Kreuz schien er sie geradezu zu verbrennen. Sie lehnte sich an ihn und verließ sich komplett darauf, dass er sie halten würde, sollten ihre wackeligen Beine ihr den Dienst versagen.

»Wie wäre es mit Frühstück?«, wollte sie wissen.

»Ich habe Teilchen und Kaffee im Wagen. Lauter leckere Sachen mit Zuckerguss, den du ablecken kannst.«

Sie starrte ihm auf den Mund und wusste genau, was sie gern abgeleckt hätte.

Leider bekam sie keine Gelegenheit dazu. Er klatschte ihr auf den Hintern und ging zur Tür der Wohnung.

Leo. Hat. Mir. Auf. Den. Hintern. Gehauen.

Sie starrte seinen breiten Rücken an, als er ging.

»Lass mich nicht zu lange warten. Ich würde nur ungern ohne dich anfangen.« Dann zwinkerte er ihr zu – ja, er zwinkerte ihr tatsächlich zu – und schloss die Tür hinter sich.

Er wartete auf sie. Warum stand sie noch immer hier herum?

Sie sprintete in die Dusche. Erst als sie in dem Glaskasten stand, wurde ihr klar, dass sie vergessen hatte, ihn zu fragen, worüber er mit ihrem Vater gesprochen hatte. Der schlaue Liger, er hatte ihre Aufmerksamkeit abgelenkt. Dennoch, wenn Leo ihr mit einem Lächeln begegnet war, störten ihn offensichtlich entweder Daddys Drohungen nicht – was mutig und doch töricht war, Daddy drohte nie leichtfertig – oder ihr Daddy mochte ihn.

Nee. Das würde nie passieren. Wie Daddy immer sagte, es gab keinen Mann, der gut genug für sein kleines Mädchen war.

Gut, dass Meena normalerweise sowieso nicht auf ihre Eltern hörte.

In Rekordzeit hatte sie geduscht, ihr feuchtes Haar auf dem Kopf zusammengebunden und war die Treppe hinuntergesprungen, zu ungeduldig, um auf den Aufzug zu warten. Eigentlich ziemte sich ihre Eile nicht, aber da Leo seine Meinung jederzeit ändern konnte, hielt sie es für das Beste, ihn nicht warten zu lassen.

Sie schlitterte in die Eingangshalle und tat so, als hätte sie einen Anstand, den sie nicht empfand. Leo stand mit ein paar der Damen des Rudels zusammen, das Telefon ans Ohr gepresst. Er sprach leise, zu leise, als dass sie hören konnte, was er sagte, was von ihrem wild schlagenden Herzen noch erschwert wurde.

Wie verrückt, hier war sie nun und fragte sich nervös, was er geplant hatte. Aber auch Spannung strömte durch ihre Adern.

Sie brauchte nicht zu sprechen, damit er sie bemerkte. Er drehte sich zu ihr um und lächelte sie an.

Heilige Scheiße. Sein Lächeln war tödlicher als seine Fäuste. Sie sog einen Atemzug ein, der durch die Hitze, die in ihre Glieder fuhr, verstärkt wurde. Kein Wunder, dass er seine Zähne beim Lächeln nicht oft zeigte. Der Mann könnte einen blutigen Aufstand auslösen, wenn er dieses verruchte Grinsen am falschen Ort benutzte.

Nicht anfassen. Meins.

Ihre innere Löwin hatte einen sehr klaren Plan, sollte jemand zu vertraulich auf seine Attraktivität reagieren. Gedankliche Notiz an sich selbst: In dunkle Kleidung investieren. Darauf sieht man Blutspritzer weniger.

Er ließ die Löwinnen mit dem nachdrücklichen Befehl zurück, es »zu erledigen«, und ging auf Meena zu. Sie wäre unter dem direkten Blick, den er ihr zuwarf, am liebsten geschmolzen.

Wenige Schritte entfernt blieb er vor ihr stehen. »Bist du bereit, Nervensäge?« Er streckte die Hand nach ihr aus und sie hüpfte auf ihn zu.

»Wird mir gefallen, was du geplant hast?«, wollte sie wissen.

»Sehr sogar«, versprach er ihr.

Und das war alles, was er verriet, als er sie aus der Tür zu seinem wartenden Auto führte. Aber wen kümmerte ihr Ziel schon? Er hielt ihre Hand.

Er hält meine Hand. Es gab ihr ein so schwindelerregendes, warmes Gefühl im Inneren.

Bevor jemand anfing zu kichern, sollte man anmerken, dass Meena, die ein größer dimensioniertes Mädchen und vor allem hart im Nehmen war, den größten Teil ihres Lebens wie einer der Jungs behandelt worden war.

In ihren jüngeren Jahren hatte es ihr nichts ausgemacht. Sie spielte gern rau und raufte sich wie die anderen auch. Dann war sie zum Teenager geworden. Sie war mehrere Zentimeter gewachsen und überragte die meisten der Jungs, die sie kannte. Sie bekam Brüste, und zwar ziemlich große. Die Dinge begannen sich zu ändern.

Die Jungs behandelten sie nicht mehr wie einen der ihren, obwohl sie immer noch versuchten, sie zum Ringen zu überreden, aber ihr wurde schnell klar, dass sie nur den billigen Nervenkitzel suchten, sie zu begrapschen.

Ja, sie bemerkten, dass sie zur Frau wurde. Ja, sie versuchten, sie zu betatschen und unter ihren Pulli zu kommen. Sie behandelten sie allerdings nie, als wäre sie zerbrechlich. Sie waren daran gewöhnt, dass Meena sich wie ein Wildfang benahm, also hielten sie ihr nicht die Tür auf, brachten ihr keine Blumen mit und taten auch keine kleinen, intimen Dinge, wie ihre Hand zu nehmen. Zu ihrer Verteidigung war sie größer als viele ihrer Freunde, sodass das Halten der Hand manchmal unbeholfen wirkte.

Aber sie wünschte, sie würden es wenigstens versuchen. Ein winziger Teil von Meena wollte so behandelt werden, als wäre sie zierlich, auch wenn sie wie ein Elefant in einem Porzellanladen war – die am häufigsten gehörte Klage ihrer Mutter über ihre jüngste Tochter.

Deshalb konnte sie nicht umhin zu lächeln, als Leo ihre Hand hielt, seine Finger mit ihren verschränkte und ihr mit dem Daumen über die Haut ihres Fingers streichelte. Leo behandelte sie nicht nur mit Respekt. Er sorgte dafür, dass sie sich wie eine Frau fühlte.

Er öffnete die Wagentür und wie zuvor packte er sie um die Taille und hob sie mühelos auf den Sitz.

Als er auf die Fahrerseite schlüpfte, konnte sie nicht umhin, einen glücklichen Seufzer auszustoßen, als sein Duft sie einhüllte.

»Alles in Ordnung, Nervensäge?«

Besser als nur in Ordnung. Aber da sie ihn weder verschrecken noch den Zauber brechen wollte, unter dem Leo offensichtlich stand, nickte sie nur und sagte zur Abwechslung mal nichts. Ihre Mutter wäre stolz auf sie gewesen.

Sie sprachen nicht viel während der Fahrt, wahrscheinlich weil sie die erste Hälfte damit verbrachten, das Frühstück zu essen, das er mitgebracht hatte.

Sie stöhnte, als sie das leckere Kirschkäse-Teilchen aß. Er knurrte. Sie stöhnte, als sie ihre Zähne in den feuchten Karottenkuchen-Muffin mit seiner Butter-Glasur versenkte. Er brummte. Sie konnte überhaupt keinen Ton von sich geben, als sie ihm den letzten Bissen des mit Vanillepudding gefüllten Donuts anbot und er den Puderzucker von ihren Fingern lutschte.

Seine raue Zunge auf ihrer Haut jagte ihr Schauer durch den Körper. Und als er an der Fingerspitze saugte?

Sie hätte ihn fast angesprungen, damit sie seinen köstlichen Körper richtig würdigen konnte.

Aber sie hielt sich zurück. Sie zeigte Zurückhaltung, weil ihr neugieriges Kätzchen wirklich sehen wollte, was er geplant hatte.

Obwohl sie nicht viel redeten, war die Atmosphäre nicht verkrampft. Ein wenig angespannt, surrte sie vor elektrisierender Anziehungskraft, die zwischen ihnen herrschte, aber es war eine gute Art der Anspannung. Leo machte das Radio an und als Foreigner loslegte, konnte sie nicht widerstehen mitzusingen, und zu ihrer Freude machte auch Leo mit, und sein tiefer Bariton legte einen sinnlichen Samthandschuh um sie.

Am Ende des Liedes lachte sie. »Ich kann es nicht glauben. Du kannst singen.«

»Nein, kann ich nicht.«

»Kannst du sehr wohl! Ich habe dich ja gehört.«

Erneut warf er ihr ein tödliches Lächeln zu. »Aber falls ich jemals gefragt werde, werde ich es verleugnen. Betrachte es als mein dunkles Geheimnis. Ich mache gern Karaoke, aber normalerweise nur unter der Dusche, wo niemand mich hören kann.«

»Warum versteckst du dich, wenn du eine solch tolle Stimme hast?«

»Ich gehöre auch zum Klub der harten Kerle. Und wenn ich nicht möchte, dass man mich als Weichei betrachtet, darf ich nicht singen. Genauso wenig wie Standardtanzen, Frauenpflegeprodukte kaufen und Pastellfarben tragen.«

»Das hört sich ziemlich chauvinistisch an.«

»Ist es auch, deswegen macht es so viel Spaß.«

»Inwiefern Spaß?«

»Weil es die Löwinnen verrückt macht.«

»Ich dachte, dir geht es darum, den Frieden zu bewahren.«

Er rollte eine seiner riesigen Schultern, als er mit den Achseln zuckte. »Schon, aber das bedeutet längst nicht, dass ich nicht manchmal gern ein bisschen Spaß habe.«

Er zwinkerte ihr zu, worauf sie erneut kichern musste. Je besser sie ihn kennenlernte, umso mehr faszinierte er sie.

Sie fuhren aus der Stadt heraus und blieben eine Zeit lang auf der Autobahn, wo die Landschaft aus Vorstadtgebieten, Wäldern und Feldern bestand.

Sie erkannte ein paar der Städtenamen auf den Ausfahrtsschildern und wusste plötzlich, wohin sie unterwegs waren. »Du bringst mich zur Lion's Pride Ranch.«

»Genau. Ich hielt es für eine gute Idee, dich für eine Zeit lang aus der Stadt herauszuholen, damit du dir die Beine vertreten und ein bisschen frische Luft schnappen kannst.«

Ein sehr guter Plan. Kaum hatten sie geparkt, sprang Meena auch schon aus dem Wagen, ohne darauf zu warten, dass Leo zur Beifahrerseite kam, um ihr herauszuhelfen. Es dauerte nur Sekunden, bevor sie sich ihrer Kleidung entledigt hatte, während Leo sie fasziniert beobachtete.

Nachdem er den ganzen Morgen mit ihr geflirtet hatte, hatte sie jetzt kein schlechtes Gewissen, es ihm gleichzutun. Diesmal war sie es, die ihm zuzwinkerte. »Fang mich, wenn du kannst, Pookie.« Und damit verwandelte sie sich und wurde zur Löwin.

Das wurde aber auch langsam Zeit, motzte ihre innere Katze, als sie in den Vordergrund sprang. Der Schmerz der Verwandlung war nichts Neues und bald vergessen, da sie so glücklich war, in ihre Katzengestalt zu wechseln.

Sie hatte keine Angst, gesehen zu werden. Nur diejenigen, die die Erlaubnis des Rudels hatten, durften sich auf der Ranch aufhalten. Es war ein sicherer Hafen für diejenigen, die eine Pause von der Stadt brauchten, und ein Ort, an dem man sich austoben konnte.

Man hatte die Freiheit, man selbst zu sein, und dazu standen einem hektarweise Felder und Wälder zur Verfügung.

Auf vier Pfoten sprang sie an den Rand des üppigen Waldes und stürzte sich unter die schweren Zweige. Der sonnendurchflutete Weg lockte, die satten Gerüche der Natur und der moschusartige Duft der kleinen Beutetiere waren ein berauschender Genuss.

Hinter ihr brach Gebrüll aus, kein Gebrüll der Provokation, mehr eines, das besagte, ich komme, um dich zu holen.

Juhu.

Leo hatte die Herausforderung angenommen. Die Jagd begann.

Sie rannte weg. Mit geschmeidigen Pfoten bahnte sie sich ihren Weg über den Waldboden, sprang durch die verrottende Materie, die den Boden bedeckte, und streifte tief hängende Äste. Sie bevorzugte Geschwindigkeit gegenüber Verstohlenheit. Ihre ultimative Absicht war es nicht, Leo für immer zu entkommen. Sie wollte, dass er sie fing, sich auf sie stürzte und sie auf den Boden warf, denn was dann geschah, war das, was sie wirklich interessierte.

Etwas hatte sich seit gestern Abend geändert, aber sie konnte nicht genau sagen was. Hatte er sich mit der Tatsache abgefunden, dass sie füreinander bestimmt waren? Oder war das nur eine weitere Facette seiner Persönlichkeit, die er mit allen teilte? Der nette Gastgeber, der einen Gast unterhält.

Nee. Leo war nicht der Typ dazu und das bedeutete, das alles hier – angefangen damit, dass er sich in ihre Wohnung geschlichen hatte, bis dahin, dass er sie hierhergebracht hatte – ganz er war. Und nur für sie.

Ich bin etwas Besonderes.

Und nein, sie war nicht besonders auf eine Art und Weise, die einen Helm erforderte, egal wie oft ihr Bruder das auch behauptete.

Als sie durch den Wald lief, waren das Zwitschern der Vögel, das Schnaufen ihres Atems und das sanfte Knirschen, als sie auf Unterholz traf, die einzigen Geräusche. Kein Brüllen mehr, kein offensichtliches Zeichen dafür, dass sie verfolgt wurde, und deshalb wäre sie fast auf der Nase gelandet, als ein Katzenkörper vom Baum vor ihr sprang, weil sie ihre Hinterpfoten in den Boden grub, um in voller Fahrt anzuhalten.

Meine Güte, er ist riesig.

Großartig, fügte ihre Löwin hinzu.

Das war er wirklich. Als Löwen-Tiger-Mischung besaß Leo Attribute beider Arten. Sein Körper trug die Streifen eines Tigers, wenn auch viel schwächer ausgeprägt und goldener. Sein gestreifter Schwanz endete in einem dunklen Büschel, während seine Mähne mit der eines Königs der Tiere konkurrierte, aber in einem dunklen Farbton, der sein majestätisches Gesicht und seine riesigen Zähne unterstrich. Zähne, die er entblößt hatte.

War das seine merkwürdige Version eines Katzenlächelns?

Über ihren anfänglichen Schock täuschte sie Lässigkeit vor, als sie ihr Gleichgewicht wiedererlangte und sich aufrichtete. Sie zuckte mit dem Schwanz und warf den Kopf, während sie an ihm vorbei stolzierte.

Er schlug ihr auf den Hintern.

Oh nein, das hat er nicht gewagt.

Oh doch, hat er.

Mit dieser Aufforderung zum Spiel wirbelte sie herum

und sprang ihn an. Aber er musste das erwartet haben, denn er warf sich hin und ließ es zu, dass sie ihn festhielt.

Sie knurrte.

Er grollte.

Sie stieß ihn mit dem Kopf an.

Er rieb seine Nase an ihrer.

Sie biss nach ihm und sprang dann weg, woraufhin eine neue Verfolgungsjagd begann.

Sie sprang aus dem Wald heraus und sah einen kleinen See, oder war es eher ein Teich? Es spielte keine Rolle. Sie erinnerte sich daran, dass sie als Kind immer geschwommen war. Ohne zweimal darüber nachzudenken, sprang sie auf das Wasser zu und landete spritzend darin.

Sie verwandelte sich erneut und die Erfahrung, die sie im Schwimmbecken zu Hause gesammelt hatte, sorgte dafür, dass sie den Atem anhielt, damit sie nicht mitten in der Verwandlung ertrank.

Sie tauchte in ihrer menschlichen Gestalt auf und schnappte heftig nach Luft, bevor sie ans Ufer schwamm.

Ein leeres Ufer.

Stirnrunzelnd ließ sie den Blick umher gleiten, während sie Wasser trat, und suchte nach einem Anzeichen von Leo. Doch anscheinend hatte sie ihn verloren. Wie merkwürdig. Wo war –

Eine Hand griff nach ihrem Knöchel und zog sie nach unten. Kreischend versank sie und presste fest die Lippen aufeinander, um kein Wasser zu schlucken. Die Hand, die sie nach unten gezogen hatte, ließ los, aber nur um sich auf ihre Taille zu legen.

Obwohl das Wasser nicht ganz klar war, sah sie Leo, dessen Haar im Wasser in der Strömung schwebte, die sie verursachten, und der den Mund zu einem Grinsen verzogen hatte.

Er hatte den Arm um ihre Taille gelegt und schlug mit den Beinen, um sie wieder zur Oberfläche zu bringen. Als sie durch die Oberfläche brachen, nahmen sie einen tiefen Atemzug, den sie dazu benutzte, laut zu lachen.

»Pookie, ich fasse es nicht, dass du hier das Teichmonster spielst.«

»Und ich fasse es nicht, dass du wie ein Mädchen geschrien hast«, neckte er sie.

»Vielleicht bin ich zarter, als es den Anschein hat«, erwiderte sie.

Solche Bemerkungen waren in der Vergangenheit immer mit Kichern oder Gelächter abgetan worden.

Leo jedoch sah sie mit einem sexy Ausdruck an und sagte vollkommen ernst: »Ich finde, du siehst großartig aus. Und in dem Kleid gestern Abend warst du sogar richtig zierlich.«

Ihr Kiefer klappte genau in diesem Moment runter, zumindest war das ihre Ausrede dafür, dass sie ihn mit offenem Mund anstarrte. »Zierlich? Du weißt aber schon, was das bedeutet, oder?«

»Sowas wie klein und hübsch?«

»Ja.«

»Dann habe ich ja das richtige Wort benutzt.«

Ja, dafür hatte er sich einen dicken, fetten Kuss verdient. Einen Kuss, der immer weiterging, während er sie irgendwie über Wasser hielt. Gut, dass einer von ihnen aufpasste, denn sie hatte ihre Beine und Arme um ihn geschlungen wie ein Tintenfisch und sie wären wahrscheinlich ertrunken, wenn sie sich darauf verlassen hätten, dass sie diejenige war, die ihre Köpfe über Wasser hielt.

Glücklicherweise ertranken sie nicht und Leo bewies, dass er der Klügere war, als er sie während ihrer Diskussion in flacheres Wasser manövriert hatte, oder zumindest flach genug, sodass er seine zwei Füße hinstellen und den Kuss wirklich genießen konnte.

Der Kuss war nicht das Einzige, was sich wunderbar anfühlte. Obwohl das Wasser kühl war, kam ihre Haut in Kontakt und sie rieben sich aneinander. Und rieben. Oh, wie sehr es ihr gefiel, wie ihre Haut sich sinnlich berührte. Das Wasser mochte zwar kühl sein, aber sie spürten die Kälte nicht. Ihr inneres Fieber, das von ihrer Erregung herrührte, hielt sie warm.

Während sie ihn mit den Beinen fest umschlang, konnte ihr Geschlecht nur gegen seinen Unterbauch pulsieren. Meena war weder schüchtern noch unschuldig. Sie erschauderte vor Verlangen, besonders da sie den Beweis für seine Erregung spürte, der sich direkt unter ihrem Hintern aufgerichtet hatte.

Sie wand sich und versuchte, ihre Position anzupassen, aber er hielt sie zu fest. »Noch nicht, kleine Nervensäge.«

»Aber ich bin *hungrig*.« Sie machte einen Schmollmund.

Er küsste ihn weg und watete durch das immer flacher werdende Wasser.

Luft und Wasser liebkosten ihre nackte Haut, doch sie sehnte sich nach seiner Berührung. Und er liebkoste sie.

Mit seinen großen Händen auf ihrem Hintern hielt er sie fest, während sie ihren Körper wie eine zweite Haut um ihn wickelte.

Ihre Lippen fest aufeinandergepresst umarmten sie sich und man hörte nur ihr heftiges Atmen.

Der Kern ihrer Erregung brannte heiß, so heiß, dass sie erneut versuchte, sich ein wenig von ihm zu lösen, um ihn erneut einzuladen, in sie einzudringen. Doch er hielt sie immer noch fest, sodass sie sich nicht bewegen konnte, ließ aber einen Moment lang von ihr ab, um zu flüstern: »Also,

Nervensäge, bist du bereit für meine große Überraschung?«

»Und wie ich bereit bin.«

»Ich habe den ganzen Tag darauf gewartet, es dir zu geben«, murmelte er ihr ins Ohr.

»Dann gib es mir schon. Gib es mir jetzt.« Sie würde platzen, wenn er sich nicht um sie kümmerte.

Er lachte leise und sie konnte das auf ihrer Haut spüren. »Ich weiß, dass du Hunger hast.«

»So unglaublich großen Hunger«, stimmte sie ihm zu.

»Und ich habe auch Hunger.«

»Worauf warten wir dann noch? Ich bin bereit.« Mehr als bereit. Es verlangte sie danach, dass er ihr Verlangen befriedigte. Sie wollte von ihm berührt werden. Befriedigt werden.

»Großartig. Ich kann es kaum erwarten, dir zu zeigen, was ich zum Mittagessen mitgebracht habe.«

Mittagessen?

Mittagessen!

Kapitel Fünfzehn

Er hätte ihr Erstaunen lustig gefunden, wenn er nicht genauso gelitten hätte wie sie.

Nah. Sie waren so nahe dran gewesen, ihrer Begierde nachzugeben. Viel hätte nicht gefehlt, nur ein kleiner Ruck und ein kurzer Stoß. Sie war mehr als bereit gewesen. Aber ...

Er hatte ihren Eltern versprochen, sie nicht körperlich in Besitz zu nehmen, bis sie offiziell aneinander gebunden waren. Und nein, er respektierte ihre Wünsche, nicht weil ihr Vater ihm gedroht hatte: »Ich reiße dir die Eingeweide aus dem Körper, fessele dich damit und ziehe dir dann das Fell über die Ohren, um einen Pelzmantel für meine Frau daraus zu machen.« Leo hatte sich selbst auch das stille Versprechen gegeben, Meena mit dem Respekt zu behandeln, der ihr oft nicht gewährt wurde. Unter Meenas wildem und unzähmbarem Benehmen versteckte sich eine Frau, die sich nach der gleichen Höflichkeit und Leichtigkeit sehnte, von der sie sah, dass andere sie bekamen.

Und er würde sie ihr geben.

Geben ist gut. Gib ihr alles, was sie will. Wobei sein

Liger eher eine etwas animalischere Vorstellung hatte, die schwer zu ignorieren war, besonders weil Meena noch an ihm klebte. So viel wunderbare Haut.

Ich will sie schmecken.

Das geht nicht. Denn selbst wenn es wehtat – und es tat wirklich sehr weh –, war er ein Mann, der sein Wort hielt.

Er setzte sie auf einer Decke ab, die er vorher unter einem Baum auf einem weichen Untergrund aus Moos und Laub ausgebreitet hatte, und ignorierte ihr enttäuschtes Miauen.

Es half ihm nicht, dass er ebenfalls der Versuchung nachgegeben hätte.

Er drehte ihr für einen Moment den Rücken zu und suchte nach den Handtüchern, um die er auch gebeten hatte, als er am Vorabend telefonisch sein Picknick auf der Ranch reserviert hatte.

Er fand Handtücher, die tatsächlich so klein waren, dass sie sich nur für die Hände eigneten. Da hatte sich wohl jemand einen Witz erlaubt.

Nicht sehr lustig, denn das bedeutete, dass er nichts hatte, womit er Meena bedecken konnte. Nichts, was ihre Kurven verdeckte.

Schau nicht hin. Schau nicht hin.

Als ob er diese Art von Willenskraft hätte, wenn es um sie ging. Er drehte sich um.

Ich will sie sehen.

Er sah jedoch nur, dass sie ihn wütend anstarrte. So ein ungewöhnlicher Ausdruck auf ihrem sonst so glücklichen Gesicht.

»Du hast jetzt nicht die weltbeste Knutscherei unterbrochen, um tatsächlich zu Mittag zu essen, oder?«

Die weltbeste? Okay, als sie das sagte, schwoll seine Brust vor Stolz ein wenig an. »Es ist ja nicht nur irgendein

Mittagessen. Sondern ein ganz besonderes. Ich habe dafür gesorgt, dass man uns das frittierte Hühnchen von gestern Abend einpackt, und jeder weiß ja, dass das am nächsten Tag noch besser schmeckt.«

»Was das Hühnchen angeht, hast du natürlich recht. Allerdings habe ich mit einer pochenden Muschi zu kämpfen, die zu jeder Schandtat bereit ist.«

Ihre unverblümte Ehrlichkeit, die ihn anfangs noch aus der Fassung gebracht hatte, gefiel ihm nun ganz gut. Meena verheimlichte die Wahrheit nicht. Sie sagte, was sie fühlte, und was sie fühlte, war Verlangen nach ihm. Mentaler Fauststoß in die Luft. Und nein, er würde nicht auf sie springen und sie für das Kompliment lecken.

Er versuchte, die Situation wieder in den Griff zu bekommen. »Sei nicht so ungeduldig, kleine Nervensäge. Du weißt doch, Vorfreude ist die schönste Freude, oder?«

»Du hast mich schon lange genug leiden lassen, verdammt, Pookie. Ein Mädchen kann nicht ewig warten.«

»Würde es dich trösten, wenn ich dir sage, dass mein Schwanz auch pocht«, und zwar auf sehr schmerzliche und offensichtliche Weise, »und dass es mir wahnsinnig gefallen würde, mich auf deinen« – Schluck – »wunderbaren Körper zu stürzen ...« Der Gedanke lenkte ihn so sehr ab, dass er einen Moment lang nicht weitersprechen konnte. Was auch noch ihre Schuld war, weil sie sich zurück auf die Ellbogen lehnte und ihn mit einem Schlafzimmerblick anstarrte. Sie hatte außerdem die Schultern gestrafft und ihre Brüste nach vorne gedrückt. Schnief. Er musste sich konzentrieren. Vielleicht sollte er es ihr erklären, damit sie verstand, warum zum Teufel er sich nicht auf sie warf – noch nicht. »Du siehst doch sicher ein, dass es sich lohnt, die Dinge langsam angehen zu lassen. Unser wachsendes Verlangen füreinander zu genießen –«

»Wachsend? Das ist ja wohl ausgesprochen untertrieben.« Sie schnaubte verächtlich. »Wohl eher explosionsartiges Verlangen. Oder zumindest hätte es sich zu dem entwickelt, wenn du nur ein paar Minuten lang weitergemacht hättest.«

»Ich betrachte es als erweitertes Vorspiel.«

»Scheiß auf das Vorspiel. Ich will Sex.«

Und mit diesem Wunsch war sie nicht alleine. Warum zum Teufel hatte er nur dieses Versprechen gegeben? »Da wir gerade von Orgasmen sprechen, sieh mal, was ich als Beilage für das Hühnchen mitgebracht habe.« Er kniete sich auf die ausgebreitete Decke und schlug den Deckel eines Picknickkorbs zurück, den ihm das Küchenpersonal der Ranch hatte zukommen lassen. Nachdem sie erst gelacht hatten, dann gefragt hatten, ob es sich um einen Witz handelte, und dann wieder gelacht hatten, hatten sie schnell seine Wünsche erfüllt, als er ihnen gedroht hatte, ihnen zu zeigen, wie man menschliche Brezeln herstellt.

Meena konnte nicht umhin sich vorzubeugen, um nachzusehen, und ihre Brüste schwangen verführerisch hin und her. Verdammt sei er, weil er ehrenhaft war und sein Versprechen gegeben hatte.

»Sind das Orgasmen aus Schokolade?«, wollte sie wissen.

Eigentlich sollte ein Mann nicht erschaudern, wenn er hörte, wie eine Frau das Wort *Orgasmus* aussprach. Doch das hielt ihn nicht davon ab, trotzdem zu erschaudern, besonders weil sie nicht mehr im Wasser waren und der Duft ihrer Erregung in der Luft hing. »Brave Mädchen können so viele Orgasmen haben, wie sie wollen.« Er knurrte es.

»Brave Mädchen?« Sie lachte frech auf. »Oh, Pookie, ich bin am besten, wenn ich ein böses Mädchen bin.«

Mit diesen Worten lehnte sie sich zurück und wechselte die Position. Nicht, um ihre Brüste zu verstecken oder die Dinge für ihn einfacher zu machen. Natürlich nicht. Sie wusste genau, was sie tat, wenn man nach ihrem frechen Lächeln urteilte, als sie sich im Schneidersitz auf die Decke setzte, immer noch völlig nackt.

Warum widersetzte er sich? Er sollte rübergehen und es ihr besorgen, wie sie es sich wünschte. Waren ihre Bedürfnisse nicht wichtiger als irgendwelche dummen Versprechungen?

Hör auf, dich auf ihre Nacktheit zu konzentrieren. Konzentriere dich auf etwas anderes. Wie zum Beispiel das Mittagessen. Ja. Wenn sie aßen, dann konnte er sich nicht nach ihr verzehren, oder?

Er reichte ihr eine Leinenserviette, und sie legte sie auf ihren Schoß und verbarg wenigstens einen Teil von sich. Sie ließ aber ihre herrlichen Brüste immer noch entblößt. Zu wissen, was sich unter dem winzigen Stoffstück versteckte, sorgte dafür, dass er sie am liebsten geleckt hätte.

Böse Katze.

Er riss den Deckel des Behälters mit dem Huhn ab und gab ihn ihr. Sie packte ein Stück und biss herzhaft hinein.

Leo war stolz auf seine eiserne Kontrolle. Er wünschte, jemand hätte ihn gewarnt, dass eine Frau seine Selbstkontrolle in nichts verwandeln konnte, indem sie nur einmal stöhnte: »Verdammt, das ist leckeres Hühnchen.«

Der Entschluss, sie zu respektieren, erwies sich als Folter für ihn. Jeder Bissen. Jedes Stöhnen. Jeder Blick auf ihre rosa Zunge, während sie sich die Lippen leckte.

Er warf sich mit einem Stöhnen auf den Rücken.

Sofort setzte sie sich rittlings auf ihn, was die Sache wirklich nicht einfacher machte. Als er das Picknick geplant hatte, hätte er wirklich an Kleidung denken sollen. Oder vielleicht besser eine Rüstung. Welcher Teufel hatte ihn geritten zu denken, dass er einen ganzen Morgen und Nachmittag allein mit ihr aushalten würde? Warum hatte er versprochen, die Dinge nicht zu überstürzen?

»Pookie.« Sie sang seinen Namen, während sie ihn ins Kinn biss. »Oh, Pookie. Du kannst dich nicht vor mir verstecken. Warum kämpfst du so sehr dagegen an?« Um den Punkt zu beweisen, rieb sie ihre feuchte Spalte an seinem aufgerichteten Schaft. »Nervensäge, wir dürfen das nicht tun. Ich habe es versprochen.«

»Wem hast du es versprochen? Meinem Vater? Ach, bitte. Er hat nicht zu entscheiden, mit wem ich schlafe.«

»Ich habe mir auch selbst versprochen, dich wie eine Dame zu behandeln.«

»Und das hast du auch getan, aber auch Damen verdienen ein wenig Leidenschaft. Ein bisschen ...« Sie küsste seinen Hals entlang bis zu seinen Brustwarzen und biss in eine davon hinein. Er sog scharf die Luft ein. »Spaß.«

»Ich habe mein Wort gegeben.« Und so gern er auch der Versuchung nachgegeben hätte, er würde sein Wort nicht brechen.

»Und was genau hast du versprochen?«

»Dass wir nicht miteinander schlafen würden, bis wir offiziell miteinander verbunden werden.«

»Also erst heiraten, dann ficken?«

»Nervensäge!« Er riss schockiert die Augen auf.

»Was denn?« Sie versuchte, unschuldig auszusehen, doch es gelang ihr nicht, was auch ziemlich schwer war, da sie zwischen seinen Beinen kniete und seinen Schwanz in der Hand hielt.

»Du solltest nicht – du darfst nicht – ach, verdammt.« Was gab es noch zu sagen, wenn die Frau, die er am meisten auf der Welt wollte, ihre Lippen um die Spitze seines Schwanzes legte und saugte?

Oh, und wie sie lutschte und saugte. Ihre Lippen glitten über die gesamte Länge seines harten Mastes, liebkosten ihn und umschlossen ihn mit ihrer feuchten Hitze. Er konnte nicht anders, als seine Finger in die Decke zu graben, und bemühte sich, seine Hüften stillzuhalten, damit er nicht anfing, in die süße Grotte ihres Mundes zu stoßen.

Aber Meena war nicht an seiner beeindruckenden Selbstbeherrschung interessiert. Wie immer, seit sie sich kennengelernt hatten, schien sie entschlossen, seinen Widerstand zu brechen. Um ihn an Orte zu bringen, an die ihn niemand sonst gebracht hatte, sowohl emotional als auch physisch.

Sie nahm ihn tief in ihrer Kehle auf.

Tief. In. Ihrer. Kehle.

Das hatte noch nie jemand zuvor getan, schon gar nicht bei seiner ziemlich beeindruckenden Größe. Meena tat es jedoch, und sie tat es mit Begeisterung und sah dabei wunderbar aus. Ihre Wimpern flatterten dunkel gegen ihre Wangen und ihre Augen schlossen sich, während sie sich amüsierte. Ihre Lippen waren um seinen Schwanz weit gespannt und deren rosa Farbe bildete einen perfekten Kontrast. Ihre Wangen waren ausgehöhlt, als sie saugte. Und oh, die Geräusche, die sie dabei machte. Süße Klänge der Wollust. Sanftes Knurren der Begierde.

Konnte er ein Brüllen unterdrücken, als sie ihn an den Rand der Ekstase führte und ihn dann zum Kommen brachte?

Ja. Vergiss den Mann mit der eisernen Selbstbeherrschung. Er schoss seine cremige Ladung in ihren einladenden Mund und sie schluckte sie. Sie trank jedes Tröpfchen von ihm und hörte nicht auf zu saugen, bis er mit heiserer Stimme flehte: »Gnade. Verdammt, Nervensäge, du wirst mich umbringen.«

Die Sache war, dass er noch nicht sterben konnte. Auf keinen Fall. Er musste sich revanchieren.

Was war mit dem Versprechen, nicht mit ihr zu schlafen?

Er würde dieses Versprechen halten. Sein Schwanz würde nicht in die samtige Hitze ihrer Muschi sinken, aber seine Zunge schon!

»Leg dich auf den Rücken.« Schwang da ein Befehl in seinem Ton mit? Allerdings tat es das. Dieses Mal musste sie unbedingt auf ihn hören.

»Oh wie schön, jetzt bin ich dran.«

Wie erfreut sie klang. Ihre erfrischende Einstellung und ihr Mangel an Verschämtheit waren absolut bezaubernd. Sie verbarg weder ihre Sinnlichkeit noch ihre Begierde. Sie genoss sie und spreizte ihre Beine, sodass er sich diesmal dazwischen knien konnte.

Absolute Perfektion. Von ihrem zerzausten Haar, das ihr Gesicht in feuchten Strähnen umrahmte, über ihre wogenden Brüste, an deren Spitze dicke Brustwarzen prangten, bis hin zu ihrer schmalen Taille und den breiten Hüften. Sie war seine ideale Frau.

Sie ist meine Frau.
Meine.

Und selbst wenn er sie nicht mit seinem Schwanz für sich beanspruchen oder sie mit seinen Zähnen markieren würde, so würde sie doch, verdammt noch mal, seine peitschende Zunge zu spüren bekommen.

Aber erst, nachdem er sich um ihre Brüste gekümmert hatte, von denen er solange geträumt hatte.

Er beugte sich nach vorne und senkte den Kopf, um an

einer der aufgerichteten Brustwarzen zu saugen. Ihr Rücken wölbte sich und sie stöhnte.

»Ja. Oh ja. Leck mich.«

Er hatte gewusst, dass sie laut sein würde, und er liebte es. Er liebte es, dass sie keine Angst hatte, ihm zu sagen, was ihr gefiel.

Er ließ seine Zunge ihre Brustwarze umkreisen, benetzte ihre Haut und spürte die Ränder der aufgerichteten Brustwarzen. Er saugte die Spitze in seinen Mund. Knabberte daran. Er biss sogar sanft hinein.

Sie mochte das, oder zumindest verstand er es so, da sie an seinen Haaren zog und ihn praktisch erstickte, als sie sein Gesicht so fest an ihre Brust presste.

Gut, dass er stärker war. Dadurch hatte er eine gewisse Kontrolle. Er wechselte die Brustwarzen und schenkte der anderen die gleiche Aufmerksamkeit, während Meena keuchte und ihn mit gemurmelten Forderungen nach »Mehr. Nicht aufhören. Oh Gott. Ja.« ermunterte.

So entzückend ihre Brüste auch waren, das wahre Vergnügen lag weiter unten. Er ließ seine Lippen von ihrem prachtvollen Busen nach unten wandern und legte eine Spur heißer Küsse über die Schwellung ihres Bauches und noch weiter hinunter bis zu dem Busch blonder Haare, der ihren Schamhügel bedeckte.

Er konnte nicht anders, als seine Nase darin zu versenken. Ein erregter Seufzer drang aus ihrem Mund.

»Oh ja. Bitte. Ich meine nein. Das solltest du nicht tun.« Sie versuchte, ihn wegzustoßen. »Ich will dir nicht wehtun.«

Ihm wehtun? Es tat ihm mehr weh, sie nicht zu schmecken. Er kniete zwischen ihren Beinen, hielt einen Moment inne und betrachtete sie. Sie sah tatsächlich ziemlich besorgt aus und hatte die Stirn in Falten gelegt. Und trotzdem konnte er sehen, dass ihre Schamlippen vor Verlangen feucht glänzten. »Aber du willst das.«

»Schon, aber ich kann das nicht zulassen. Wenn ich mich einen Moment lang vergesse, könnte ich dich verletzen. Es wäre nicht das erste Mal.«

»Du kannst mich nicht davon abhalten.« Und damit versenkte er seine Hände unter ihrem Hintern, der seine Handflächen wunderbar ausfüllte. Er hob sie von der Decke an und positionierte sie so, wie es für ihn am besten war – und für sie. Dann leckte er in einem langen Zug entlang ihrer feuchten Spalte, von der kleinen Klitoris in ihrer Hautfalte bis hinab ans andere Ende.

Die sahnige Feuchtigkeit ihrer Erregung explodierte auf seinen Geschmacksnerven, genau wie sie explodierte. Sie zuckte mit den Hüften und er musste all seine Kraft aufbringen, um sie festzuhalten.

»Tut mir leid«, keuchte sie.

»Entschuldige dich niemals dafür«, er leckte sie, »dass du«, er saugte an ihrer Klitoris, »erregt bist, Nervensäge.« Er biss sanft hinein.

Bei jeder Liebkosung keuchte, stöhnte oder schrie sie. Ihr Körper zitterte. Ihre Beine lagen über seinen Schultern und ihre Fersen gruben sich in seinen Rücken.

Er tat sich an ihr gütlich und ließ sich von ihrer wilden Leidenschaft auf eine Reise mitnehmen, die er sich nie hätte vorstellen können. Leo war nie ein egoistischer Liebhaber gewesen und kümmerte sich immer um seine Partnerinnen, aber mit Meena tat er es nicht nur ihr zuliebe. Er genoss es selbst sehr.

Obwohl er gerade erst gekommen war, schwoll sein Schaft und flehte ihn pochend an, in die rosa Hitze eindringen und sie hart stoßen zu dürfen. Tief. Schnell.

Sie zu nehmen. Sie zu markieren. Sie zu der Seinen zu machen.

Oh verdammt. Oh ja. Er hätte nicht sagen können, ob er es dachte oder es herausbrüllte. So oder so, er bewegte sich im Takt zu den Stößen ihrer Hüften, während er sie leckte. Er brummte an ihrer Muschi: »Komm schon, Nervensäge. Komm an meiner Zunge.«

Und das tat sie. Sie schrie laut, lange und lustvoll, als sie sich ihrem Höhepunkt hingab. Ihre Oberschenkel hielten seinen Kopf wie in einem Schraubstock. Er konnte verstehen, warum sie befürchtete, ihn zu verletzen, aber er konnte damit umgehen. Sie gehörte ihm.

Um zu beweisen, dass er nichts gegen ihre ungezügelte Leidenschaft hatte, saugte und knabberte er weiter und wollte mehr. Weil er mehr brauchte, mehr von ihr. Er wollte sie mit seiner Berührung zu der Seinen machen. Um dieses verrückte Verlangen zu stillen, das er nach ihr hatte.

Ein zweiter Orgasmus rollte durch sie hindurch, bevor der erste überhaupt vorbei war. Ihr zweiter Schrei war eher ein heiseres Krächzen, ein Beweis dafür, wie sehr ihr das Verlangen die Sinne raubte.

Wie gerne er mit ihr geschlafen hätte. Sich in ihr verloren hätte. Seinen Schwanz bis zum Anschlag in ihre einladende Spalte versenkt und all seine Versprechen in den Wind geschlagen hätte. Er wollte sich seinem egoistischen Verlangen ganz hingeben.

Argh. In einer schnellen Bewegung ließ Leo ihren noch zitternden Körper auf die Decke fallen, natürlich sanft, und lief zum Wasser. Er tauchte ein und ließ das kühle Nass seine dampfend heißen Geschlechtsteile kühlen.

Aber das kalte Wasser konnte sein Problem nicht lösen.

Das konnte nur Meena. Und nur, wenn sie endlich miteinander verbunden waren.

Kapitel Sechzehn

Ich kann nicht glauben, dass er mich nicht genommen hat.

Er war so nahe dran gewesen. Dessen war sie sich sicher. Meena gab ihrem Vater die Schuld. Es war seine Schuld, dass Leo diesen letzten Schritt nicht machen wollte. Leo dazu zu bringen, ihm zu versprechen, sie nicht zu nehmen. Was zum Teufel?

War jeder dazu entschlossen zu verhindern, dass sie zum Zug kam?

Zumindest war das flammende Inferno ihres Verlangens zu einem leisen Pochen abgeklungen. Ihr Mann hatte sie nicht hängen lassen und ihr den besten Oralsex ihres Lebens beschert. Und was noch besser war, er brauchte keine Computertomographie, um nach einer Hirnschwellung zu suchen. Nichts verdarb die Stimmung so schnell und gründlich wie ein Ausflug in die Notaufnahme.

Wie auch immer, nach Leos Bad hatten weder ihr Lächeln noch ihr Tittenwackeln noch irgendwelche Anspielungen Leo dazu bringen können, sein Versprechen zu brechen, so sehr sie sich auch bemühte. Aber die gute

Nachricht? Er war erregt, was bedeutete, dass sie ihm gefiel. Ihm gefiel, und trotzdem unternahm er nichts!

Sie wusste nicht, ob sie ihn mochte, weil er so entschlossen war, sie zu respektieren, oder ihn zu Boden werfen sollte, um sich ihn zu nehmen. Okay, vielleicht ein bisschen von beidem.

Trotz der angespannten sexuellen Energie zwischen ihnen verbrachten sie einen angenehmen Nachmittag miteinander. Es stellte sich heraus, dass sie viele Dinge gemeinsam hatten, insbesondere die Liebe zum Sport, sowohl beim Zuschauen als auch beim Spielen, obwohl ihre Footballteams Divisionsrivalen waren. Das würde für ein paar interessante Sonntage im Herbst sorgen.

Und ja, sie wollte noch da sein, wenn die Jahreszeiten wechselten. So wie sie beabsichtigte, zu Weihnachten bei ihm zu sein und ihn dazu zu bringen, einen eingetopften Baum zu kaufen, denn obwohl sie keine künstlichen Tannen mochte, konnte sie auch den Gedanken nicht ertragen, einen lebenden Baum nur zur Dekoration zu fällen. So kaufte sie jedes Jahr eine lebende Tanne und sobald Weihnachten vorbei war, goss und pflegte sie sie, bis sie sie im Frühjahr auspflanzen konnte.

Als sie auf der Decke lagen, ihr Kopf auf seinem Bauch, und er ihr träge durchs Haar strich, fragte er sie schließlich: »Wie habt ihr, du und deine Schwester, eigentlich so einen schlechten Ruf bekommen? Ich schwöre, dass Hayder jedes Mal einen Anfall bekommt, wenn dein Name erwähnt wird.«

Sie zuckte mit den Achseln und blickte hinauf in den wolkenlosen, blauen Himmel. »Es ist ja nicht so, dass meine Schwester und ich versuchen, absichtlich Chaos zu schaffen. Gewisse Dinge passieren uns einfach.«

»Sie passieren einfach?« Er schnaubte verächtlich.

»Möchtest du das vielleicht umformulieren? Wie man so hört, spielt ihr beide gern Streiche.«

Sie lachte. »Das stimmt schon. Aber wir sind auch nicht schlimmer als unsere männlichen Cousins. Sie werden einfach nur nicht so oft erwischt. Und es hilft auch nicht gerade, dass einige der Streiche nach hinten losgegangen sind. Als zum Beispiel Kenny und Roger das Auto unseres Onkels auf das Dach seines Hauses gestellt haben, hieß es: »So sind Jungs eben.« Als Teena und ich genau das Gleiche gemacht haben, haben wir ein Jahr lang Hausarrest bekommen und mussten jedes Wochenende und im Sommer für unseren Onkel arbeiten. Und alles nur, weil unser Onkel seine Handbremse nicht hatte reparieren lassen. Als hätten wir wissen müssen, dass sie den Wagen nicht halten würde. Wir hatten nicht damit gerechnet, dass das Auto nach unten rutschen, dabei den Kamin mitreißen und auf der hinteren Veranda aufschlagen würde, um anschließend in das Schwimmbecken zu fallen und einen Mini-Tsunami zu verursachen, der ihren ganzen Keller unter Wasser gesetzt hat.«

Ein leichtes Zittern durchlief Leos Körper und da sie auf ihm lag, kam sie nicht umhin, es zu bemerken.

»Wird dir kalt?«, wollte sie wissen.

»Nein«, sagte er mit erstickter Stimme. »Es ist nur ...« Er brach in Lachen aus. »Du hast wirklich kein Glück. Die Sache mit dem Auto habe ich auch gemacht. Normalerweise passiert dabei nichts, außer dass man für ein paar neue Dachziegel zahlen muss.«

»Du hast bei einem Streich mitgemacht?« Sie konnte nicht anders, als sich melodramatisch ans Herz zu fassen.

»Arik und Hayder haben mich immer wieder in ihre Streiche mit reingezogen, ob ich es wollte oder nicht. Als Studenten waren sie ein bisschen aufbrausend.«

»Nur ein bisschen?«

»Okay, sehr, aber seitdem haben sie sich ziemlich beruhigt.«

»Das muss ziemlich langweilig für dich sein«, bemerkte sie.

»Langweilig? Nein. Es ist eine Erleichterung, sie nicht ständig im Auge behalten und ihre Katastrophen ausbügeln zu müssen. So habe ich mehr Zeit, mich zu entspannen und ein gutes Buch zu lesen.«

Sie machte ein würgendes Geräusch. »Als du mir das erzählt hast, hast sogar du dich gelangweilt angehört. Kein Wunder, dass das Schicksal uns zusammengewürfelt hat. Du brauchst mich, Pookie. Damit du nicht nachlässig wirst und dein Leben einen Sinn hat.«

»Ein Mann müsste verrückt sein, sich nach täglichem Chaos zu sehnen.«

Sie wandte ihm den Kopf zu und grinste ihn an. »Herzlichen Glückwunsch, du gehörst jetzt auch zu den Verrückten.«

Er schüttelte leicht den Kopf, der auf seinem Arm lag. »Du glaubst tatsächlich felsenfest daran, dass wir zusammengehören. Ich muss dich fragen, warum? Machst du dir keine Gedanken darüber, dass du in irgendeinen schlechten Scherz des Himmels verwickelt bist, wenn man bedenkt, wie einige deiner anderen Ideen sich entwickelt haben?«

Plötzlich hatte sie einen dieser seltenen Momente, in denen sie traurig war, und das Lächeln erstarrte auf ihren Lippen. Er hatte recht mit dem, was er da gesagt hatte. Sie machte sich Gedanken darüber, dass ihr Vertrauen und ihr Glaube daran, dass Leo der Richtige war, sich als falsch erweisen würden. Was, wenn er nicht mit ihr umgehen konnte? Was, wenn er sie eines Tages sitzen ließ und schreiend davonlief? Es war auch schon zuvor passiert, und zwar so häufig, dass sie den Überblick verloren hatte.

Aber Meena war niemand, der sich ständig fragte, was gewesen wäre, wenn. Sie hatte Gottvertrauen und weigerte sich aufzugeben. »Natürlich mache ich mir Sorgen. Ich kenne ja selbst meine Geschichte mit Männern. Ich erinnere mich noch daran, wie sie mich mit Schimpfnamen bedacht haben, an ihre Angst vor mir und an die Unterlassungsklagen. Und obwohl ich bis jetzt sehr viel Pech gehabt habe, bin ich fest davon überzeugt, dass irgendwo da draußen das Happy End auf mich wartet. Und dass du Teil dieses Happy Ends bist. Mein Bauchgefühl und mein Herz sagen mir, dass du der Mann bist, der mit mir und all meinen Katastrophen umgehen kann.« Zu sich selbst fügte sie still hinzu: *Und eines Tages wirst du vielleicht feststellen, dass du mich trotz all meiner Fehler liebst.*

Was für eine ernste Ansprache, zu ernst, als dass sie still sitzen bleiben konnte, besonders weil Leo sie so intensiv ansah und das Mitleid ganz klar aus dem Blick seiner blauen Augen sprach.

Sie wollte sein Mitleid nicht.

Ich will, dass er mich liebt.

Also sprang sie auf die Füße. Diesmal war sie diejenige, die ins Wasser lief, weniger weil sie eine Abkühlung brauchte, sondern mehr um ihre Tränen zu verstecken, die ihr in den Augen standen.

Die Leute dachten alle, sie wäre so verdammt stark. Sie gingen davon aus, dass ihr all die Witze und Missgeschicke nichts ausmachten. Und sie stimmten in ihr falsches Lachen mit ein, wenn sie schon wieder von einem Freund verlassen worden war.

Aber manche Dinge taten sogar den glücklichsten Menschen weh.

Keine dunklen Gedanken. Hör sofort damit auf. Der Schwanz ihrer inneren Katze peitschte auf ihren Geist ein. Sie hatte keinerlei Zweifel daran, wie großartig sie war. Lebe im Heute, lebe im Moment, lass die Angst niemals gewinnen.

Eines ihrer Lebensmottos.

Das kühle Wasser half ihr dabei, sich von den düsteren Gedanken abzulenken. Ein flitzender Schatten sorgte dafür, dass sie tiefer ins Wasser ging.

Fische? Das war für eine Katze fast genauso verlockend wie ein warmer Platz in der Sonne.

Sie schoss los, die Füße schlugen und die Arme zogen, und sie jagte einem Schatten nach, um ihren Bedenken zu entkommen.

Ein großer Schatten erschien plötzlich neben ihr. Als sie den Kopf umwandte, sah sie, dass Leo sich zu ihr gesellt hatte.

Er ließ beide Hände nach vorne schießen und formte sie dann zu einer Kugel.

Hatte er den Fisch gefangen?

Sie schwamm in Richtung des Tageslichts an der Wasseroberfläche und nahm den Kopf aus dem Wasser. Auch er tauchte auf. Er sagte nichts über ihr Geständnis. Er zeigte ihr kein Mitleid – nicht einmal in Form eines Kusses!

Was er ihr gab, war noch viel schöner. Die Normalität der Freundschaft. »Ich habe ihn gefangen.«

»Nein, hast du nicht.« Natürlich musste sie sich mit ihm streiten – lächelnd.

»Habe ich sehr wohl. Du bist nur eifersüchtig.«

Neckte Leo sie? »Damit hast du recht, Pookie. Ich bin eifersüchtig auf jede Frau, die deinen wunderbaren Körper auch nur ansieht.«

»Du versuchst nur, mich abzulenken. Es wird dir nicht

gelingen. Ich habe den Fisch.« Er hob die geschlossenen Hände aus dem Wasser. Das Wasser floss heraus. »Ich finde, dafür habe ich einen Preis verdient.«

»Wie zum Beispiel was?« Sie trat Wasser und streckte die Hand aus, um seine geschlossenen Hände ein wenig weiter nach unten zu ziehen. Sie hielt sie zwischen ihren Körpern eingeklemmt. Sie blieb ganz nahe bei ihm und schlug mit den Beinen, wie es ihr bei den Schwimmübungen beigebracht worden war. Sie war ihm jetzt so nahe, dass sie sich zu ihm lehnen und ihre Lippen über seine streichen lassen konnte, auch wenn es nicht ganz einfach war zu manövrieren. Doch es gelang ihr.

Als ihre Lippen über seine glitten, flüsterte sie: »Sag mir, was du willst, Pookie, weil ich genau weiß, was ich brauche. Ich wünsche mir, deine Hände auf meinem Körper zu spüren. Diese rauen Fingerspitzen, die der Beweis dafür sind, dass du ein Mann bist, der keine Angst davor hat, sich die Hände schmutzig zu machen und hart zu arbeiten, ich will spüren, wie sie über meine Haut streichen. Ich will deinen Körper auf meinem fühlen, nackt unter dir liegen. Dir ganz ausgeliefert sein. Ich will«, sie biss sich auf die Unterlippe, »dass du mit deinem Schwanz in mich eindringst. Mich hart und tief fickst. Ich will es *hart*. Von einem echten Mann. Einem, der mich zu nehmen weiß. Einem, der mich fickt. Und mir das gibt, wonach ich mich so sehr sehne.« Sie hielt inne, starrte ihm in die Augen und ihr gefiel, wie intensiv er sie ansah. »Ich. Will. Dich.« Sie neigte den Kopf und biss ihn in seinen starken Hals, der aus dem Wasser ragte.

Wie dunkel sein Stöhnen klang, ein tiefes Knurren aus seinem tiefsten Inneren.

Nahm er überhaupt bewusst war, dass er die Arme öffnete und sie in den Arm nahm?

Sie nahm es sehr wohl wahr. Sie zog die geschlossenen Hände aus dem Wasser, kurz bevor er sie an sich drückte, und krähte: »Aha, wer kann jetzt besser Fische fangen?«

Sein lautes Lachen ergoss sich über sie wie wilder Honig. Sie erschauderte und verlor ein wenig die Konzentration, als ihr sinnliches Verlangen erneut erwachte. Sie öffnete die Hände und mit einem *Platsch* – und wahrscheinlich der Fischversion eines *Fick dich!* – verschwand der Fisch zurück nach Hause, und zwar so schnell ihn seine kleinen Flossen tragen konnten.

»Das sieht nach einem Unentschieden aus«, sagte er, kein bisschen verärgert darüber, dass sie ihn ausgetrickst hatte. Oh mein Gott, war das etwa ein Grübchen in seiner Wange? Es war zwar nicht gerade groß, aber zusammen mit dem Leuchten seiner blauen Augen hätte es fast dafür gesorgt, dass ihr das Herz stehen blieb.

»Heißt das, wir haben beide gewonnen?«, fragte sie. Dann konnten sie sich gegenseitig einen Preis verleihen. Wie wäre es zum Beispiel mit der Stellung Neunundsechzig? Davon hatten beide etwas.

»Wer den nächsten Punkt macht, gewinnt. Ich wette, wenn ich eine Bombe mache, spritzt es mehr als bei dir.«

Sie schnaubte. »Pookie, wenn du glaubst, dass du mit deinem festen kleinen Hintern mehr Wasser in Bewegung setzt als ich mit meinem dicken Hintern, bist du verrückt.«

Und so verbrachten sie den Rest des Nachmittags mit Spielen. Die beste verdammte Zeit, die sie seit Jahren gehabt hatte. Noch besser, ihre Missgeschicke störten Leo kein bisschen. Als sie eine Handvoll Schlamm auf ihn warf, die ihn gegen die Brust traf, flippte er nicht aus, weil in dem Matsch ein Blutegel drin war. Er schrie auch nicht, als wäre ein hirnfressender Zombie hinter ihm her, als sie das blutsaugende Tier von seiner Haut reißen wollte.

Obwohl sie sich ein wenig kleinlaut fühlte, als er sie daran erinnerte, dass sie Salz im Picknickkorb hatten.

Leo konnte auch mit ihrer ungezähmten Seite umgehen. Eine gute Sache, sonst hätte sie ihn vielleicht wirklich verletzt.

Als sie seinen nackten Rücken sah, als sie zum Runterspringen auf die Klippen kletterte, stürzte sie sich auf ihn und realisierte erst, während sie durch die Luft segelte, dass sie ihm schwere Verletzungen zufügen könnte.

Als sie auf ihm aufprallte, geriet er kaum ins Wanken. Und sie küsste ihn, als er trocken bemerkte: »Kannst du beim nächsten Mal bitte wenigstens ›Ich komme‹ schreien?«

Beim nächsten Mal?

Auf jeden Fall.

Leider konnten sie nicht immer am See bleiben. Als der Nachmittag sich seinem Ende zuneigte, begann ihr Magen zu knurren. Der Picknickkorb war leer.

»Gib mir etwas zu essen«, forderte sie, während sie die leeren Behälter durchsah.

Anstatt ihr zu sagen, sie solle auf ihre Linie achten, und dafür ins Gesicht geschlagen zu werden, entgegnete Leo: »Ich habe auch Hunger. Willst du zur Ranch zurückgehen? Die anderen sollten in Kürze damit anfangen, die Grills fürs Abendessen anzuzünden.«

Gegrilltes Fleisch? Das musste man ihr nicht zweimal sagen.

Sie verwandelte Haut in Fell und führte sie den Weg zurück zum Hauptgebäude der Ranch.

Als sie aus dem Wald auftauchte, bemerkte sie, dass überall Autos geparkt waren. Obwohl sie nicht schüchtern war, was ihre Nacktheit anging, war selbst sie nicht so dreist, sich vor so vielen Fremden zu verwandeln. Vor allem, wenn man bedachte, dass Leo, wenn sie sich verwandelte, das auch tun würde, und sie wollte nicht, dass er allen seinen wunderschönen Körper zeigte.

Meins.

Fast.

Der verdammte Mann wollte sie offensichtlich, und doch hielt er sich zurück. Warum? Warum! WARUM!

Frustration der größtenteils sexuellen Art meldete sich erneut. Ihrer Psyche hingegen gefiel es, wie die Dinge sich entwickelten. Sie und Leo lernten sich als Menschen kennen. Wagte sie es vielleicht sogar, auf eine Freundschaft zu hoffen?

Während des Picknicks hatte sie so viel über ihn gelernt, Schmankerl, die er ihr mitgeteilt hatte, was sie wiederum ermutigt hatte zu erzählen, wie es war, als die stämmige Tochter einer wahren Schönheit aus dem Süden aufzuwachsen.

Sie hatte sogar ihre Zwillingsschwester angesprochen, die zwar identisch aussah, aber von ihrer Persönlichkeit ganz anders war als sie. Teena war vielleicht dafür bekannt, Ärger zu machen, aber nur, weil ihre sanftere Natur sie oft in Schwierigkeiten brachte.

Befreie die Kätzchen im Tierheim, weil Teena es nicht ertragen konnte, dass sie eingeschläfert werden könnten, und die gesamte Katzenpopulation geriet in Panik, sodass die Stadt Hilfe rufen musste, um sie zu fangen und zu sterilisieren.

Bleib mit dem Kleid in der Taxitür hängen, wenn der Wagen wegfährt, und dir wird das Kleid vom Körper gerissen, sodass du nur noch in Unterwäsche dastehst. Es war nicht Teenas Schuld, dass sie einen Auffahrunfall mit vier Autos verursacht hatte.

Teena war der Vorfall immer noch peinlich, aber

Meena war total neidisch. Sie hatte es in ihrer besten Zeit nur auf einen Unfall mit drei Autos gebracht.

Sie folgte Leos pelzigem Hintern auf die Rückseite der weitläufigen Ranch, oder war das eine Villa? Schwer zu sagen, da das ursprüngliche Gebäude im Laufe der Jahre so viele Anbauten erfahren hatte, dass es einem seltsamen Sammelsurium von Häusern ähnelte, die zusammengefügt worden waren.

Vor Jahrzehnten lebte das Rudel noch dort. Als jedoch die moderne Welt übernahm und auf dem Land sowohl die Arbeitsplätze als auch die sozialen Ereignisse spärlich wurden, entschieden sich viele, in die Stadt zu ziehen und das Wohngebäude in der Innenstadt zu übernehmen, um sich ein Leben im Großstadtdschungel zu schaffen.

Aber das Rudel behielt immer noch dieses Symbol seiner Vergangenheit, und dort versammelte sich der Clan, wenn große Veranstaltungen geplant waren, und so wie es aussah, stand etwas Großes bevor.

Sie schlüpfte in einen Bademantel, einen von vielen, die am Hintereingang an Haken hingen, einer der vielen Türen in diesem zusammengewürfelten Haus – und bemerkte das rege Treiben, als Leute mit Gepäck und Kisten ankamen. Viele hielten auch hohe, mit Plastik umhüllte Kleiderbügel, Anzüge und Kleider für ein schickes Fest.

Sie wandte sich an Leo, der gerade mit dem Zubinden des großen Frotteemantels fertig war, und fragte: »Was ist denn da los?«

»Morgen gibt es eine Familienhochzeit.«

»Und warum weiß ich nichts davon?«

Er zuckte mit den Achseln. »Es wurde erst in letzter Minute beschlossen.«

»Bin ich auch eingeladen?« Und ja, obwohl es sich um

eine Familienhochzeit handelte, hatte sie das Gefühl, das fragen zu müssen, vor allem in Anbetracht der Tatsache, dass sie bei bestimmten Zweigen der Familie von allen Festlichkeiten verbannt war.

Seine Lippen zuckten. »Soweit ich weiß, erwartet man, dich dort zu sehen. Also versuche, dich heute und morgen anständig zu benehmen.«

»Vielleicht solltest du mich besser nicht aus den Augen lassen, damit ich nicht in Schwierigkeiten gerate.«

»Ich glaube nicht, dass jemand dazu in der Lage ist, dich aus Schwierigkeiten herauszuhalten.«

»Stimmt auch wieder. Ich finde trotzdem, du solltest in meiner Nähe bleiben.«

»Und warum?«

»Weil ich keine Unterwäsche tragen werde, wenn ich ein Kleid tragen muss.«

Wie ausnehmend gut ihr sein leise gegrummeltes »Nervensäge!« gefiel.

Er zog sie neben sich und bahnte sich gemeinsam mit ihr einen Weg durch die Leute, wobei sie einen Großteil der Begrüßungen und das Zunicken ignorierten. Er war ein Omega auf einer Mission. Er ging mit ihr die Treppe hoch, am ersten Stock vorbei hinauf in den zweiten. Der lange Flur mit seinem orientalisch gemusterten Läufer war still und bot einen willkommenen Kontrast zu dem Trubel im unteren Stockwerk.

»Wohin gehen wir?«, wollte sie wissen.

»Du hast Glück, ich habe noch eine Suite für uns bekommen.«

Uns? Für sie beide zusammen? Bei der Tür am Ende des Ganges handelte es sich um ihr Ziel und er öffnete sie und gab den Blick auf einen gemütlichen Sitzbereich und ein riesiges Bett frei.

Ein. Bett.

Am liebsten hätte sie siegreich die Faust in die Luft gereckt. »Pookie, du bist wirklich großartig!«

»Und werde ich die Frage bereuen warum?«

Sie verdrehte die Augen. »Dass du uns das Zimmer mit dem robustesten Bett besorgt hast.«

»Wer behauptet denn, dass wir beide darin schlafen?«

»Ich natürlich.«

»Aber nur, wenn du brav bist. Also tu dein Bestes, während ich kurz was zu erledigen habe. Im Badezimmer solltest du Kleidung und ein paar andere Sachen finden.«

»Wohin gehst du?«

»Ich will herausfinden, wo meine eigenen Sachen sind, und dafür sorgen, dass es genug zu essen für mich gibt. Jemand hat mir dabei geholfen, einen ziemlichen Appetit zu entwickeln. Es sollte nicht allzu lange dauern. In einer halben Stunde oder so bin ich wieder da.«

Er blinzelte ihr zu und ging.

Sie lächelte und schlang die Arme um ihren Körper. Was war das doch bis jetzt für ein großartiger Tag gewesen.

Nach der ganzen Aufmerksamkeit, die Leo ihr geschenkt hatte, und so, wie er sich jetzt benahm, hatte sie das Gefühl, mit ihrem Bauchgefühl recht gehabt zu haben. Er war der Richtige.

Aber er ist abgehauen.

Na und? Er hat versprochen zurückzukommen. Sie hoffte, dass er das auch tat. Nichts war schlimmer, als mit knurrendem Magen auf eine Verabredung zu warten, die nicht auftauchte.

Probleme mit dem Auto. Die Tatsache, dass ihre Verabredung sie mit dieser fadenscheinigen Ausrede sitzen gelassen hatte, rechtfertigte die Tatsache, dass sie ihm Zucker in den Tank getan hatte.

Allerdings brauchte sie nichts Böses für Leo zu planen. Leo würde zurückkommen.

Er ist mein Lebensgefährte.

Oder zumindest würde er das bald sein. Sie war sich nämlich nicht so sicher, wie lange sie diese ganze Sache mit dem Respekt noch aushalten konnte. Es gab nur zwei Möglichkeiten: Er würde seine Regeln brechen müssen, um ihr Verlangen zu stillen. Oder er würde sie nehmen müssen, um ihr Verlangen zu stillen. Jedenfalls war es an der Zeit, die Warterei zu beenden.

Das riesige Bett zog ihren Blick auf sich. Es war aus dicken, festen Kiefernbrettern gezimmert worden und sah ausgesprochen rustikal aus, und so, als könnte man es nicht kaputt machen. Wenn er das Zimmer ausgesucht hatte, konnte dieses Bett auch noch etwas anderes bedeuten. *Ich glaube, er hat auch keine Lust mehr zu warten.*

War heute die Nacht der Nächte?

Hatte er vor, sie heute Nacht in Besitz zu nehmen?

Minuten verstrichen, während sie dastand und vor sich hin gaffte, während sie von ihrem Liger fantasierte. Und zwar ganz genau auf dieser Matratze mit ihrem weichen, blauen Bambuslaken.

Leo wird bald zurück sein.

Sie sollte sich besser mal in Bewegung setzen.

Als sie das Badezimmer betrat, fiel ihr ein Kleiderbügel auf, der an dem Haken an der Tür hing und dessen Inhalt in einer Plastiktasche mit Reißverschluss versteckt war. Als Erstes wollte sie jedoch duschen. Shampoo und Seife lockten sie, genau wie der Rasierer, den sie frisch auspackte. Mit dem heißen Wasser wusch sie sich die Überreste des Teiches von der Haut und sie war wieder frisch und sauber.

Sodass ein bestimmter Liger mich zum Anbeißen findet.

Während sie sich abtrocknete, warf sie einen Blick auf

das, was ihr zur Verfügung stand, um sich fertig zu machen. Wie in jedem Hotel gab es im Badezimmer einen Fön und ein paar Haarpflegeprodukte, sodass sie eine anständige Frisur hinbekommen würde. Einen Pferdeschwanz hoch auf ihrem Kopf, der hin und her peitschte, wenn sie tanzte. Sie konnte in der Ferne das Dröhnen von Musik hören, was wahrscheinlich bedeutete, dass nach dem Essen noch getanzt wurde.

Ich frage mich, ob ich Pookie noch mal dazu bringen kann, mit mir zu tanzen.

Sie kam mit dem Kleidersack in der Hand aus dem Badezimmer und legte ihn aufs Bett. Sie zog den Reißverschluss herunter und kicherte, als sie ein vertrautes Kleid sah. Jemand hatte das gleiche kurze Kleid eingepackt, das sie getragen hatte, als sie und Leo in der Umkleidekabine des Bekleidungsgeschäfts rumgemacht hatten. Wie passend, dass es das war, was sie heute Abend tragen sollte. Noch seltsamer, es kam mit einem BH, aber ohne Höschen. Sie drehte die Tasche um und schüttelte sie. Sie kehrte sogar ins Badezimmer zurück, um dort nachzuschauen, kehrte aber mit leeren Händen zurück.

Leos Einfluss?

Sicherlich nicht ihr Pookie. Sie konnte jedoch nicht anders, als bei dem Gedanken Erregung zu empfinden, dass er seine Hand im Spiel gehabt haben könnte, dass sie unter dem losen Rock nichts anhatte.

Sie holte ihre Handtasche von der Kommode und kehrte ins Badezimmer zurück, wo sie die Tür abschloss. Beim Auftragen des Eyeliners konnte sie es nun wirklich nicht gebrauchen, erschreckt zu werden. Sie schaffte es, sich schnell zu schminken. Ein bisschen Eyeliner, um ihre Augen dunkler zu machen, Wimperntusche, die sie zweimal auftrug, weil sie beim ersten Mal ihre Augen zugemacht hatte – und Lipgloss mit Kirschgeschmack, weil das Leos Lieblingsfrucht war.

Als sie das Kleid an ihrem Körper glatt strich und mit den Händen über ihre Hüften streichelte, konnte sie nicht anders, als tief durchzuatmen.

Es waren etwas mehr als dreißig Minuten vergangen. Sie hatte die Uhr auf dem Nachttisch angeschaut, bevor sie ins Badezimmer gegangen war. Sie hatte mindestens fünf Minuten hier drin verbracht, hatte aber während dieser Zeit nicht gehört, dass jemand den Raum betrat. Leo war nicht da. Enttäuschung kroch langsam an ihr hoch und wartete darauf zuzuschlagen. Ihre Löwin knurrte und sorgte dafür, dass die Enttäuschung zurückwich.

Sie sollte noch ein wenig länger warten, bevor sie sich erlaubte zu glauben, dass er nicht zurückkam. Vielleicht war er aufgehalten worden oder ...

Weichei.

Feigheit war nicht ihr Ding. Und sie hatte Hunger. Entweder hielt Leo sein Wort oder nicht. Sich im Badezimmer zu verstecken würde nichts ändern. Sie stürmte durch die Tür, nur um vor eine Wand zu laufen.

Sie taumelte zurück, nicht nur, weil sie gegen Leos Oberkörper geknallt war. Auch mental taumelte sie.

Er ist zurückgekommen.

Das war es, was sie mehr als alles andere aus dem Gleichgewicht brachte, und sie fiel um – am besten sollte jemand eine Warnung rufen, als würde ein Baum gefällt.

Sie fiel jedoch nicht allein.

Mit rudernder Hand griff sie nach Leos Hemd, ihr Fuß schlang sich irgendwie um seinen Knöchel – ganz zufällig, wirklich – und zusammen schlugen sie auf den Boden. Wobei sie irgendwie auf ihm landete. Der Mann hatte seinen Körper im letzten Moment so gerollt, dass er ihren Sturz abfing.

Was habe ich getan? Wie sehr hatte sie ihn zerquetscht? *Hoffentlich weint er nicht.*

Sie hasste es, wenn sie weinten.

»Alles in Ordnung, Nervensäge?«

Er lebte noch! Sie hob den Kopf und strahlte ihn an. »Du weinst gar nicht?«

Er zog eine Augenbraue hoch. »Warum sollte ich?«

»Wir sind ziemlich hart auf dem Boden aufgeschlagen.«

»Mit hart hast du recht«, knurrte er. »Aber nicht so, wie du denkst.«

Damit wollte er doch sicher nicht andeuten … Sie wand sich ein wenig auf ihm, um eine bessere Position zu bekommen, um nachzusehen – *sieh mal an, eine eindrucksvolle Erektion.*

Er sog kräftig den Atem ein.

Verdammt, hatte er sie angelogen und sie hatte ihn doch verletzt? »Bist du verletzt, Pookie?«

»Ich habe wirklich große Schmerzen, Nervensäge. Willst du mir einen Kuss darauf geben, damit es besser wird?« Er zwinkerte ihr zu, worauf sich ihre Lippen zu einem Lächeln verzogen. »So langsam glaube ich, dass ich dich falsch eingeschätzt habe.«

»Inwiefern falsch eingeschätzt?« Leo rollte sie von sich herunter, stand dann auf und half ihr hoch.

»Du bist viel verdorbener, als ich es dir zugetraut hätte.« Sie grinste. »Das ist wirklich so verdammt toll.«

»Nicht so toll wie du in diesem Kleid, Nervensäge.« Er sah sie mit solcher Bewunderung an, dass sie spürte, wie ihre Haut warm wurde, und am liebsten hätte sie ihm erneut ein Bein gestellt, um auf ihm zu landen. Sie war sich sicher, dass sie es nie müde werden würde, wenn er ihre unglaublichen Kurven bewunderte.

Sein bewundernder Blick war jedoch nichts im Gegensatz zu ihrem brennenden Verlangen nach ihm. Lecker.

Er trug eine enge Jeans und ein mitternachtsblaues Hemd, das die dunklen Strähnen in seinem Haar voll zur Geltung brachte, und sah einfach fantastisch aus; und sie hatte plötzlich diesen Hunger – und hätte ihn am liebsten vernascht.

Sie sprang ihn an, doch er blieb ruhig stehen und fing sie auf. Und er war nur allzu bereit und willig, den heißen Kuss anzunehmen, den sie ihm verpasste.

Dieser verdammte Lipgloss. Sie verschmierte ihn überall auf seinem Mund und schmeckte Leos wunderbare Männlichkeit.

Sie hätte ihn die ganze Nacht lang küssen können. Scheiß auf den Grillabend und die Feierlichkeiten. Sie hatte alles, was sie brauchte, genau hier. Nämlich ihn.

Jedoch wollte er die Party leider anscheinend nicht verpassen, denn er wich ein wenig von ihr zurück.

»Wir sollten langsam mal los. Wir werden erwartet.«

»Es liegt voll im Trend, zu spät zu kommen.«

»Aber wenn man zu spät kommt, bekommt man am Büffet nur noch die Reste.«

»Das ist allerdings ein Argument. Wir sollten uns beeilen.« Sie beschwerte sich nicht, als er sie auf dem Boden absetzte.

»Vergisst du nicht etwas?« Er starrte ihre nackten Füße an.

»Was ist mit meinen Füßen?«

»Fehlt denen nicht etwas?«

»Willst du jetzt doch nicht mehr, dass meine Zehen sich in deinen Rücken graben, während du mit mir schläfst?«

War das ein Zucken unter seinem Auge? Ja. Sie ließ ihn also nicht kalt.

»Ich meinte nur, dass du wieder was vergessen hast.« Er starrte zu den Schuhen mit den hohen Absätzen, die neben der Tür standen.

Sie seufzte. Ziemlich laut. »Willst du damit sagen, dass ich auch noch Schuhe tragen muss?«

»Es handelt sich hierbei um eine halbwegs offizielle Festlichkeit.«

»Du bist immer viel zu ernst, Pookie.«

»Ich mag es nicht, wenn man mich zu ernst nennt. Ich bin genauso unbedarft wie alle anderen auch.«

Sie schnaubte verächtlich und zog ihre Schuhe an. »Dann beweise es.«

»Ich trage keine Krawatte.«

»Na und. Ich trage keine Unterwäsche«, erklärte sie, während sie sich an ihm vorbeidrückte und in den Flur trat.

Und es war nicht die Tatsache, dass er ihr auf den Hintern klatschte, die sie zum Stolpern brachte, sondern dass er erklärte: »Ich auch nicht.«

Kapitel Siebzehn

Als Meena die Treppe hinunter hüpfte, ging Leo gemütlich hinter ihr her.

Die Geschichte mit ihrer Unterhose war für ihn nicht gerade unerwartet. Schließlich hatte er Luna ja ausdrücklich gebeten, keine einzupacken, wenn sie kam, um ihr Kleidung zu bringen. Aber jetzt, da er Meena herumspringen sah und ihre Beine fast ganz unbedeckt waren, wünschte er sich, er hätte sie dazu gezwungen, Unterwäsche zu tragen. Dieser Rock war wirklich unglaublich kurz.

Zu kurz.

Viel zu leicht zugänglich.

Und das Bett war immer weiter weg.

Warum genau hatten sie noch mal das Zimmer verlassen?

Ach ja, um etwas zu essen. Wenn sie auch nur die geringste Chance haben sollten, diese Nacht zu überleben, sollten sie etwas essen. Schließlich wollte er nicht, dass ihr später die Energie fehlte.

Nicht dass er irgendetwas Unsittliches geplant hatte.

Warum eigentlich nicht?

Weil es heute Abend nicht darum ging, sich davonzustehlen und heimlich rumzuknutschen. Heute Abend war der Abend, der die Weichen für das neue Leben eines Paares stellte. Ein Fest mit Freunden und Familie, bevor morgen der Ernst des Lebens losging.

Eine Hochzeit. Wie schrecklich.

Wie jeder normale Mann hasste auch Leo Hochzeiten. Aber diesmal würde er eine Ausnahme machen, Meena zuliebe. Er wusste, dass ihr die Zeremonie gefallen würde. Er fragte sich nur, auf welche Katastrophe er sich einstellen sollte.

Als sie im Erdgeschoss ankamen, hätte er laut loslachen können, als er die Reaktion der Gäste auf seine kleine Nervensäge sah. So wie es aussah, war seine Begleiterin nur allzu gut bekannt.

»Meena!«, rief jemand mit hoher Stimme glücklich.

»Meena!«, ertönte eine andere Stimme, in der Panik mitschwang.

Seit ihrem Geständnis an jenem Nachmittag hatte Leo mehr Verständnis für sie als je zuvor. Er spürte, wie sie sich ein wenig versteifte, als dieses rücksichtslose Arschloch ihre Gefühle verletzte.

Anscheinend hatte sein Cousin Marco ihr immer noch nicht vergeben, dass sie ihm etwa ein Jahr, bevor sie verbannt worden war, mit einem Hockeypuck ins Gesicht geschossen hatte. Und ja, Leo kannte die Geschichte. Das tat jeder. Marco schien ziemlich nachtragend zu sein und er fragte sich, wie gut er wohl einen Schlag aushalten würde. Sie würden es bald herausfinden, weil Leo vorhatte, ihm später eine Lektion in Nachsicht zu geben.

Doch zuerst nahm er Meenas Hand und marschierte schnurstracks mit ihr zu der langen Reihe an Tischen, auf denen die Speisen standen.

Sie waren früh genug gekommen, sodass es noch einige von den besten Leckereien gab. Und das gleich für zwei. Die Leute am Grill sorgten dafür, dass sich die Hamburger auf seinem Teller stapelten, das Fleisch dick und saftig.

Leo fand einen Platz für sie, zwei Stühle, um genau zu sein, doch das hielt ihn nicht davon ab, sie trotzdem auf seinen Schoß zu ziehen, ohne auf das ominöse Stöhnen des Stuhls unter ihrem Gewicht zu achten.

Anscheinend war er nicht der Einzige, der das bedrohliche Knarren des unglücklichen Stuhls gehört hatte.

»Pookie, wir landen gleich noch auf dem Boden. Wir sind einfach zu groß, um beide auf diesem Stuhl zu sitzen. Ich werde einfach den anderen nehmen.«

»Scheiß auf den Stuhl. Du bleibst auf meinem Schoß sitzen.«

»Aber warum?«

»Weil es mir gefällt.« Es gefiel ihm, wenn es ihm gelang, sie zu überraschen. Das O, das sie dann mit dem Mund machte, war einfach zu einladend.

Bevor sie eine weitere dumme Frage stellen konnte, steckte er ihr eine Gabel voll Bratkartoffeln in den Mund. Sie biss ihn dabei in den Finger und lächelte dann.

»Lecker. Gib mir noch etwas.«

Er gab ihr eine knackige Cocktailtomate. Wie sie die Lippen schürzte, bevor sie sie einsaugte, zog sie in seinen Bann.

Nachdem die Sache mit dem Stuhl geklärt war, gab es keine weiteren Fragen. Sie fütterten einander und wenn gelegentlich jemand, der vorbeikam und lachte oder kicherte, über seine riesigen Füße stolperte, konnte er auch nichts dafür. Schließlich musste ein Mann ab und zu seine langen Beine ausstrecken.

Die Stimmen der Mitglieder des Rudels und all derjenigen, die spontan gekommen waren, umgaben sie. Leo achtete nicht darauf. Ihm war die Frau auf seinem Schoß wichtiger, die die Geschehnisse um sich herum mit geöffnetem Mund verfolgte.

Er konnte sehen und spüren, wie glücklich sie war, als die Leute zu ihnen kamen, um sie zu begrüßen. Selbst Großtante Cecily, die »mir wohl nicht vergeben hat, dass ich damals die Drähte aus all ihren BHs entfernt habe, damit sie mich nicht piken, wenn sie mich umarmt.«

Leider konnten sie nicht den ganzen Abend lang allein bleiben. Als dritter Mann der Führungsgruppe des Rudels kam es nicht überraschend, dass Hayder Leo irgendwann zu sich rief.

»Ich muss nachsehen, was er will«, sagte er und setzte Meena ab. »Ich werde versuchen, es schnell zu machen. Wie wär's, wenn ich uns auf dem Rückweg ein paar Getränke hole?«

Er ging, nicht ohne sie noch einmal auf den Mund zu küssen und ihr einen Klaps auf den Hintern zu geben. Hey, das verdammte Ding war einfach dazu gemacht draufzuhauen.

Er blieb nicht lange weg. Tatsächlich nur eine ausgesprochen kurze Zeit. Doch es stellte sich heraus, dass das für Meena ausreichte, um in Schwierigkeiten zu geraten.

Oder in diesem Fall: die Schwierigkeiten zu verursachen.

Es war an der Zeit, den Omega heraushängen zu lassen.

Kapitel Achtzehn

Es ist an der Zeit, einen Schritt weiter zu gehen.
Leo ist der Richtige.

Und es war nicht nur Meenas innere Katze, die sich dessen sicher war. Auch die Frau war der gleichen Meinung. Es war nämlich nicht nur so gewesen, dass Leo sie nicht verlassen hatte, als er die Möglichkeit dazu gehabt hatte, er hatte auch darauf bestanden, dass sie sich auf seinen Schoß setzte, und sie dann mit ein paar Leckerbissen gefüttert. Sie hätte am liebsten seine Finger abgeleckt.

Schade, dass so viele Leute da waren. Seine harte Erektion, die man trotz der Hose sehen konnte, bohrte sich in ihren Po und sie hätte sie nur allzu gern in den Mund genommen.

Später. Und dieses Später konnte gar nicht schnell genug kommen. All die Dinge, die sie an diesem Nachmittag miteinander angestellt hatten, hatten ihr Verlangen nach Leo nicht gestillt, sondern es nur stärker gemacht. Der arme Leo würde seine Regeln und Versprechen ein wenig zurechtbiegen müssen, weil sie ein Nein als Antwort nicht akzeptieren würde.

Heute Nacht ist es so weit, Pookie.

Sobald sie dieses Fest hinter sich gebracht hatten und Leo von der ominösen Aufgabe zurückgekehrt war, die Hayder ihm übertragen hatte, würde sie ihn wegschleppen und ihn vernaschen.

Brüll.

Als Leo ging, pfiff sie ihm nach. Verdammt, sein süßer Hintern in diesen engen Jeans war wirklich ein toller Anblick.

Ich glaube, ich habe mich verliebt.

Oder vielleicht hatte jemand ihr Drogen ins Essen getan, denn sie konnte nicht aufhören, kindlich aufgeregt zu sein und so verrückt zu lächeln wie ein Serienmörder vor einem Massenmord.

Sie war noch nie glücklicher gewesen, besonders aufgrund der Tatsache, dass Leo, als er gegangen war, es nicht besonders eilig gehabt hatte. Ganz im Gegenteil. Er schien sogar etwas dagegen zu haben. Wie konnte die Welt es nur wagen, sie zu unterbrechen?

Ihr größtes Dilemma bestand nun darin, wie sie die Zeit bis zu seiner Rückkehr verbringen sollte. *Und noch dazu muss ich brav sein.* Er hatte sie gebeten, sich gut zu benehmen. Das würde ihr doch sicher ein paar Minuten lang gelingen, oder?

Sie sah ein paar Frauen, unter denen sich auch Zena und Reba befanden, und ging zu ihnen hinüber. »Hey, Mädels, was geht?«

»Unglaublich. Es ist den Chirurgen doch tatsächlich gelungen, sie zu trennen«, rief Zena. »Ich habe mich schon gefragt, ob jemand euch beiden Verrückten in Klebstoff getaucht hat.«

»Du meinst, so wie ich das damals mit Callum gemacht habe?« Ihr erster Freund war damals dreizehn gewesen und es hatte ihm nicht gefallen, dass sie in ihn verliebt war. War es wirklich so schlimm, dass es einige Stunden dauerte, bis das Lösemittel wirkte und ihre zusammengeklebten Hände voneinander löste? Wäre er schlau gewesen, hätte er die Zeit dazu genutzt, es unter ihr T-Shirt zu schaffen, doch stattdessen war er ausgeflippt.

»Er zuckt noch immer zusammen, wenn jemand versucht, ihn bei der Hand zu nehmen«, stellte Reba fest. »Also, was ist mit dir und Leo? Seid ihr beiden jetzt ein Paar oder sowas?«

Nachdem sie sich so in der Öffentlichkeit gezeigt hatten? »Na klar.«

»Aber mal im Ernst, warum gerade Leo? Von all den Typen, die du dir hättest schnappen können, hätte ich niemals gedacht, dass du dich für ihn entscheidest.«

Meena streckte ihr die Zunge heraus. »Nur zu, sei eifersüchtig. Ich kann es dir nicht verdenken. Mein Mann ist wirklich toll.«

»Oder die Außerirdischen haben ihn entführt und ihn gegen einen der ihren ausgetauscht. Mal ganz im Ernst, Meena, wir haben ihn noch nie zuvor so gesehen. Wie zum Teufel ist es dir gelungen, dass er sich in dich verliebt?«

Merkwürdigerweise, indem sie sie selbst geblieben war.

Meena unterhielt sich mit ihren Cousinen und tat dabei ihr Bestes, nicht zu viel über Leo zu reden, doch während sie sich unterhielten, bemerkte sie zwei Frauen, von denen eine fast so groß war wie sie, aber dünner und perfekt frisiert und geschminkt. Sie und ihre Freundin sahen immer wieder zu Meena hinüber und kicherten, bis diese schließlich fragte: »Was findet ihr so witzig?«

»Gar nichts.« Sie brachen in Gelächter aus.

Meena sah an sich hinab, doch ihr fiel nichts Ungewöhnliches auf. »Habe ich mich wieder bekleckert?«

»Nein.«

»Was ist es dann?«

»Als könntest du dir das nicht denken.« Die große Blondine zuckte mit den Achseln. »Es ist nur ... du und Leo.«

»Ja, was ist mit uns?«

»Jetzt mal im Ernst, du und Leo, wirklich?«

»Ja, was hast du dagegen?«

»Ihr seid einfach zu unterschiedlich. Er ist so Leo, du weißt schon, er ist so korrekt und ordentlich. Und du bist eine wandelnde Katastrophe. Also wirklich, ich weiß nicht, was er in dir sieht.«

Damit hatte die Fremde einen Nerv getroffen. Ja, sie waren das genaue Gegenteil voneinander, aber sie fand, dass sie sich eigentlich hervorragend ergänzten. Die Tatsache, dass diese Frau das allerdings direkt ansprach und Meenas Wunden traf, gefiel ihr gar nicht.

Doch anstatt ihre Frustration über ihre früheren Schwächen an der Schlampe auszulassen und ihr Gesicht mit den Fäusten zu bearbeiten, hielt Meena es für besser, einfach zu gehen. Zur Abwechslung würde sie sich mal erwachsen verhalten. Sie würde sich benehmen, damit Leo stolz war.

Zumindest hatte sie das vor. Doch dann ...

»Genau, fette Kuh, geh einfach.« Verächtliches Lachen. »Und das soll die große, böse Meena sein, von der ich schon so viel gehört habe? Ha. Wohl eher die hässliche Cousine, die niemand haben will. Der arme Leo. Vielleicht sollte ich ihm lieber mal zeigen, dass er sich nicht mit Resten begnügen muss.«

Hatte die Schlampe etwa gerade damit gedroht, sich an ihren Mann heranzumachen?

Roter Zorn! Roter Zorn! Und damit waren alle Vorsätze, sich zu benehmen, wie weggeblasen.

Bevor die Schlampe auch nur blinzeln konnte, hatte Meena sich schon auf sie geworfen. Und zwar im wahrsten Sinne des Wortes.

Sie nahm die andere Blondine in den Schwitzkasten, sodass ihr ein »Umpf« entfuhr. Dann packte sie eine Handvoll Haare und schlug dem Mädchen den Kopf auf den Boden.

»Wage.« Schlag. »Ja nicht.« Sie wich vor den Fingern zurück, die nach ihr griffen. »Meinen Mann.« Erneut schlug sie ihr den Kopf auf den Boden. »Zu berühren.« Huch, dabei riss sie ihr ein Büschel Haare raus.

Obwohl Meena anfangs den Überraschungseffekt auf ihrer Seite hatte, erholte sich die Blondine ziemlich schnell, die selbst nicht gerade zimperlich war, und erwiderte: »Du blöde Schlampe! Ich werde dich skalpieren.«

Und so rollten sie im wilden Kampf auf dem Boden herum, zertrampelten das Gras und zogen einander an den Haaren, ohne dazu in der Lage zu sein, wirklich gute Treffer zu landen, weil sie einander einfach zu nahe waren.

Es dauerte nicht lange, bis Meena wieder im Vorteil war. Diesmal setzte sie sich auf den Oberkörper des vorlauten Mädchens. Sie zog gerade die Faust zurück, um ihr einen ordentlichen Schlag zu verpassen, als ein greller Pfiff ertönte und eine bekannte Stimme dafür sorgte, dass sie erstarrte.

»Nervensäge, was zum Teufel machst du da?«

Kapitel Neunzehn

DIE SCHREIE UND PFIFFE ÜBERRASCHTEN LEO NICHT, genauso wenig wie die Tatsache, dass Meena sich mitten in dem ganzen Chaos befand. Da war sein zartes kleines Blümchen und prügelte sich mit Loni, einer Löwin, die eigens für die Hochzeit in die Stadt gekommen war. Und zwar genau die Loni, die ihm schon seit Jahren Avancen machte, die für seinen Geschmack aber zu aufgetakelt war, sodass er ihr aus dem Weg ging.

Er fragte sich, was wohl dazu geführt hatte, dass sie sich an den Haaren zerrten und miteinander rangen. Und er wünschte sich außerdem erneut, dass Meena eine Unterhose angezogen hätte. Der gelegentliche Blick, den man auf ihre privaten Teile erhaschen konnte, brachte die besitzergreifende Seite an ihm zum Vorschein – und er hätte am liebsten geknurrt: »Sie gehört mir. Seht nicht hin.« Außerdem weckte es den ausgehungerten Liebhaber in ihm, der sie sich am liebsten über die Schulter geworfen und in eine stille Ecke geschleppt hätte, um sie zu vernaschen.

Zumindest handelte es sich bei denen, die dem Kampf am nächsten standen und Zeugen ihres nackten Hinterns wurden, hauptsächlich um Frauen. Seine übliche Vorgehensweise, einfach ein paar Köpfe zusammenzustoßen, würde in diesem Fall nicht funktionieren. Auch wenn sie äußerst zeitsparend war. Männer durften keine Frauen schlagen.

Aber wie sollte er dann die beiden Streithähne trennen?

Er steckte sich die Finger in den Mund und ließ einen schrillen Pfiff erklingen, der den Lärm zerschnitt. In der plötzlich entstandenen Stille sagte er: »Nervensäge, was zum Teufel machst du da?«

Meena, die die Faust schon hochgezogen hatte, um ihrer Gegnerin einen ernsthaften Schlag zu versetzen, erstarrte. Sie wandte den Kopf zu ihm um und lächelte ihn lieb an. Und zwar ohne das geringste Anzeichen von Reue dafür, dass er sie auf frischer Tat ertappt hatte. »Gib mir eine Sekunde, Pookie. Ich bin hier fast fertig.«

Er zog eine Augenbraue hoch. »Nervensäge.« Er benutzte einen warnenden Unterton. »Vielleicht solltest du Loni loslassen und sie besser nicht schlagen.«

»Du hast wahrscheinlich recht. Die Sache ist nur die, ich will ihr das Gesicht zermalmen.«

Loni sah ihre Chance und ergriff sie, indem sie jammerte: »Schafft mir diese Verrückte vom Hals. Ich habe überhaupt nichts gemacht. Sie hat angefangen. Sie ist immer diejenige, die anfängt. Man hätte nie zulassen dürfen, dass sie herkommt. Sie bedeutet nichts als Ärger. Das war schon immer so.«

Reba und Zena hatten schon die Münder geöffnet, um Meena zu verteidigen, doch Leo hob eine Hand hoch. Sie sagten nichts – was für Katzen außerordentlich schwer war –, doch ihre Blicke sprachen Bände.

Leo richtete seine Aufmerksamkeit auf Meena. »Nervensäge, stimmt das? Hast du sie angefallen?«

Sie ließ die Schultern hängen. »Ja.«

»Warum?«

»Spielt das denn eine Rolle?«, wollte sie wissen.

»Für mich schon. Warum wolltest du sie verprügeln?«

»Sie hat gesagt, wir würden nicht zusammengehören und dass sie dir vielleicht mal zeigen sollte, warum sie die bessere Wahl ist, verglichen mit mir.« Als sie erklärte, warum sie so wütend war, konnte Meena nicht umhin zu knurren.

»Dann schlag sie.«

Zu behaupten, dass seine Feststellung ein paar Leute überraschte, wäre die Untertreibung des Jahrhunderts gewesen. Und keiner war mehr überrascht als Meena. »Im Ernst?«

»Ja, im Ernst. Jeder Idiot konnte sehen, dass wir zusammen sind. Und das bedeutet, dass das, was sie gesagt hat, beleidigend war und völlig unnötig. Und wer austeilt, muss auch damit rechnen, einstecken zu müssen. Und da ich ja schlecht Loni eine dafür verpassen kann, Ärger zu machen, gebe ich dir als Omega des Rudels«, und ja, dabei warf er sich in die Brust und nahm einen ausgesprochen ernsten Ausdruck an, »die Genehmigung, sie an meiner statt zu bestrafen.«

Jetzt hatte Meena zwar die Erlaubnis, schlug Loni jedoch trotzdem nicht. Ganz im Gegenteil, sie stand auf, strich sich ihren Rock glatt und hob trotzig den Kopf, sodass ihr Pferdeschwanz flog.

»Es besteht kein Grund mehr, sie zu vermöbeln. Du hast gerade vor einem breiten Publikum zugegeben, dass wir zusammen sind. Das schreit nach einem Schnaps. Juche!« Meena stieß die Faust in die Luft und rief: »Da hast du es, Schlampe!«

Seufz. Leo wunderte sich über seinen Geisteszustand, da er nicht umhinkonnte, sich nach der unberechenbarsten Frau zu sehnen, die er je getroffen hatte. Er trank das Bier, das er in der Hand hielt, auf ex aus und schnappte sich eines von Luna, die links an ihm vorbeiging. Das trank er auch.

Der Abend war noch jung und er würde Hilfe brauchen können, um zu überleben – ohne Meena irgendwo hinzuschleppen und sie einfach zu vernaschen.

Wie süß sie war, als sie ein paar Schnäpse kippte und zu den verschiedenen Klängen tanzte, die aus den Lautsprechern dröhnten, die auf dem fußballfeldgroßen Hof aufgestellt waren. Angesichts der Schwierigkeiten, die sie verursachen konnte – wenn sie zu lange mit einem Mann flirtete –, blieb Leo in der Nähe, tanzte aber nicht. Er war sich nicht sicher, ob er sich beherrschen konnte, wenn er ihr zu nahe kam. Er brauchte sich nicht mit dem Kichern und den Kommentaren zu beschäftigen, wenn er sich entschied, sie in den Wald zu bringen, um sie zu vernaschen. Eigentlich hatte er mehr Angst, dass sie ihn wegschleppen und vernaschen könnte.

Ich muss mein Wort halten. Aber er konnte es vergessen, dabei einen klaren Kopf zu behalten. Er hatte seinen kühlen Kopf in dem Moment verloren, als er sie kennengelernt hatte. Damals hatte er eine Menge Dinge verloren, aber seltsamerweise vermisste er sie nicht. Veränderung war nicht immer eine schlechte Sache.

Sein innerer Liger erwachte mit einem warnenden Knurren. *Pass auf.*

Trotz all seiner Warninstinkte, die ihn drängten, sich

der bevorstehenden Bedrohung zu stellen, rührte er sich nicht, als sich ein sehr großer Mann neben ihn stellte.

»Bist du Leo?«

»Ja.«

»Bist du derjenige, den meine Tochter unbedingt will?«

»Ja.«

Daraufhin grunzte der andere Mann. Einen Moment lang starrten sie sich schweigend an. »Nur damit du es weißt, sie ist mein kleines Mädchen.«

»Ich weiß.«

»Sie ist verdammt sensibel«, knurrte Meenas Vater, als seine Tochter gerade im Takt der Musik mit dem Fuß stampfte, sich mit dem Absatz verfing, der daraufhin abbrach, ins Wanken geriet und hinfiel, wobei sie einem vorbeigehenden Kellner das Tablett mit den Getränken aus den Händen schlug.

»Ich werde sie immer beschützen.« Auch vor sich selbst.

»Wenn du sie jemals zum Weinen bringst, werde ich dich eigenhändig jagen und dir das Fell über die Ohren ziehen. Das Fell eines Ligers bringt auf dem Schwarzmarkt ein hübsches Sümmchen ein.«

Bei dieser Drohung zuckte er nicht einmal mit der Wimper. »Obwohl ich den Mord und den Verkauf eines Rudelmitglieds nicht gutheißen kann, verstehe ich, was Sie damit sagen wollen, Sir. Aber machen Sie sich keine Sorgen. Ich habe nicht vor, sie zum Weinen zu bringen.« Zum Schreien allerdings sehr wohl, aber vor Verlangen, und das war etwas, das er nicht unbedingt vor ihrem Vater preisgeben musste.

»Ich habe dich gewarnt.« Mit diesen Worten verschwand der Mann wieder in der Menge und überließ es Leo, weiter Wache zu halten. Er sah Meena noch eine Zeit lang zu und es amüsierte ihn, wie sie das Unglück nahezu magisch anzuziehen schien. Doch trotz aller Vorfälle hörte sie niemals auf zu lachen.

Bis ein ganz bestimmter Gast eintraf.

Kapitel Zwanzig

MIT WIEGENDEN HÜFTEN UND SCHWINGENDEN ARMEN feierte Meena weiter. Es war schon eine ganze Weile her, dass sie an einer großen Familienfeier hatte teilnehmen dürfen.

Der gesamte Gartenbereich war voll von Leuten und sie fragte sich, wo zum Teufel die alle übernachten wollten. Sie wusste, dass das Anwesen, abgesehen vom ursprünglichen Bauernhaus, über einige Hütten für diejenigen verfügte, die ein wenig Privatsphäre mochten, und sie entdeckte ein paar Zelte in der Ferne, aber sie musste sich fragen, wie viele auf Sofas, Böden und, verdammt, auf dem Rasen schlafen würden.

Katzen waren nicht immer wählerisch, wenn es darum ging, wo sie schliefen. Sogar ein Baum wäre als Notlösung in Ordnung.

Sie brauchte sich keine Sorgen zu machen, wo sie heute Nacht schlafen würde. Dafür würde ein gewisser Liger sorgen. Apropos Leo, wo zum Teufel steckte er eigentlich?

Eine Weile lang hatte sie gespürt und gesehen, wie er sie angeblickt hatte, wie er ihre sanften Tanzbewegungen beobachtet hatte. Sie wünschte sich nur, dass er mitgemacht hätte.

Andererseits war diese Art von Familienfest wahrscheinlich nicht der richtige Ort für die Art von Dirty Dancing, die sie im Sinn hatte.

Als die Dämmerung der Nacht wich, beschloss sie, ihren großen Mann zu finden. Sie war eben ein Mädchen und wollte sein beruhigendes Lächeln sehen und eventuell einen süßen Kuss abstauben. Ja, sie hatte auch vor, seinen wunderbaren Körper zu begrapschen, um all die anwesenden Damen daran zu erinnern, dass er mit ihr zusammen war.

Sie winkte und grinste, als sie an vertrauten Gesichtern vorbeikam, von denen einige riefen: »Meena!«, und ihr zuprosteten. Einige bekreuzigten sich und eine Frau flüsterte: »Bist du sicher, dass wir ausreichend versichert sind?«

Sie war einmal auf der Kühlerhaube ihres Wagens gelandet und hatte sie dabei komplett eingedrückt, weil sie bei einem falschen Sprung vom Trampolin abgekommen war, was Tante Flore ihr anscheinend niemals vergeben würde.

Angesichts der Menge an Leuten, die herumschwirrten, fragte sie sich, für wen zum Teufel diese Vorfeier gedacht war. Leo hatte eine Art spontane Hochzeit am morgigen Tag erwähnt, aber sie hatte noch nicht herausgefunden, wer heiratete.

Vielleicht war es Arik, der endlich seine kleine Gefährtin Kira nun offiziell zu seiner Frau machte. Anscheinend lebten sie im Moment in Sünde, wie ihre Mutter es unmutig ausdrückte. Anscheinend stand die wilde Ehe auf der Liste der Dinge, die eine Dame nicht tun sollte. Es sorgte dafür, dass Meena es am liebsten getan hätte, nur um den besonderen Ton zu hören, den ihre Mutter für sie reserviert hatte.

Leider war kein Mann verrückt genug, sich nicht nur der Gefahr zu stellen, mit ihr zusammenzuleben, sondern außerdem wagte es niemand, ihren Vater zu verärgern. Auf Vaters Lieblingshemd stand: *Mach schon und verarsche meine Tochter. Ich habe keine Angst, wieder ins Gefängnis zu gehen.*

Während sie in die Menge blickte, entdeckte sie den Beta des Rudels, den Arm um seine Lebensgefährtin, eine Wolfswandlerin, gelegt. Sie bezweifelte, dass diese Hochzeit für Hayder und Arabella war, die erst seit Kurzem zusammen und anscheinend eines Abends nach Las Vegas aufgebrochen waren, um dort à la Elvis zu heiraten.

Also, wer war das glückliche Paar?

Meena bezweifelte, dass sie den ganzen Hochzeitskram je durchmachen müsste. Zum einen schien er trotz der Tatsache, dass sie wusste, dass Leo ihr Gefährte war, nicht der Typ zu sein, der das Chaos einer weißen Hochzeit wollte. Ganz zu schweigen davon, dass sie und Weiß einfach nicht miteinander auskamen. Falls sie je etwas Salsa fallen ließ, so landete sie zwangsläufig auf ihrer Brust, und zwar jedes Mal.

Außerdem konnte sie sich nur vorstellen, welche Zerstörung sie anrichten würde, wenn sie jemals das gleiche große Volantkleid tragen würde, das ihre Mutter auf ihrer eigenen Hochzeit getragen hatte. Sie würde wahrscheinlich ein paar Dutzend Gäste ausschalten, wenn sie sich in die falsche Richtung wandte.

Bei genauerer Betrachtung klang das nach einem Haufen Spaß. Mentale Notiz für sich selbst: Hol dir ein riesiges Hochzeitskleid für Halloween und geh als tote Braut auf eine Party.

Angenehm in ihre eigenen Gedanken versunken, bemerkte sie die ausladende Hand erst zu spät. Jemand packte ihren Arm und drehte sie zu sich um. Aus Reflex schlug sie nach demjenigen, traf aber nur eine solide Wand. Nur nicht die Wand, die zu sehen sie gehofft hatte.

»Oh, du bist es.«

»Deine Freude, mich wiederzusehen, ist unglaublich, meine Geliebte.« Dmitri ließ ihren Arm los, um sich an die Brust zu greifen.

»Wenn du sehen möchtest, wie ich mich freue, dreh dich um und geh weg.«

»Ich soll gehen? Ich bin doch gerade erst angekommen.«

»Warum bist du überhaupt hier? Ist es schon wieder einer deiner blöden Pläne, mich zu entführen?«

»Du sagst das so, als wäre es etwas Schlechtes, aber kommen Entführung und Verführung nicht in vielen Liebesromanen vor?« Dmitri wackelte mit den Augenbrauen in dem Versuch, sexy zu wirken, was ihm jedoch nicht gelang.

»Du bist aber kein Wikinger und ich keine Prinzessin in Not. Also nein. Und außerdem bin ich schon vergeben.«

»Das behauptest du«, er schnüffelte in der Luft, »und trotzdem rieche ich ihn nicht an dir.«

»Leo will eben nichts überstürzen. Er lässt es gern langsam angehen. Zögert den Höhepunkt hinaus. Du weißt schon, Vorspiel und all das.« Er neckte sie und verweigerte sich ihr dann, was sie fast wahnsinnig machte, oder zumindest noch wahnsinniger als sonst.

Dmitri grinste ihr zu. »Vorspiel kann ich dir auch geben, und Sex. Viel mehr, als dieser große Kerl es je könnte.«

Sie verdrehte die Augen. »Oh mein Gott. Du willst einfach nicht aufgeben, oder?«

»Nicht, wenn es um dich geht.«

»Du meinst, um meine breiten Hüften und exzellenten Gene?«

»Ganz genau.«

»Ich werde dir nicht dabei helfen, eine Dynastie riesiger Babys zu schaffen.«

»Ich habe nie behauptet, dein Einverständnis dazu zu brauchen.«

»Und du fragst dich, warum es dir schwerfällt, eine Frau zu bekommen.« Sie verdrehte erneut die Augen.

»Weißt du, es ist genau diese Einstellung, die mich dazu gebracht hat, meinen Plan aufzugeben, dich zu meiner Braut zu machen und Babys mit dir zu bekommen.«

»Das wird aber auch langsam mal Zeit. Aber wenn du nicht hier bist, um mich zu entführen, was machst du dann hier? Und warum schleift dich niemand an deinem gestreiften Ohr nach draußen?«

»Ich bin eingeladen.«

»Wer war denn dumm genug, das zu tun?«, wollte sie wissen.

»Ich.«

Sie drehte sich auf dem Absatz um und sah sich endlich Leo gegenüber, der zwei Flaschen mit eiskaltem Bier in der Hand hatte, das eine dunkel und übel riechend, dass andere hell mit einer Scheibe Limone im Glas. Sie nahm sich das dunkle und trank es aus, bevor er ihr das Mädchenbier in die Hand drücken konnte.

Nachdem sie ihren Durst gestillt hatte – ohne zu rülpsen, denn schließlich war sie eine Dame –, fragte sie: »Und warum hast du den König der Frauenfeindlichkeit eingeladen?«

»Damit ich ihm das hier zeigen kann.«

Und damit wirbelte Leo Meena in seinen Armen zu sich herum und legte seinen Mund auf ihren. Ein überraschender Kuss. Ein wunderbares Zungengefecht. Ein Publikum, das alles andere als beeindruckt war.

Ein würgendes Geräusch ruinierte die Stimmung. »Ist das wirklich nötig? Ich habe doch bereits gesagt, dass ich die Dame nicht weiter verfolgen werde.«

»Ich will nur sicherstellen, dass du es auch verstehst«, bemerkte Leo, als er nach Luft schnappte.

»Und ich hatte gehört, dass du der sportlich faire Typ bist«, sagte Dmitri trocken.

Leo starrte Dmitri kalt und drohend an. So heiß. »Ich bin sportlich und fair, aber ich spiele, um zu gewinnen. Außerdem teile ich Meena nicht. Sie gehört mir.«

Tatsächlich? Scheiß auf die Zoologen, die behaupteten, Löwen könnten nicht schnurren. Ihre innere Katze machte auf jeden Fall ein glückliches Geräusch.

Sie warf ihre Arme um Leo, und das nicht nur, weil sie gerade so glücklich war, sondern auch, weil das letzte Bier zusätzlich zu all den Schnäpsen, die sie schon getrunken hatte, sie ein bisschen betrunken machte.

»Bin ich das oder dreht sich der Raum?«

»Da ist wohl jemand bereit fürs Bett.« Leo hob sie in seine Arme und trug sie von der Party weg.

All diejenigen, die schmutzige Bemerkungen riefen – als würde sie Tipps brauchen, wenn es darum ging, ihren ernsten Liger zu vernaschen –, starrte Leo fest an. Anscheinend war er einer dieser Omegas, der sich nicht auf seine Stimme verlassen musste, damit die Leute taten, was er wollte.

Sie kamen ohne Zwischenfälle in ihrem Zimmer an, wobei ihr Mann sie die ganze Zeit über trug, was sehr eindrucksvoll bewies, wie stark er war. Und das war auch gut so, denn Meena konnte kaum die Augen offenhalten.

Anscheinend hatten sich die Müdigkeit und der

Alkohol wohl gegen sie verbündet. Verdammt. Heute Nacht war ihre Nacht. Der Moment, auf den sie gewartet hatte. Und das würde sie sich nicht von einem Zimmer, das sich drehte, und Augenlidern, an denen Zementblöcke zu hängen schienen, verderben lassen.

Als Leo sich vorbeugte, um sie auf dem Bett abzusetzen, hielt sie ihn nur umso fester, damit er nicht wegkonnte.

»Küss mich!«, verlangte sie.

»Das sollte ich nicht tun.«

»Das hat dich vorhin aber auch nicht abgehalten.«

»Vorhin warst du ja auch noch nicht handlungsunfähig.«

»Das geht schon wieder weg. Wenn wir es langsam angehen lassen, gibt es kein Problem. Du darfst nur nicht erwarten, dass ich mich vom Kronleuchter schwinge. Als ich das nämlich das letzte Mal getan habe, kam die ganze Decke herunter«, vertraute sie ihm an.

»Ich würde lieber nichts über deine vorherigen sexuellen Abenteuer erfahren«, knurrte er.

Leo war fantastisch, wenn er eifersüchtig war. »Oh, dabei ging es nicht um Sex. Wir haben Tomb Raider gespielt. Und ich wäre auch mit dem Schatz entkommen, wenn die Schrauben gehalten hätten.«

»Du bist wirklich unglaublich«, murmelte er und strich ihr eine Strähne aus dem Gesicht, seine Berührung ganz sanft.

»Ich gehöre ganz dir«, murmelte sie, während sich ihre Augen schlossen und sie den Kampf gegen ihre schweren Augenlider verlor.

»Das stimmt, deswegen tut es mir ja auch so leid, dass ich gehen muss.«

»Gehen?« Sie machte ihre Augen einen Spaltbreit auf.

Die Müdigkeit zerrte an ihr, forderte sie auf, sich ihr hinzugeben. »Du gehst doch nicht etwa, oder?«

Ernste blaue Augen sahen sie an – und zwar gleich vier davon. Diese verdammten Schnäpse!

»Das muss ich, wenn ich mein Versprechen halten will. Ich traue mir selbst nicht, wenn es um dich geht. Du bist viel zu verlockend. Und deswegen habe ich dir auch etwas ins Bier getan.«

Kapitel Einundzwanzig

Als er zugab, was er getan hatte, verzog Leo das Gesicht und auf ihrem zeigte sich ein Ausdruck des Erstaunens.

»Du hast mir etwas ins Bier getan?« Sie blinzelte. Ein langes, langsames Blinzeln. Das Mittel wirkte gut.

Er versuchte, es ihr zu erklären. »Das musste ich. Nur so konnte ich mein Versprechen halten.«

»Aber du hast doch gesagt, dies sei unser Zimmer«, lallte sie und legte die Wimpern auf ihre Wangen.

»Ist es auch.« Oder besser gesagt wäre es. Morgen wäre alles anders.

»Du bist so ... so ...«

Er brachte sie mit einem Kuss zum Schweigen, mit einem Kuss voller Verlangen, aufgestauter Leidenschaft und Zuneigung für diese Frau, die er noch vor ein paar Tagen für unmöglich gehalten hatte.

Meena. Dieser erfrischende Wirbelwind auf zwei Beinen sorgte dafür, dass er sich lebendig fühlte.

Wie hätte er ihr erklären sollen, dass es ihm wehtat, sie nicht berühren zu dürfen? Wie hätte er sagen können, dass er sein Versprechen bereute und dass er sich mehr als alles andere wünschte, ihr dieses verdammte Kleid vom Leib zu reißen und seine Hände über ihren seidenweichen Körper wandern zu lassen, sie mit jeder Faser seines Daseins zu der Seinen zu machen. Sie als sein Eigentum zu markieren.

Ich will, dass du mir gehörst.

Doch das durfte er nicht tun. Noch nicht. Würde sie das verstehen? Würde sie ihm vergeben? »Nur noch eine Nacht, kleine Nervensäge. Vertrau mir.«

Ein Schnarchen.

Sie hatte den Kampf gegen das Schlafmittel verloren, das er ihr ins Bier getan hatte.

Er legte seine Stirn an ihre und machte einen Moment lang die Augen zu. *Ich hoffe, dass sie mir vergibt.* Denn er fand sogar selbst, dass das, was er getan hatte, ziemlich extrem war.

Warum hatte er sie nicht einfach genommen und ihnen damit beiden gegeben, was sie so sehr brauchten? Wer zum Teufel setzte eine Frau unter Drogen, die er vernaschen wollte, anstatt ein blödes Versprechen zu brechen?

Er.

Verdammt. Was man nicht alles aus Respekt – und Liebe – tat.

Ich brauche ein verfluchtes Bier. Und zwar ein Fässchen. Allerdings bezweifelte er, dass es genug Alkohol gab, um seine unzufriedene innere Katze zu besänftigen.

Gib Ruhe oder ich sorge dafür, dass Clara dir bei unserer nächsten Verwandlung Schleifchen in die Mähne flicht.

Und zwar rosafarbene.

Kapitel Zweiundzwanzig

MEENA WACHTE AUF, WEIL JEMAND AUF IHR SASS. Sie wurde so zerdrückt, dass sie weder atmen noch schlafen konnte, und jetzt verstand sie endlich, warum es ihren Bruder so wütend machte, wenn sie es tat. Besonders wenn sich die Sitzende dazu entschloss, das Kissen unter ihrem Kopf wegzuziehen und sie damit zu schlagen.

Ganz langsam öffnete sie ein Auge und starrte Zena an. »Warum möchtest du unbedingt sterben?« Sie war ausgesprochen schlecht gelaunt aufgewacht. Sie erinnerte sich nur allzu gut an letzte Nacht, als Leo sie unter Drogen gesetzt hatte, um nicht mit ihr schlafen zu müssen. Dieser dumme, ehrenwerte Idiot. Jemand übertrieb es da ein wenig, was das Einhalten seines Versprechens anging.

Besonders deshalb, weil er mich einfach für sich beanspruchen müsste, und damit wäre die Sache erledigt.

Stattdessen hatte er sich dazu entschlossen, sie allein zurückzulassen.

Will er mich nicht?

Sie hatte eigentlich das Gefühl gehabt, dass er sie

wollte, doch nun war sie sich dessen aufgrund seiner Taten nicht mehr ganz so sicher.

Ihre innere Löwin verpasste ihr mental einen Klaps auf den Hinterkopf. *Natürlich will er dich. Wer wäre so blöd, das nicht zu tun?*

Wo kam auf einmal nur dieser plötzliche Selbstzweifel her?

Ich bin großartig.

So großartig, dass er einfach abgehauen war und sie nun von ihren Dämonen gequält wurde, die auch als ihre Lieblingscousinen bekannt waren.

Zena zwickte ihr in die Nasenspitze und grinste. »Dir auch einen wunderschönen guten Morgen, du Königin des Dramas. Wie ich sehe, bist du ziemlich schlecht gelaunt.«

»Das wärst du auch, wenn man dich unter Drogen gesetzt und ins Bett gesteckt hätte.«

Zena kicherte. »Ich kann immer noch nicht glauben, dass Leo das tatsächlich getan hat. Die meisten Typen hätten dich einfach in dein Zimmer gesperrt und dir befohlen, dich zu benehmen.«

»Als gäbe es ein Schloss, das mich zurückhalten könnte.«

»Genau das habe ich auch gesagt«, verkündete Reba, die sich auf das Bett fallen ließ. »Deswegen haben wir dir ein paar Schlaftabletten in dein letztes Bier geworfen.«

»Ihr habt ihm aktiv dabei geholfen, nicht mit mir zu schlafen? Ich dachte, ihr wärt meine Freundinnen«, beschuldigte Meena die beiden in traurigem Ton.

»Das sind wir auch, deswegen stehen wir auch voll hinter seinem Plan. Es ist schön, einen Mann zu sehen, der dich auf jeden Fall respektieren will. Wir dachten, du wüsstest es zu schätzen.«

Natürlich, macht auch noch einen Helden aus ihm. Die

nette Person. Das half allerdings überhaupt nichts gegen ihre schmerzende Libido.

»Also habt ihr mir einfach was ins Bier getan.«

»Nur in das letzte.«

Meena runzelte die Stirn. »Was meinst du mit nur in das letzte? Woher hättet ihr wissen sollen, dass ich es trinke? Schließlich hat er mir das helle Bier angeboten. Ich habe stattdessen seins genommen.«

Zena streckte Meena die Zunge raus und machte ein hustendes Geräusch, sodass sie mit Spucke besprüht wurde. Meena wischte sich das Gesicht ab und sah Zena böse an, die sich völlig unbeeindruckt kaputtlachte. »Ich wusste ganz genau, dass du das tun würdest. Das weiß doch jeder, ein helles Bier ist was für Weicheier.«

»Aber wirklich unglaublich, dass du es auf ex getrunken hast.« Reba schüttelte den Kopf. »Das Zeug hat schneller gewirkt, als wir gedacht hätten. Leo hat es gerade so mit dir hierher geschafft, bevor du angefangen hast zu schnarchen.«

»Aber er ist nicht hiergeblieben.« Dieser blöde Gentleman, der sie nicht ausgenutzt hatte.

»Nein, und er hat gesagt, dass er deshalb nicht geblieben ist, weil er sich selbst nicht vertrauen kann, wenn es um dich geht«, erklärte Reba ihr seufzend. »Es war wirklich so süß. Es hätte dir total gut gefallen, wie frustriert er aussah.«

Und genau diese Frustration hätte sie beheben können, wenn der ehrenwerte Omega nur damit aufhörte, sich gegen sie zu wehren.

»Es hat mir total gut gefallen, wie er sich um deine Sicherheit gesorgt hat. Er hat Reba und mich bestochen, auf dich aufzupassen, während du im Koma lagst, um mit deinem Vater und dem Russen Karten zu spielen und zu trinken.«

»Mein Vater ist hier?« Sie runzelte die Stirn, was sie nicht oft tat. Wie konnte es sein, dass sie nicht wusste, dass ihr Vater kommen würde? War er nicht immer noch im Urlaub?

»Ja, er ist hier, genau wie deine Mutter. Deine Schwester kommt für die Hochzeit irgendwann heute Vormittag an.«

Ach ja, die blöde Hochzeit. Als würde es ihr gefallen, glückliche Menschen zu sehen, wenn ihr eigener Freund sie lieber unter Drogen setzte, als mit ihr zu schlafen. »Oh Mann, muss ich da wirklich hin? Ich würde viel lieber im Bett bleiben und schmollen.«

»Bist du verrückt? Du kannst nicht im Bett bleiben. Da verpasst du ja den ganzen Spaß. Setz deinen Hintern in Bewegung. Wir müssen uns langsam mal fertig machen.«

»Die Sonne ist doch gerade erst aufgegangen. Wie lange glaubst du wohl, wird es dauern, ein Kleid anzuziehen und ein wenig Lippenstift aufzulegen?«

»Du musst einiges mehr tun als nur das. Du musst deine Achseln rasieren und diese haarigen Dinger, die du Beine nennst.«

Diese verdammten Gestaltwandler-Gene. Männer beschwerten sich darüber, dass sie schon nach wenigen Stunden Stoppeln hatten, sie hingegen hatte schon nach wenigen Stunden wieder Stoppeln an den Beinen. Nur wenn sie sie epilierte, hielt das Ganze mehr als einen Tag.

»Außerdem muss sie was essen.«

»Das stimmt. Das sollte sie am besten machen, bevor sie duschen geht, damit sie frisch und munter ist, wenn die Friseurin herkommt.«

»Eine Friseurin? Wozu brauche ich die denn?«

»Damit sie dir die Haare macht, natürlich, du Dummchen. Und anschließend kommt die Visagistin.«

Über diese beschwerte sie sich nicht allzu sehr, da sie und der Eyeliner miteinander auf Kriegsfuß standen. »Warum muss ich überhaupt Make-up auflegen?«, jammerte sie. »Warum quält ihr mich so?«

»Du willst für deine Hochzeit doch gut aussehen, oder nicht?«

Meena blinzelte. Mehr als einmal. Normalerweise hatte sie immer eine freche Bemerkung auf Lager, aber jetzt gerade war sie sprachlos – und das war so selten, dass man es am besten im Kalender markieren sollte. Sie versuchte, Zenas Worte zu verstehen. Sie ergaben jedoch keinen Sinn. Außer ...

»Ich werde diesen sturköpfigen Tiger nicht heiraten. Haben Leo oder mein Vater mich beim Kartenspielen an ihn verloren oder sowas in der Art?«

»Nein. Du heiratest nicht, weil jemand eine Wette verloren hat«, kicherte Reba.

»Es spielt auch keine Rolle. Es ist mir egal, womit Dmitri Arik gedroht hat, oder wie viel Geld er dem Rudel als Bestechung geboten hat. Ich werde ihn nicht heiraten.«

»Dmitri? Du meinst diesen verdammt heißen Russen? Der wäre meine erste Wahl gewesen, aber was dich angeht, so wirst du heute leider den alten, langweiligen Leo heiraten.«

»Leo? Ich heirate Leo?« Sie bildete sich das doch sicher nur ein. Wahrscheinlich schlief sie noch. Es handelte sich hier ganz offensichtlich um einen Traum. Meena zwickte sich selbst.

Reba kreischte: »Mädel, was machst du da? Die blauen Flecke von deinem Kampf mit Loni gestern Abend sind gerade erst abgeheilt.«

»Ich dachte, du hättest gesagt, dass ich heute Leo heirate. Und da wollte ich nur sicherstellen, dass ich nicht träume. Und jetzt bin ich ganz wach und ihr könnt aufhören, mich zu verarschen, und mir sagen, wer tatsächlich heiratet.«

Zena legte ihr beide Hände an die Wangen und starrte ihr ins Gesicht. »Du. Heiratest. Heute. Leo. Und zwar schon in ein paar Stunden. Also hör auf, dich blöd anzustellen.«

Gestern Abend hatte er sie unter Drogen gesetzt, damit er sie nicht für sich beanspruchen musste. Und heute hatte er vor, sie zu heiraten?

»Aber wie? Warum?«

»Anscheinend hat Leo deinem Vater versprochen, dir nicht die Unschuld zu rauben ...«

Zena kicherte. »Dafür ist es längst zu spät.«

»... Jedenfalls hat Leo da gesagt, wenn er dich heiraten muss, um das zu tun, dann würde er dich verdammt noch mal heiraten. Aber natürlich sagte er es in einem freundlicheren Ton. Dann hat sich anscheinend deine Mutter eingemischt, tatsächlich hat sie deinem Vater das Telefon abgenommen und Leo gesagt, er solle keine Zeit verlieren und sie schnell heiraten, bevor er seine Meinung änderte, und dass du dich glücklich schätzen könntest, überhaupt einen Mann zu finden. Daraufhin erwiderte dein Vater, dass du, und ich zitiere: ›Einfach verdammt perfekt bist‹, und dass Leo, wenn er dich wirklich respektieren würde, dich wie die ›Verdammte Scheißprinzessin‹ behandeln würde, die du verdammt noch mal bist.«

»Das hat mein Vater gesagt?« Natürlich hatte er das gesagt. Die Liebe ihres Vaters für seine Töchter war wirklich blind. »Moment mal, woher weißt du das alles?«

»Also, das liegt daran, dass wir gelauscht haben«, sagte Reba und blickte unschuldig zur Decke hoch.

»Wir sprechen jedoch mit Meena, du Idiotin. Wir

haben Leo hinterherspioniert, als er mit deinem Vater vor dem Picknick in der Eingangshalle gesprochen hat. So wurden wir auch in die Planung der Hochzeit mit hineingezogen. Eine Hochzeit, zu der du zu spät kommst, wenn du deinen fetten Arsch nicht langsam mal in Bewegung setzt und aufstehst. Du kannst schon mal duschen, während ich in der Rezeption anrufe, um zu fragen, wo zum Teufel dein Frühstück bleibt.«

Sie würde heiraten.
Ich heirate.
Heilige Scheiße!
Sie versteckte sich unter der Decke.
»Meena, was zum Teufel machst du da?«
»Ich kann nicht heiraten.«
»Und warum zum Teufel nicht? Ich dachte, du hättest gesagt, ihr seid füreinander bestimmt.«
»Das sind wir auch.«
»Was ist denn dann das verdammte Problem?«
Meena steckte den Kopf lange genug unter der Decke hervor, um zu verkünden: »Muss ich es euch wirklich erst buchstabieren? Ich. In einem langen Kleid. Die den Gang zum Altar hinunter schreitet, und zwar vor einer Menge Leute. Ein Priester. Könnt ihr euch vorstellen, welche Art von Katastrophen ich verursachen könnte?« Sie würde über ihr eigenes Kleid stolpern. Ein Vogel würde ihr im Vorbeigehen auf den Kopf kacken. Sie würde ihr Ehegelübde verhauen und vor dem Priester etwas wirklich Unpassendes sagen. Sie konnte vom Blitz getroffen werden. Vor Schock in Ohnmacht fallen und dabei den Bräutigam töten. Die Möglichkeiten waren schier endlos. »Ich kann es nicht tun. Jemand soll losziehen und Leo Bescheid sagen, dass ich zwar seine Lebensgefährtin sein möchte, ihn aber nicht der Tortur einer Hochzeit aussetzen möchte.«

»Meena, Meena, Meena. Du denkst falsch. Natürlich willst du eine Heirat. Schließlich träumt jedes Mädchen davon.«

Das stimmte allerdings.

»Zweitens ist es die perfekte Art, um allen anderen Frauen im Rudel zu zeigen, dass er dein Mann ist.«

Ja, Hände weg, ihr Schlampen.

»Drittens hat er Himmel und Hölle in Bewegung gesetzt, um all das in nur vierundzwanzig Stunden auf die Beine zu stellen. Unser sonst so freundlicher und besonnener Leo hat gestern Abend Befehle herausgeschrien, weil er anscheinend alles perfekt haben wollte für den großen Tag seiner anmutigen Frau.«

»Er hat mich seine anmutige Frau genannt?«

»Da war er vielleicht betrunken, aber ja, das hat er.«

»Und viertens solltest du es tun, weil ich hundert Dollar darauf gewettet habe.«

»Du hast gewettet, dass ich heiraten werde?« Das war wieder typisch ihre Freundin, die sie beschützte und nur das Beste für sie wollte.

»Ich habe hundert Dollar darauf gewettet, dass du es bis zum Altar schaffst, und wenn du das Bouquet wirfst, bricht ein Kampf unter den Frauen aus.«

»Bei meiner eigenen Hochzeit?«, erklärte Meena lächelnd. »Darauf kannst du wirklich wetten.«

»Vor allem deshalb, weil das Bouquet mir gehört«, sagte Zena.

»Auf keinen Fall. Ich habe es zuerst gesagt.«

Und so verbrachten sie den Morgen ihres Hochzeitstages damit, zu üben, wie man loslief und den Brautstrauß fing, und sich auf den Kampf vorzubereiten, der später wahrscheinlich ausbrechen würde.

Aber ausnahmsweise machte Meena diesmal nicht mit.

Sie musste sich auf eine Hochzeit vorbereiten. Musste einen Mann beeindrucken. Und sie musste bestimmte Körperteile rasieren, denn nach der Hochzeit würde sie ihrem Liger einen Knüppel über den Kopf ziehen und ihn ins Bett zerren.

Dann gab es keine Ausreden mehr. Und wenn sie erst Ja gesagt hatten, würde sie auch Ja sagen – zu all seinen Wünschen.

Brüll.

Kapitel Dreiundzwanzig

ICH WERDE HEIRATEN.

Bumm.

Fick mich.

Bumm. Er schlug seinen Kopf stärker gegen die Wand.

Nein, ich werde sie ficken.

Hmm, das hörte sich schon sehr viel besser an. Er hielt sich davon ab, sich selbst eine Gehirnerschütterung zu verpassen. Doch dann fiel es ihm wieder ein ...

Ich werde heiraten.

Bumm.

Oh verdammt, es wird tatsächlich passieren.

Der seidene Faden, an dem seine mentale Kontrolle gehangen hatte, riss.

Panik. Fluchtgedanken.

Mit der Hilfe seines Ligers stemmte er die Füße fest in den Boden – der fand nämlich, er verhielt sich wie eine große, alte Hauskatze, was diese ganze Geschichte betraf.

Einatmen. Ausatmen. Er nahm sich einen Moment Zeit, seine Emotionen unter Kontrolle zu bringen. Sie bestanden aus einem Gemisch verschiedener Befürchtungen und vager Ängste, wie er sie noch nie empfunden hatte.

Es war eine Sache, das ganze Ereignis zu planen – ein paar Anrufe zu tätigen, Verwandte dazu einzuspannen, alles vorzubereiten, während er sich um Meena kümmerte. Doch jetzt traf ihn der Gedanke, dass dies tatsächlich passieren würde, wie der Blitz. Sein Leben würde sich verändern. Und zwar für immer.

Hilfe.

Glücklicherweise gab es für sein unmännliches Verhalten keine Zeugen. Er allerdings konnte es bezeugen, und es gefiel ihm nicht, was bedeutete, dass er etwas dagegen tun musste.

Sich durch die Panik und Furcht durchzuarbeiten, die gerade seinen ganzen Körper in Besitz genommen hatten, erforderte ein wenig Arbeit. Doch als es ihm gelungen war, sie zur Seite zu schieben, stellte er überrascht fest, dass diese Emotionen, die ihn dazu brachten, davonlaufen zu wollen, keine tiefen Wurzeln hatten. Seine Befürchtungen waren nichts weiter als Schall und Rauch. Sie waren eine Maske ... und hatten keinerlei Bedeutung. Und obwohl er wie jedermann eine gesunde Furcht vor der Ehe hatte, war er tief in seinem Inneren total aufgeregt wegen dem, was geschehen würde.

Nach dem heutigen Tag wird Meena mir gehören. Und was sogar noch besser war, ich gehöre ihr. Machte der Besitzerstolz, den er empfand, Sinn? Für ihn tat er das.

Meins. Ganz allein meins.

Heute und für alle Zeit.

Wie hatte er nur denken können, dass das furchterregend war? Die Furcht konnte ruhig von einer Klippe springen – nur eben nicht vor Meena, die würde nämlich wahrscheinlich hinterher springen.

Und sie war wirklich wunderbar verrückt. Und er konnte es nicht erwarten, ihre Verrücktheit voll auszukosten. Und noch etwas, worauf er sich freuen konnte, war die Tatsache, dass die unsichtbare Schranke, die ihn von Meena fernhielt, sich in Luft auflösen würde. Wenn sie erst verheiratet waren, konnte nichts ihn davon abhalten, sich seine neue Braut über die Schulter zu werfen und sie zu diesem ausgesprochen stabilen Bett zu schleppen. Verdammt, in ein paar Stunden würde er sie zu der Seinen machen, wie sie es verdiente.

Wenn sie ihm für das vergab, was er getan hatte.

Er musste zugeben, dass es ein wenig extrem war, sie unter Drogen gesetzt zu haben, aber zu seiner Verteidigung musste er sagen, dass er durchgedreht war. Nüchternheit, ein kühler Kopf, Selbstbeherrschung, all die Dinge, die ihn zu dem machten, der er war, die ihn zu einem Omega machten, funktionierten nicht mehr, was sie betraf.

Wie ein ausgetrocknetes Stück Feuerholz entflammte er in ihrer glühenden Gegenwart.

Außer dass die Tatsache, sich in ihr zu verlieren, sie in den Wogen der Lust für sich zu beanspruchen, Meena der Chance beraubte, Freunde und Familie sehen zu lassen, wie er sich öffentlich zu ihr bekannte. Um ihr zu zeigen, dass sie sich nicht nur für ihn entschieden hatte. Er hatte sich auch für sie entschieden.

Leo konnte das nicht zulassen, also hatte er gemogelt. Er hatte die Frau, die zu heiraten er vorhatte, verärgert und hoffte gegen jede Vernunft, dass Hayder recht hatte, als er sagte, es sei einfacher, um Vergebung als um Erlaubnis zu bitten.

Für einen Moment fragte sich Leo, ob Meena ihn schlagen würde, wie er Hayder das letzte Mal geschlagen hatte, als er diese Art von Mist an ihm versucht hatte.

Wenn sie ihn schlug, dann verdiente er es. Er würde jede Strafe annehmen, solange sie ihm seine extreme Tat verzieh und ihn heute heiratete.

Als er sich der Treppe in den dritten Stock näherte, blickte er nach oben und überlegte, ob er jetzt vor der Hochzeit mit ihr reden oder beten sollte, dass Meena später den improvisierten Gang zum Altar hinunter schritt.

Dann erinnerte er sich an den Aberglauben, dass er am Hochzeitstag seine Braut nicht sehen durfte. Wagte er es ausgerechnet heute, das Glück herauszufordern?

Besser nicht. Er musste hoffen, dass die Meena, die er kannte, über das, was er getan hatte, lachen und den Gang hinunter hüpfen würde, um sich ihm in die Arme zu werfen.

War es albern zuzugeben, dass er es genoss, dass sie ihm vertraute, sie jedes Mal aufzufangen?

Er drehte sich um und hätte fast sehr unmännlich aufgeschrien, als er bemerkte, dass es jemandem gelungen war, sich ohne Vorankündigung hinter ihn zu schleichen. Er presste schnell die Lippen fest aufeinander und sah sich einem Tablett mit dampfenden Speisen gegenüber, das von niemand anderem gehalten wurde als seiner zukünftigen Braut.

Er war verblüfft, weshalb er herausplatzte: »Was machst du denn hier unten beim Frühstück? Sind Reba und Zena nicht da, um dir zu helfen? Sie haben versprochen, dir dabei zu helfen, dich fertig zu machen.« Leo sah Meena an, die ein geblümtes Sommerkleid trug, und runzelte die Stirn. »Hat dir das Kleid nicht gefallen, das die Frauen des Rudels für deine Hochzeit ausgesucht haben? Sie haben mir versichert, dass es dir gefallen würde. Dass es dein Stil wäre.« Und obwohl er die Frauen das Kleid hatte aussuchen lassen, hatte er darauf bestanden – besonders weil Meenas Mutter darauf bestand –, dass seine Braut weiß trug. Nur weil sie sich mit der Hochzeit beeilten, hieß das noch längst nicht, dass Meena auf lieb gewonnene Traditionen verzichten musste, und das war etwas, das seine zukünftige Schwiegermutter ihm bis ins Detail erklärte, bis Peter, Meenas Vater, das Telefon nahm und in den Hörer blaffte: »Entweder machst du es richtig oder ich bringe dich um.« Das schien für Peter die Standardantwort zu sein, ganz besonders, wenn es um Meena ging. »Wenn sie Scheiße gebaut haben, sorge ich dafür, dass sie alles wieder in Ordnung bringen, meine kleine Nervensäge.«

Sie sah ihn mit großen Augen an. »Ich denke, ich sollte da etwas klarstellen. Ich bin nicht –«

Er unterbrach sie, bevor sie ihren Satz beenden und ihm erklären konnte, dass sie nicht heiraten wollte. »Warte mal. Bevor du jetzt etwas sagst, lass mich erst mal ausreden. Also, als Erstes, es tut mir leid, dass ich dich gestern Abend unter Drogen gesetzt habe.«

»Du hast mich unter Drogen gesetzt?« Das schien sie zu überraschen. War das Zeug vielleicht so stark gewesen, dass es ein paar ihrer Erinnerungen ausgelöscht hatte?

»Bitte werde nicht wütend. Oder von mir aus werde wütend, aber du musst verstehen, dass ich es nur getan habe, weil ich nicht wusste, ob es mir sonst gelingen würde, die Hände von dir zu lassen. Das war meine einzige Idee, um sicherzustellen, dass ich mein Versprechen nicht breche. Um dir das zu geben, was du verdienst.«

»Willst du etwa damit sagen, dass du das hier willst? Dass du heiraten willst?« Sie zog eine Augenbraue hoch und er konnte ihr nicht in die Augen blicken.

Zum ersten Mal war Leo wirklich nervös. Er befand sich in einer Situation, aus der er sich nicht durch eine

Schlägerei, eine Rauferei oder einen Befehl herausmanövrieren konnte.

Es war ja schön und gut, seine Gefühle zu offenbaren, doch es nervte, über sie reden zu müssen. Aber es kam die Zeit im Leben eines jeden Mannes, wo er die bittere Pille schlucken und es tun musste, besonders wenn er eine ganze Zeit lang ein blinder Idiot gewesen war. »Würde ich mir diese ganze Mühe machen, wenn ich dich nicht heiraten will? Jetzt hör mal zu, Nervensäge, ich weiß, dass unser Start alles andere als glatt verlief. Aber zu meiner Verteidigung muss man sagen, dass jedermann seine Schwierigkeiten mit dir hätte. Mir macht es allerdings nichts aus«, fügte er schnell hinzu, als sie eine Augenbraue hochzog. »Mir gefällst du so, wie du bist, und ich bin erwachsen genug, um zuzugeben, dass ich falsch reagiert habe, als du mir erklärt hast, dass wir füreinander bestimmt sind und dass ich dir nicht entkommen könnte.«

»Was habe ich gesagt?« Erneut sah sie ihn mit vor Überraschung geöffnetem Mund an. Dann lachte sie. Sogar verdammt laut.

Er runzelte die Stirn. »Wage ja nicht, es zu leugnen, meine kleine Nervensäge. Du hättest mich schon fünf Minuten nach unserem Kennenlernen vor den Altar gezerrt. Und das hat mir Angst gemacht. Aber du hattest recht, wir gehören tatsächlich zusammen. Du bist die Richtige für mich, Meena. Das Chaos, das Schwung in mein ruhiges Leben bringt. Der Regenbogen, der Farbe in mein bisheriges Dasein zaubert. Ich will dich, Nervensäge. Mit all deinen Katastrophen. Und ich hoffe, dass du mich auch willst, trotz allem, was ich dir angetan habe, und der Tatsache, dass ich manchmal ausgesprochen spießig bin, wie Luna es nennt.« Er beendete seinen Wortschwall und sah Meena hoffnungsvoll und vielleicht sogar ein wenig ängstlich an, besonders auch deshalb, weil sie ihn schon wieder mit offenem Mund anstarrte.

Würde sie etwas antworten?

Das tat sie, allerdings kamen die Worte nicht von ihren Lippen. Nein, Meenas Stimme war hinter ihm.

»Oh, Pookie, das muss das Schönste sein, was mir jemals gesagt wurde.«

Entweder war Meena eine begnadete Bauchrednerin oder ... Leo erstarrte und betrachtete die Frau vor ihm, wobei ihm immer klarer wurde, dass die Frau vor ihm zwar wie Meena aussah, es aber nicht war. Diese Frau trug ihr Haar in weichen Locken, die ihr bis auf die Schultern fielen, und sie hatte eine kleine Narbe am Kinn, und auch ihr Duft war ... ganz falsch. Als jedoch ein schwerer Körper auf seinem Rücken landete und sein Hals schmatzend geküsst wurde, wusste er: Das war seine kleine Nervensäge.

Was zum Teufel? »Wer bist du?«, wollte er wissen.

Die doppelte Meena grinste und winkte. »Teena natürlich.«

»Meine Zwillingsschwester«, fügte Meena dicht an seinem Ohr hinzu.

»Ihr seid eineiige Zwillinge?«

»Das ist ja wohl offensichtlich. Und außerdem hat es auch was Gutes, sonst wäre ich jetzt etwas eingeschnappt, dass du all diese wunderbaren Dinge zu ihr gesagt hast.«

»Ich dachte, das wärst du.«

»Na, offensichtlich. Und das passiert ziemlich häufig, was ich nicht verstehen kann. Sie sieht gar nicht aus wie ich.«

»Jetzt komme ich mir wie ein Idiot vor.« Er versuchte, den Kopf zu wenden, um die Meena zu sehen, die ihm auf dem Rücken hing, doch sie legte ihm eine Hand vor die

Augen »Nein, du kannst mich nicht ansehen. Das bringt Unglück.«

»Aber ...«

»Kein Aber. Obwohl ich zugeben muss, dass du in dieser Hose fantastisch aussiehst. Aber noch besser siehst du aus, wenn du nackt bist und nur meine Bissspuren trägst.«

»Nervensäge!«

»Ich weiß, ich weiß. Ich sollte nicht etwas anfangen, das ich nicht zu Ende bringen kann. Betrachte dich jedoch als gewarnt. Sobald dieser Priester sagt, ich erkläre euch zu Mann und Frau, gehörst du mir. Ganz allein.« Sie gab das Versprechen mit leiser, rauer Stimme. »Und jetzt komm schon, Teena, du kommst gerade rechtzeitig, um mir in mein Kleid zu helfen. Ich kann kaum glauben, dass mein Pookie das alles hier arrangiert hat.«

Er musste lächeln, als er den Stolz in ihrer Stimme hörte, was diese ganze Zwillingsschwester-Geschichte anging, schüttelte er jedoch den Kopf. Meena gab ihm noch einen letzten Kuss auf den Hals und flüsterte: »Bis gleich, Pookie.«

Insgesamt dauerte es dann doch noch zwei Stunden. Zwei Stunden, in denen Vorbereitungen in letzter Minute getroffen wurden. In denen er seine Omega-Stimme dazu benutzte, einige der verkaterten Frauen des Rudels zur Ordnung zu rufen – *alle Frauen, die sich nicht zu benehmen wissen, sind fürs Abwaschen verantwortlich* –, und zwei Stunden voller Erwartung, in denen er immer wieder auf den Rücken geklopft und mit anrüchigen Witzen bedacht wurde.

Es kam ihm vor wie eine Ewigkeit, doch schließlich war der Moment gekommen. Das Feld draußen hatte sich völlig verändert. Ganz hinten befand sich ein Altar, hinter dem ein Priester stand, der keiner menschlichen Kirche angehörte, sondern sich um die offiziellen Hochzeiten der Gestaltwandler kümmerte – und der vom Staat genehmigt war, zumindest besagte das das Zertifikat, das man sich aus dem Internet ausdrucken konnte.

Das ganze Rudel war in kurzer Zeit wirklich zusammengekommen. Die Stühle waren in Reihen aufgestellt, weit über hundert von ihnen, und wurden von zwei Säulen flankiert, die einen Weg einfassten, auf dem jemand einen echten roten Teppich ausgerollt hatte.

Hinter dem Altar befand sich ein Rundbogen, der aus Zweigen gewebt und mit Blumen geflochten war. Die gleichen Blüten quollen aus Gartentöpfen, die alle paar Reihen aufgestellt waren, um der Sache ein wenig Farbe zu verleihen. Die meisten Gäste waren eingetroffen und hatten sich selbst hingesetzt. Sie hatten ihre feinsten Kleider angezogen und waren zusammengekommen, auch wenn einige von ihnen noch immer böse auf Meena waren. Eine Hochzeit zwischen zwei Gestaltwandlern war immer ein Grund zum Feiern.

Was Leo betraf, so wartete er auf seine Braut. Im Smoking, natürlich mit Schößen, stand Leo am Ende des Ganges mit seinen beiden Trauzeugen Arik und Hayder. Als könnte er sich zwischen ihnen entscheiden!

Der kleine Tommy, ein Jungtier von fast vier Jahren, zappelte an seinem Platz herum, und das Kissen mit den Ringen hüpfte gefährlich. Die Ringe rührten sich jedoch nicht, sondern blieben fest auf dem Kissen liegen.

Das Summen der Stimmen übertönte die leise Musik, die aus den Lautsprechern drang. Doch trotz des Geräuschpegels starb das Geplapper, als der Hochzeitsmarsch einsetzte, die klassische Melodie, die bei unzähligen Zeremonien erklang. Auf dieses Signal hin richteten alle ihre

Aufmerksamkeit, vor allem Leo, auf das untere Ende des Ganges.

Zuerst kamen die Blumenmädchen, hübsche kleine Mädchen in sommerlichen Kleidern, die den Gang hinuntersprangen und eine Handvoll Blütenblätter warfen und in einem Fall auch den Korb, als er leer war.

Als Nächstes kamen die Brautjungfern, Luna, die in ihrem Kleid und ihren Absätzen herumstolzierte, und jeden finster ansah, der so aussah, als würde er etwas sagen wollen, ein herausfordernder Blick in ihren Augen, der jeden dazu aufforderte, es zu wagen, eine Bemerkung über das mädchenhafte Outfit zu machen, das sie trug. Dann kamen Reba und Zena, kichernd und hüpfend, und sonnten sich in der Aufmerksamkeit der Leute.

Diesmal war Leo nicht von Teenas Auftauchen überrascht und er ließ sich auch nicht täuschen. Wie hatte er sie nur für seine kleine Nervensäge halten können? Während sie sich zwar äußerlich ähnelten, fehlte Meenas Zwillingsschwester das selbstbewusste Grinsen, und die leichte Eleganz, mit der sie sich bewegte, war so ganz anders als bei seiner Frau. Sie sahen sich überhaupt nicht ähnlich.

Bis Teena stolperte, wild mit den Armen durch die Luft fuchtelte und einen Teil der Sitzreihe ausschaltete, bevor sie sich wieder fing!

Alles klar, sie waren wohl doch Schwestern.

Mit einem Seufzen und vor Scham geröteten Wangen bewältigte Teena den Rest ihres Ganges über den roten Teppich, wobei sie ihre hohen Schuhe in der Hand hielt – bei einem von ihnen schien der Absatz zu fehlen.

Nachdem die ganze Hochzeitsgesellschaft mehr oder weniger sicher angekommen war, fehlte nur noch eine wichtige Person. Diese ging jedoch nicht alleine den Gang hinab.

Trotz der Bedenken, die Leo aufgrund des kleinen Fässchens Bier hatte, das sie in der vorhergehenden Nacht gemeinsam geleert hatten, schien Peter nun bereit, ihm die Hand seiner Tochter zu geben. Dass er dazu bereit war, bedeutete jedoch nicht, dass er auch glücklich darüber aussah.

Die Nähte des Leihanzugs, den sein zukünftiger Schwiegervater trug, waren bis zum Reißen gespannt, da ihm der Anzug nicht sonderlich gut passte. Allerdings war das sicher nicht der Grund, warum er so unglücklich aussah. Leo ging davon aus, dass es zwei Gründe dafür gab. Der erste war, dass er die Hand seiner kleinen Tochter weggeben musste. Und der zweite hatte sicher etwas damit zu tun, dass immer wieder gekichert und hinter vorgehaltener Hand erzählt wurde: »Ich habe gehört, er hat beim Armdrücken verloren und muss deswegen jetzt eine Krawatte tragen.«

Für alle Neugierigen, Leo hatte die Wette gewonnen und deswegen trug sein neuer Schwiegervater jetzt diese »verdammte Schlinge« um seinen Hals.

Doch wen kümmerte schon der Anblick eines schlechten Verlierers, wenn er eine perfekte Schönheit an seinem Arm führte.

Meenas lange Haare fielen ihr in goldenen Wellen über die Schulter und die Locken umschmeichelten ihren Ausschnitt. Auf Höhe der Schläfen trug sie Kämme aus Elfenbein, die das Haar zurückhielten, sodass man die cremefarbene Haut ihres Halses sehen konnte.

In dem trägerlosen Brautkleid sah sie aus wie eine Göttin. Das Oberteil lag eng an und hatte einen weiten Ausschnitt, was ihre wunderbaren Brüste so schön in Szene setzte, dass Leo knurren musste. Ihm gefiel es nicht, dass alle sie bewundernd anstarrten. Trotzdem empfand er gleichzeitig einen gewissen Stolz. Seine Braut war wunderschön und es war nur richtig, dass sie bewundert wurde.

Von ihren beeindruckenden Brüsten wurde das Kleid an der Taille schmaler und weitete sich dann auf Höhe ihrer Hüften. Der hauchdünne weiße Stoff des langen Rockes wogte beim Gehen. Er bemerkte, dass sie flache Schuhe trug. Rebas Vorschlag, damit sie nicht mit dem Absatz stecken blieb. Ihr Kleid reichte nicht ganz bis zum Boden. Zenas Idee, um sicherzustellen, dass sie nicht über den Saum stolperte.

Sie hatten alle möglichen Vorsichtsmaßnahmen getroffen, um ihr die bestmögliche Erfolgschance zu geben.

Vielleicht fehlte ihr die katzenhafte Anmut anderer Damen. Sie mochte ein- oder zweimal gestolpert sein und nur durch das sanfte Einwirken ihres Vaters war sie nicht hingefallen, aber verdammt, in seinen Augen war sie der zierlichste, schönste Anblick, den er je gesehen hatte.

Und sie gehört mir.

Ihr Blick traf auf seinen, leuchtend, glänzend und voller Glück. Ihr Lächeln vermittelte die gleiche Freude und er konnte nicht umhin, es zu erwidern.

Sogar Peter konnte ein gewisses gedämpftes Glück nicht verbergen. Als er Meenas Hand an Leo übergab, neigte Peter den Kopf und sagte in einem nicht ganz so leisen Flüstern: »Junge, wenn du ihr wehtust, werde ich dir den Bauch aufschlitzen und dich ausweiden. Und zwar langsam. Willkommen in der Familie.«

Was für eine herzerwärmende Ansage. Allerdings passte sie gut zu der Begrüßung, die seine neue Schwiegermutter ihm angedeihen ließ, als die Zeremonie vorbei war und Meena kichernd mit den anderen Löwinnen verschwunden war und ihnen gesagt hatte, sie müssten sie jetzt Mrs. nennen.

»Leo, mein Lieber, du scheinst ein netter Junge zu sein, deswegen muss ich dir wahrscheinlich gar nicht erst sagen, ich kann dafür sorgen, dass du spurlos verschwindest, solltest du meiner Tochter jemals wehtun.«

Aus irgendeinem Grund fragte er: »Und wie?«

Und Meenas sonst so brave und gediegene Mutter sah ihn an, mit einem Lächeln, das jeden Mann erschaudern ließ, und erwiderte: »Hast du schon von meinen preisgekrönten roten Rosen gehört?«

Doch dieses furchterregende Geschehnis kam erst nach der Zeremonie. Im Hier und Jetzt hielt Leo sich an Meenas Hand fest und sah ihr tief in die Augen, während der Priester sie auf Gestaltwandlerart vermählte. Im Ehegelöbnis kamen die meisten der normalen Redewendungen vor.

»Wir haben uns heute hier versammelt, um diese beiden ...«

Leo hörte nur mit halbem Ohr zu, da er zu sehr auf das elektrische Knistern zwischen ihm und Meena konzentriert war. Er achtete außerdem darauf, nicht ohnmächtig zu werden. Er würde nie wieder über diese Videos lachen, in denen der Bräutigam während des Ehegelübdes in Ohnmacht fiel. Er konnte jetzt verstehen, warum so viele das Bewusstsein verloren. Die Anspannung, vor so vielen Menschen zu stehen, eine so weitreichende Verpflichtung einzugehen, das alles reichte aus, um selbst den größten und stärksten Mann zum Zittern zu bringen.

Und dann war es fast vorbei.

Der Priester musste wie üblich sagen: »Wenn es hier jemanden gibt, der einen Grund weiß, warum diese beiden Wesen in den Augen des Rudels nicht eins werden sollten, dann soll er jetzt sprechen oder für immer schweigen.«

Leo blickte zu Dmitri, der irgendwo ganz hinten saß, er war jedoch nicht derjenige, der aufstand.

Peter räusperte sich und fuhr hoch. Er konnte gerade ein »Ich –« hervorpressen, bevor Meenas Mutter geradezu mit ihm rang. Sie traf ihn in der Kniegegend, woraufhin er auf den Rasen fiel. Auch wenn sie es eigentlich flüsterte, in der erstaunten Stille, die sich über die Menschenmenge gelegt hatte, konnte jeder ganz klar hören: »Halt den Mund! Meine wunderbare Tochter heiratet gerade in Weiß. In einem richtigen Kleid! Wage es ja nicht, mir das zu ruinieren.«

Und dann verschloss Meenas Mutter die Lippen ihres Mannes mit einem Kuss und winkte ihnen zu in einer Geste, die besagte: »Macht schon, und zwar schnell.«

Sie sagten einander Ja und dann war es an der Zeit, die Braut zu küssen.

Seine Frau.

Meins.

Leo achtete nicht auf die jubelnde Menge und neigte den Kopf. Er konnte sich nur darauf konzentrieren, wie ihre weichen Lippen sich unter seinen öffneten.

Er nahm seine Frau in die Arme, zog sie fest an sich und erkundete eingehend ihren Mund. Sie tat das Gleiche in einem wilden Tanz ihrer Zungen.

Jemand klopfte ihm auf die Schulter und er knurrte.

Jemand räusperte sich neben ihnen und sie knurrte.

Stimmen erklangen. Leute lachten und es wurde immer offensichtlicher, dass sie sich nicht für immer küssen konnten. Zumindest nicht hier draußen. Und sie konnten auch nicht für immer entkommen. Verdammt.

Kaum hatten sich ihre Lippen voneinander gelöst, wurden sie auch schon von Glückwünschen davon geschwemmt. Leo stand es durch, dass alle Männer ihm auf den Rücken klopften, und es gab auch ein paar Beileidsbekundungen darüber, dass er jetzt verheiratet war.

Die arme Meena hatte mit ihrer eigenen Menge zu kämpfen.

Ihre Blicke trafen sich über die Köpfe der Menge hinweg, doch nur einen Moment lang, bevor ihre Aufmerksamkeit von jemand anderem eingefordert wurde.

Während er immer ungeduldiger wurde, war es letztendlich Meena, die es nicht mehr aushielt.

Ob es die Tatsache war, dass eine Frau ihn berührte, sich an seinem Arm festhielt, darüber schwärmte, wie schön die Hochzeit war, oder die Tatsache, dass Meena die Frustration der letzten Tage nicht ertragen konnte, es war egal. Sie knurrte: »Hände weg von meinem Ehemann!«, und stürmte mit gestrafftem Rücken durch die Menge. Sie sprang die letzten Meter durch die Luft und warf sich auf die Löwin an seiner Seite, bei der es sich ironischerweise um Lonis Cousine handelte.

Er jedoch wusste nur, dass seine Frau jetzt komplett eifersüchtig und dazu bereit war, diesen Hochzeitsgast zu skalpieren.

Als Omega hätte Leo sich einmischen müssen, um die erhitzten Gemüter zu beruhigen – und dafür sorgen, dass sie aufhörte, an den Haaren der anderen Frau zu ziehen. Zumindest hätte er Meena auf jeden Fall von der anderen wegziehen sollen, bevor sie Blut auf das weiße Kleid bekam.

Aber ...

Na ja ...

Irgendwie gefiel es ihm. Denn obwohl Leo schon ein paar Freundinnen gehabt hatte, hatte er nie eine Frau gehabt, die sich als so besitzergreifend erwiesen hätte. Jedenfalls hatte er nie eine gehabt, die andere Frauen angriff, weil sie mit ihm flirteten. Er wusste nicht genau, was es über ihn aussagte, dass er ihren Eifersuchtsausbruch genoss.

Er war auf unbestimmte Weise ein wenig stolz und sonnte sich in diesem Moment.

Ich gehöre ihr.

Ja, das tat er und sie gehörte ihm, zumindest auf dem Papier. Vielleicht war es nun an der Zeit, ihre Verbindung zu besiegeln und sie endlich zu der Seinen zu machen, sodass sie endlich wirklich zusammengehörten. Es war an der Zeit, dass sie sich gegenseitig in Besitz nahmen.

Allerdings musste er sie erst von der anderen Frau wegzerren, bevor es buchstäblich zu einem Blutvergießen kam.

Er legte einen Arm um ihre Taille und hob Meena einfach hoch und von der Frau weg, obwohl sie weiterhin die Frau auf dem Boden anknurrte: »Wenn du meinen Mann noch einmal anfasst, reiße ich dir die Hand aus und verpasse dir damit eine Ohrfeige!«

Ah, die romantischen Worte einer Verliebten.

Er warf sich Meena über die Schulter, ignorierte die amüsierten Blicke der Menschenmenge und verließ mit ihr das Fest.

»Ich war noch nicht fertig, Pookie«, knurrte sie.

»Ich weiß was Besseres, was wir mit deiner Energie anfangen können«, lautete seine Antwort.

Und ja, daraufhin erklärte sie tatsächlich allen Anwesenden: »Jetzt wird Leo es mir endlich besorgen.« Sie war nicht die Einzige, die daraufhin triumphierend die Faust in die Luft stieß. Auch die anderen Damen des Rudels jubelten, wohingegen Leo sich anstrengte, nicht zu erröten, und was den armen Peter anging, so begab er sich schnurstracks zur Theke.

Er ließ sich jedoch nicht von Scham abschrecken.

Als sie an der Tür zu ihrem Zimmer ankamen, lachte er beinahe, weil daran das Schild hing, auf dem »Bitte nicht stören« stand und jemand mit rotem Lippenstift »oder du wirst sterben« darunter gekritzelt hatte.

Besser hätte er es selbst auch nicht ausdrücken können. Es war endlich an der Zeit, die Frau, die ihm nicht mehr aus dem Kopf ging, zu der Seinen zu machen, und jeder Idiot, der es wagte, ihm dabei im Weg zu stehen, würde es bitter bereuen.

Kaum hatte er mit dem Fuß die Tür hinter sich zugestoßen, glitt sie von seiner Schulter. Sie legte ihm die Arme um den Hals und küsste ihn. Wie lecker sie doch schmeckte. Die elektrische Spannung, die er jedes Mal in ihrer Gegenwart spürte, war wieder da und entfachte seine glühende Begierde.

Seine Lippen glitten über ihre, saugten und bissen sanft und beanspruchten ihren Mund ganz für sich. Sie schluckte sein Stöhnen, als sie den Mund aufmachte und ihre Zunge mit seiner tanzen ließ.

Der pure Instinkt pulsierte in seinen Adern und drängte ihn dazu, sie zu nehmen, sie zu der Seinen zu machen. Und zwar jetzt sofort.

Diese große Ungeduld. Dieses unbändige Verlangen.

Er ließ seine Hände über ihren Körper gleiten und streichelte den seidigen Stoff, unter dem ihre Kurven verborgen waren.

»Habe ich dir schon gesagt, wie wunderschön du bist?«, murmelte er an ihrer Haut, während er seine Lippen an ihrem Hals hinuntergleiten ließ.

»Es gibt da den einen oder anderen Hinweis«, erwiderte sie und legte eine Hand auf seine Erektion.

Es gefiel ihm, dass sie so unanständig war. Genau wie es ihm gefiel, dass sie seinen Schwanz fest umschloss.

»Mein Englischlehrer hat immer gesagt, dass Taten lauter sprechen als Worte«, sagte er, während er sie rückwärts zum Bett drängte. Er legte sie noch immer angezogen darauf.

»Sollte ich mich nicht erst mal ausziehen?«, fragte sie. Ihr Haar lag in goldenen Wellen auf dem Kissen und ihre Lippen, die von seinen Küssen geschwollen waren, verlangten nach mehr.

Er schüttelte den Kopf. »Nein, das brauchst du nicht. Von dem Moment an, als ich dich das erste Mal gesehen habe, habe ich davon geträumt, dir den Rock hochzuschieben, sodass er dich umrahmt, während ich dich nehme.«

»Du hattest während der Zeremonie verdorbene Gedanken?«

Er konnte ein freches Lächeln nicht unterdrücken, das sie mit einem lauten Lachen beantwortete. »Oh, Pookie. Du bist so wunderbar unanständig. Und du kannst es gut verheimlichen. Es gefällt mir unheimlich, dass du so ernst wirkst und trotzdem so verdorben bist.«

»Wenn dir das gefällt, warte erst, bis ich meine Gedanken in die Realität umsetze.«

Mit einer, wie er hoffte, diabolisch hochgezogenen Augenbraue zog Leo sein Jackett aus und lockerte seine Krawatte, bevor er auf dem Bett auf die Knie sank. Ihre nackten Füße – sie hatte ihre Schuhe ausgezogen, bevor sie die andere Frau angegriffen hatte – lugten unter dem Saum ihres Kleides hervor. Unter dem dünnen Stoff ließ er seine Hände an ihren Waden hinauf wandern, dann höher, bis sein ganzer Arm unter dem Rock steckte. Nichts zu sehen und alles durch Berührung erkunden zu müssen, machte es nur umso aufregender, als er mit den Fingerspitzen über ihre Oberschenkel strich.

Sie sog scharf den Atem ein, während sie ihn unter halb geschlossenen Augenliedern ansah.

Ganz langsam ließ er seine Fingerspitzen höher wandern und konnte nicht umhin zu stöhnen, als er ihre nackte Muschi berührte. Und mit nackt meinte er wirklich völlig nackt. Sie war glattrasiert und trug kein Höschen.

»Du hast mich ohne Unterwäsche geheiratet?« Er stöhnte es fast.

»Nur für den Fall, dass wir irgendwo einen Quickie gemacht hätten«, gestand sie ihm, nur um dann zu stöhnen, als er mit dem Finger über ihre feuchten Schamlippen glitt.

»Gut, dass du mir das nicht vorher gesagt hast.«

»Sonst?«

»Sonst hätten wir die Zeremonie vielleicht nicht durchgestanden.«

»Es könnte übrigens sein, dass du die nächsten Minuten nicht überlebst, wenn du nicht endlich aufhörst zu reden und etwas tust.«

»Bist du ungeduldig, meine kleine Nervensäge?«

»Wohl eher erregt«, grummelte sie. Sie rollte sich auf die Knie, nahm sein Gesicht in beide Hände und küsste ihn. Und während sie ihn küsste, stieß sie ihn zurück, sodass er auf den Rücken fiel.

Obwohl er noch angezogen war, setzte sie sich auf ihn und vergrub die Hände in dem Leinen an seiner Schulter, während sie ihn aggressiv küsste. Ungebremste Leidenschaft, die sie nicht länger im Zaum halten konnte.

Ihr Rock bauschte sich um sie herum auf wie eine luftige Wolke, während sie ihren Schlitz an seinen Schwanz presste, und obwohl der Stoff seiner Hose dazwischen war, spürte er ihre Hitze.

Sie begann, sich zu bewegen, während sie einander küssten, was sich als echte Qual erwies. Er wollte so gern in sie eindringen. Stattdessen ließ er seine Hände über ihren Körper wandern, umschloss ihre vollen Pobacken, ihren Hintern, den er so gern massierte und drückte. Was ihm sogar noch mehr gefiel, waren die leisen Geräusche, die sie an seinen Mund gepresst machte. Sie hatte ihre herrlichen Brüste fest an ihn gedrückt, was ihn daran erinnerte, wie sehr er sie liebte.

Ich muss sie anfassen. Schmecken.

Es wurde zu einem unbedingten Verlangen. Er bewegte sie und brachte ihren Körper so über sich in Position, dass ihre Brüste über seinem Mund hingen. Sie quollen praktisch aus dem quadratischen Ausschnitt ihres Kleides, sodass es nur einer kleinen Berührung bedurfte, um sie herauszulassen. Er positionierte sie erneut auf seinem Oberkörper, aber nur, damit er seine Hände frei hatte, um ihre wunderschönen Brüste zu umschließen.

Er betrachtete ihren schweren Busen und bewunderte ihn, während er mit einem Daumen über ihre Brustwarze streichelte. Sofort zog sie sich zu einer festen Knospe zusammen. Er zog sie nach vorne, sodass ihre Brüste über seinen Mund hingen. Er leckte die Brustwarze und ein Schauer durchfuhr ihren Körper.

Er bewegte seinen Mund und brachte sich nahe genug heran, um wirklich mit diesen kleinen, festen Dingern zu spielen. Während er sich mit dem Mund an einer hervorstehenden Brustwarze festhielt, strich er mit dem Finger über die andere, knetete sie und kniff hinein.

Er konnte ihre Erregung daran erkennen, dass sie vor Lust schrie, ihren Rücken wölbte, ihre pralle Brust gegen seinen Mund drückte und ihn ermutigte weiterzumachen.

Das tat er auch. Er saugte die Spitze in seinen Mund, lutschte und biss. Mit jedem Keuchen, das sie ausstieß, mit jedem sanften Miauen und Zittern baute sich die Spannung in ihm auf.

Sie reagierte so schnell auf seine Berührung. War so ... weg von seinem Gesicht.

Er hätte fast losgebrüllt, als sie sich ihm entzog. Aber sie war nicht allzu weit weg. Oh, zum Teufel, was hatte sie vor?

Seine Braut kniete zwischen seinen Beinen, ihr Kleid bis unter die Brüste gezogen, die Haut ihres Dekolletés gerötet. Ihr Rock wogte um sie herum, als sie sich hinhockte, aber von größerem Interesse unter seinem interessierten Blick war das, was sie tat.

Flinke Finger öffneten die Knöpfe zu seinem Hemd, streiften es zur Seite und entblößten seine Brust. Sie zog ihre Nägel über seine Haut, sodass er wohlig erschauderte und dann erzitterte, als sie nicht innehielt, als ihre Hände am Bund seiner Hose ankamen.

Sie öffnete den Knopf, schob surrend den Reißverschluss nach unten und keuchte dann, als sie ihn ansah. »Du hattest bei unserer Hochzeit auch keine Unterwäsche an?«

Bevor er jedoch antworten konnte, sagte sie: »Wie cool«, was zum Schluss allerdings ziemlich schwer zu verstehen war, da sie seinen Schwanz in den Mund nahm.

Und da wäre er fast gekommen. Vor allem, weil sie ihn auch noch mit ihren Brüsten umschloss, während sie an der Spitze saugte. Sie umgab ihn mit ihrer weichen Haut und bewegte sich dann auf und ab, ohne ihn loszulassen.

Ja. Es war um ihn geschehen.

Kapitel Vierundzwanzig

Leo verschoss seinen heißen Saft und sie fing jeden einzelnen Tropfen davon auf. Er schrie ihren Namen, als er kam, was für ein wunderbares Geräusch.

Was für ein wunderbarer Mann.

Mein Mann.

Ihr Lebensgefährte, dessen Schwanz halb erigiert blieb, obwohl er gerade gekommen war. Sie saugte noch ein wenig an ihm, bis er knurrte: »Jetzt bin ich dran.«

Jetzt war er dran, und wie stellte er sich das vor? Sie hatte ihn gerade dazu gebracht zu kommen.

Außer natürlich, dass er mit »Jetzt bin ich dran« eigentlich meinte, dass sie dran war.

»Leg dich auf den Rücken«, befahl er ihr.

Stattdessen rollte sie sich auf die Knie und sah ihn über die Schulter hinweg an. »Du bist hier nicht der Einzige, der eine geheime Fantasie hat«, stellte sie fest.

»Das ist wirklich das beste Hochzeitsgeschenk aller Zeiten.« Leo gefiel anscheinend die Richtung, die diese Sache eingeschlagen hatte. Er ließ seine Hand über die Rundung ihres Hinterns gleiten und dann hinab bis zum

Saum ihres weiten Rockes. Ganz langsam schob er den Stoff nach oben von ihren Oberschenkeln und ihrem Hintern weg.

Noch immer sah sie ihm über die Schulter gewandt zu und stellte fest, dass sein Schwanz sich bereits wieder aufgerichtet hatte. Sie erschauderte, war aber überrascht. Denn anstatt in sie einzudringen, beugte er sich vor und begann, sie zu lecken.

Großer Gott.

Er ließ seine Zunge immer wieder vor und zurück gleiten und die leichte Berührung erregte sie. Als er mit der Zunge ihre Klitoris traf, bekam sie kaum noch Luft. Als er mit zwei Fingern in sie eindrang, konnte sie nur noch stöhnen.

Ganz langsam besorgte er es ihr, wobei jeder Stoß mit seinen Fingern und jedes Lecken seiner Zunge darauf abzielten, ihre Erregung zu steigern und sie langsam, aber sicher dem Höhepunkt näher zu bringen.

»Bitte, jetzt«, schluchzte sie fast.

Er ließ sich nicht zweimal bitten. Er stieg aufs Bett, bis er direkt hinter ihr kniete und die Spitze seines Schaftes gegen ihre feuchte Spalte drückte. Ganz langsam drang er mit der Spitze in sie ein.

Zu langsam.

Sie rammte ihren Hintern gegen ihn und schrie gemeinsam mit ihm »Ah!«, weil es so plötzlich geschah.

Aber oh, wie wunderbar es war.

Endlich spürte sie ihn in sich. Wie er sie ausfüllte. Er begann, sich zu bewegen, mit kurzen, festen Stößen, die die geschwollene Spitze seines Schwanzes gegen den geheimen Punkt in ihrem Inneren drückten.

Wieder und immer wieder stieß er zu. *Oh.*

Ihre Zusammenkunft war so perfekt, so intensiv, dass er

sie nur ganz leicht beißen musste, sie nur ein klein wenig zum Bluten bringen musste, bis sie kam.

Ihr wurde plötzlich bewusst, dass er sie damit zu der Seinen gemacht hatte, dass sie nun wirklich Lebensgefährten waren, und nicht nur in den Augen des menschlichen Gesetzes, sondern auch gemäß den Naturgesetzen.

Sie stießen beide ein wildes Brüllen aus, als ihre Ekstase sie übermannte in einer nie zuvor gekannten Welle der Lust.

Während sie kam, rief sie: »Härter. Härter.«

Und er gab ihr, was sie sich wünschte. Er stieß schnell und hart immer wieder in sie hinein. Er schlug gegen ihren Hintern, sein Körper perfekt für sie geeignet, ein Körper, der mit ihr und ihrer Leidenschaft umgehen konnte.

Wie heiß sich sein Saft in ihren Körper ergoss. Wie heiser sie aufschrie, als ihr zweiter Orgasmus sie durchfuhr.

Als ihr Puls sich wieder beruhigte, ihre Körper sich abkühlten und sie langsam wieder auf den Boden der Tatsachen zurückkehrten, hielt Leo sie in der Löffelchenstellung im Arm. Er ließ sich auf die Seite fallen, zog sie an sich und hielt sie fest.

Es war wundervoll. Perfekt.

Krach!

Und natürlich musste das Bett just in diesem Moment auf einer Seite zusammenbrechen, sodass sie auf den Boden rollten.

»Verdammt noch mal, Universum«, rief sie und schüttelte drohend die Faust.

Und was tat Leo, als das perfekte Beispiel einer Katastrophe stattfand?

Er lachte, während sie brüllte.

Epilog

»Guten Morgen, kleine Nervensäge.« Leo küsste ihr Haar.

»Heute ist der weltbeste Morgen, Pookie.« Und das stimmte. Sie waren seit einer Woche verheiratet und sie konnte mit Bestimmtheit sagen, dass sie jeden Tag glücklicher war.

Als Meena sich streckte, weckte ihre Bewegung Leo, ihren großen und starken Lebensgefährten, und bei Wecken meinte sie einen ganz bestimmten Körperteil. Das gehörte mittlerweile zu ihrer allmorgendlichen Routine. Sie hatten inzwischen mehrere morgendliche Routinen. Wie zum Beispiel der Ort, an dem sie schlief.

Wie ungewohnt es war, auf einer anderen Person zu schlafen, ohne einen Krankenwagen rufen zu müssen oder eine Broschüre der Weight Watchers am Kühlschrank zu finden.

Beim ersten Mal war sie von ihm heruntergerutscht, bevor sie eingeschlafen war, und er hatte sie gleich wieder auf sich gezogen und geknurrt: »Wage es ja nicht, dich wegzubewegen.«

»Selbst ich kann nicht zu viele Dummheiten machen, wenn ich schlafe«, hatte sie ihn geneckt und ihren Kopf an seine Brust gelegt, ausgesprochen glücklich darüber, dass sie sich wieder an ihren kuscheligen Platz legen konnte.

»Du kannst so viele Dummheiten machen, wie du möchtest, kleine Nervensäge, solange du deinen wunderbaren Körper genau hier lässt, wo er hingehört. Du bist um einiges wärmer und kuscheliger als eine Decke.«

Ja, für dieses süße Kompliment hatte er wirklich verdient, dass sie mit ihm schlief. Leo tat und sagte immer die nettesten Sachen, also schlief sie ziemlich häufig mit ihm.

Leo war sogar noch großartiger, als sie es sich erträumt hatte. Er war immer geduldig, obwohl die Katastrophen sie verfolgten. Er war intelligent und langweilte sie auch geistig nicht. Im Schlafzimmer war er sexy und freigiebig. Und außerdem hatte er einen Sinn für Humor, was ziemlich wichtig war, wenn man bedachte, dass sie am gestrigen Abend ihr viertes Bett kaputtgevögelt hatten.

Sie betrachtete die gerissenen Schweißnähte am Kopfteil ihres Messingbettes und stellte fest: »Wer glaubst du, hat dieses Mal die Wette gewonnen?« Denn nach den ersten zwei kaputten Betten hatten sie angefangen, Wetten abzuschließen.

»Ich habe gewonnen«, schnurrte Leo, während er sie auf den Rücken legte.

»Willst du damit etwa sagen, dass du darauf gewettet hast, dass wir unser Bett kaputt machen?«

»Ja, natürlich habe ich das. Aber ich habe mehr als nur die Wette gewonnen. Den Hauptgewinn habe ich gemacht, als ich dich gefunden habe.«

»Du meinst wohl, als ich dich gefunden habe?

Immerhin war es mein Frisbee, das dich am Kopf getroffen hat.«

»Ein Frisbee, das ich leicht hätte fangen können.«

»Aber du hast doch gar nicht –« Er schüttelte den Kopf. Sie kicherte. »Pookie, du verschlagener Teufel, willst du damit etwa sagen, dass du dich absichtlich nicht geduckt hast, damit du mich kennenlernen konntest? Aber wenn das der Fall war, warum hast du dann so getan, als wärst du schwer zu kriegen?«

»Weil ich Angst vor dir hatte, das war aber, bevor ich festgestellt habe, dass du genau das bist, was ich brauche. Ich liebe dich, kleine Nervensäge.«

»Pookie!«, kreischte sie und übersäte ihn mit Küssen. »Ich liebe dich auch, und zwar so sehr, dass ich die Tatsache vergessen werde, dass Reba und Zena ein Flugticket für mich haben, um mit ihnen nach Russland zu fliegen, um meine Schwester zu retten.«

»Aber dann würdest du unsere Flitterwochen verpassen. Habe ich dir gar nicht gesagt, dass ich auch mitfliege? Was hältst du davon, wenn wir diesem Tiger einen Besuch abstatten?«

»Hast du keine Angst davor, einen Krieg anzuzetteln?«

»Ich wäre eher überrascht, wenn du keinen anzettelst. Aber genug geredet, kleine Nervensäge. Es ist Zeit für unseren Morgensex.«

Und obwohl es nicht möglich war, ihr Bett noch weiter kaputt zu machen, beschwerten sich die Mieter in der Wohnung unter ihnen darüber, dass sie Risse im Putz hatten.

Brüll!

»Sag Ja.«

»Was?« Mit geschlossenen Augen, ihre Lieder zu schwer, um sie zu öffnen, ihr Mund pelzig und durstig, kämpfte Teena darum, aus dem tiefsten Schlaf zu erwachen, den sie jemals gehabt hatte.

»Sag Ja«, zischte eine Stimme mit Akzent zum zweiten Mal.

»Ja?« Warum sollte sie Ja sagen? Sie erinnerte sich nur noch daran, dass sie auf der Hochzeitsfeier ihrer Schwester getrunken und gefeiert und mit einem bestimmten russischen Tiger geflirtet hatte. Und dann ...

Filmriss.

Sie gab ihrem mit Spinnweben verhangenen Gehirn einen mentalen Klaps und öffnete die Augen. Sie sah Dmitris attraktives Gesicht ganz nahe vor ihrem und hörte die Worte: »Und damit erkläre ich euch zu Mann und Frau. Du darfst die Braut jetzt küssen.«

Was?

End e? Nein.
Wenn man anders keinen Erfolg hat, kann man es immer noch mit Entführung versuchen.
Dmitri und Teena ~ Der Tiger und seine Braut
(Buch 4)

www.ingramcontent.com/pod-product-compliance
Lightning Source LLC
LaVergne TN
LVHW041629060526
838200LV00040B/1496